講談社文庫

もひとつ ま・く・ら

柳家小三治

講談社

もひとつ　ま・く・ら❖目次

本文カット　南伸坊

もひとつ　ま・く・ら

柳家小三治

小さんにも事務員さんにもなる名前

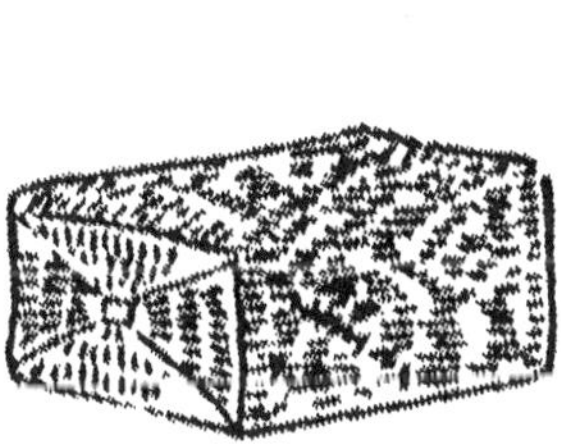

えー、なにしろ春でありまして。実は春というのは、あたしは一年中でいちばん苦手なんですね。えー、どうしてかよくわかりませんが、どうも春ってやつぁ、ムシャクシャしてしようがない。やっぱり春ですからね。ムシャクシャしますね。

どうもガキの時分から、大体、春というのは情緒が不安定でありまして、ときどき大きな声で、ターザンのような声を出したり何かしたくなる。今はべつにしたくありませんけどね（笑）。なんとも私にとりまして春というものは不可解なナニでございます。

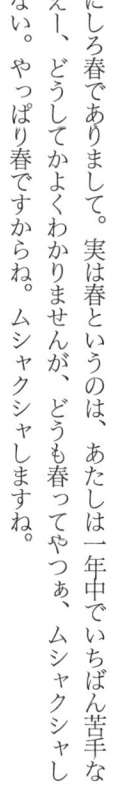

そういうときに、つまりこういう会は……（笑）。

第一、大体ここへ来るってえとね、なんですよ、まあ落語はやりますけどね、たいがい何かゆってんですね。何をゆってっか忘れちゃったけども、そのときどきの近況報告、あるいは社会時評、選挙はどうあるべきかとか（笑）、何が正しい政治かとか、そういうことは折に触れ的確なる発言をさしていただいているはずなんですが、自分でもおぼえてないし、お客さまも全然おぼえてない（笑）。

そんな話を、今日はここへ座ればなんか思いつくだろうと思ったんですがね、何も思いつかない。

ただ、春だなあ～、という（笑）、そういう感じだけがヒシヒシと伝わってくるのでございましてね、春ってやつぁ、どうもピリッとしない。

それぞれ皆さん得意な季節、不得意な季節あるだろうと思うんですが、あたくしはどうやら春が、あたくしにとりまして不得意の季節ということになりそうでございますよ。

えー、ここはね、そうでしょうかねえ、いま楽屋に今までのネタ帳があります。そしたら、去年は来てないんですね。そうでしょうかね？　なんか、毎年来てるか、あるいはもっと、なんかのべつ来てるような気がしてね（笑）。おととしなんですねえ。そうだったでしょうかね。

ここへ来るとなんとなくね、心がリラックスをするせいでしょうかね。どうしてリラックスするんでしょうかね。部屋を斜めに使ってるせいでしょうかね、これ（笑）。

たいがい部屋ってものはね、四角を四角に使うんですよ（笑）。ここは四角に……ま、四角は四角ですよ、これは。四角ですけど、斜めに使ってるんですね。ええ。不思議なとこですよ。ンー、それでついつい部屋の魔術に誘い出されていろんなことを申し上げてる。

そうですね、あれはいつだったか、前回かその前だったでしょうかね。サンフランシスコで英語の学校に行ったって話をしましたね。あれはね、ホントーに、行った直後といえば直後だったですね。ただ思い出すままにお話をした。

皆さんご記憶にあるかもしれませんが、中には、「この前、横浜で聴いた……よかったですねえ、英語の話ね。ええ。落語は何やったかおぼえてませんけど」なんてね（笑）。それに力づけられたってわけでもないんでしょうが、あれは枕の一部としてやった、枕にしては相当長くなってしまったんですが、まさかそういうものでお客さんが喜んでいただけるというようなことは思いもつかなかったので、あれにずいぶんと力を得まして、おれは古典より新作に向いてるんじゃないかと（笑）。

発奮をいたしましてね、あれからずいぶんね、実はね、あのサンフランシスコの話はね、方々でやりましたよ。全国やり歩きましたね。で、おおむね今までの落語より評判がいい（笑）。

喜んでいいのか悲しんでいいのか、よくわからない。

三十年もの間やってきた、いわゆる古典といわれるような落語をやってきたものより、ちょっと思いついて報告をしたもののほうが、ずっと皆さまの脳裏に鮮烈に印象を与えるということは、あれから、ある面で自信をつけましたし、ある面で自信を失いましてね。だからそういう点では、いま春でもございますし、非常にメランコリーでございますよ、あたくしは（笑）。

メランコリーったって、犬の種類じゃありませんよ、これは（笑）。

えー、で、それに代わるようなお話もございませんしねえ。ああいうのは善し悪しでございますね、ああいうものは。ああいう、時に触れ、そのときそのときのお話でもってウケたりなんかするってえと、また何か、また何かやってウケようという気がどっかにある。悲しいことでございますよ。

で、オートバイの話は、し尽くしてしまったしね。今日なんとなくユウウツなのは、なんの話題もないという（笑）、そこにあるのではないかと、今やっと思い至りましたね。考えてみればあたくしはね、そういう悲しい人間でございました、今まで。

サンフランシスコでございましょう？　その前にニューヨークの話をしたこともありました。で、オートバイでございますよ。スキーの話をしたこともありました。

今年はね、モーツァルトなんとかかんとか百年だか二百年とか、なんかゆってますよ。モーツァルトについての講演を頼みたいとかね。何を考えてるんですかね、みんな（笑）。そりゃモーツァルトが好きだって言ったことありますよ。好きったってね、頼まれて講演を引き受けるほどねぇ、なんか知ってるわけじゃないスよ、ええ。モーツァルトの子守歌が好きだと言っただけのことなんだ。それ以上のことはよく知らないんです、ほんとはね。ええ。

よほど人材不足なのか、それともモーツァルト何百年祭ってえと、だれかれかまわずモーツァルトの話をさせればそれで気が済んでいるという、そういう国民性なのでございましょうか。よくわかりませんがね。全部お断りをしておりますが。

えー、エッセイを書けとかね。モーツァルトについてとかね。「モーツァルトと私」とか（笑）、あるいは「モーツァルトの愛聴盤この一枚」とかいうような、そういうことについてね。

いや、それはね、例えば今から十年、二十年前でしたら、喜び勇んで書いた時代もあったかもわかりません。そういうことを書くことによって、何かそこから生まれるのではないかという期待もございましたしね。事実そんなことをやったこともありました。オーディオについて、新しく発売されるアンプについての自分の評論といいますかね、試聴記、このアンプはいいの悪いのなんていうような、そんなことを書いて得意になっていたこともございましたよ。

だからあたくしはね、今まで考えてみるとね、いつも肩書が何かございました、肩書が。〈オートバイの小三治〉でしょ。〈英語の小三治〉でしょ。その前はってえと〈オーディオの小三治〉。あるいは〈音楽の小三治〉。ま、ちょっとですけど、〈スキーの小三治〉。なんか肩書付いておりました。一ぺんも〈落語の小三治〉とは……（笑）。ま、落語もやるけどさ、っていう、これが……。

だんだん自分てものが見えてきましたよ。なんでそんなにいろんな趣味に頭を突っ込んでいたのか。

このごろね、五十の坂も過ぎまして。いや、坂は過ぎたとはいえないけど、入り口もはいって、少し入り口を過ぎました。と、なぜ自分が今までいろんな趣味に首を突っ込んでいろんなことをしてきたのか。それがすこうし、なにかね、はっきりは結論は出せませんけど、わかるような気がしますね。

いろんなことをしながら、自分というのは一体どういうもんなんだろうという。おれって一体どんなやつなんだろう？　どんなところに限界があって、どんなところに向き不向きがあるんだろう？

いろんなものを自分にぶつけて、探っていたような気がしますね。で、それが見えてきたわけじゃないんです（笑）。何をやっても結局は何も見えないってことがわかってきた。で、このごろはもうね、そういう、無理になにか自分を探ろうみたいなことは、よそうじゃねえかというような気になってまいりましたよ。

いちばん最初に付けられた肩書はね、そのときはまだね、落語ってのが付いておりました。あたくしがこの世界へ入ったばっかりのとき。まだ前座のときですから、これはありがたかったですね。前座んとき、〈落語界のホープ〉。ところが、この〈落語界のホープ〉ってやつがね、何年たっても〈落語界のホープ〉でしたね。

昨日ね、たまたま自分のスクラップブックを見ておりました。入門して十八年たったときの記事に、まだ肩書に〈落語界のホープ〉と書いてありました。十八年ということは、今から十三年くらい前ですよ。もう四十に手が届いてドッコイショと、そういうときに〈落語界のホープ〉ですよ。

このごろ〈ホープ〉って言われなくなりました。だれもホープだと思わなくなっちゃったんですね（笑）。

えー、春でございますからね。

そういや、昨日、仲間の入船亭扇橋《いりふねていせんきょう》というのが『徹子の部屋』というのに出まして、知ってりゃ見たんですが、あたくしは知らなかったんで見なかったんです。そしたら、気の早いファンの方が、すぐハガキを書いたんでしょうね、今日さっき着きましたね。「昨日、扇橋さん『徹子の部屋』で小三治さんのことを言ってました。小三治さんの俳句を紹介しておりました」

そりゃ紹介したっていいんです。扇橋さんはあたくしの俳句の師匠でございます。東京やなぎ句会という、今でこそ名門と言われておりますけども。

だれが言ってるんですかね、名門ということを。会員であるわれわれは、だれも名門だなんて思ってない。

俳句界の仲間からも、つまり俳句界ということは俳句の世界の仲間からも、あそこが名門だなんてだれも思っていない。

ただ、なんとなくニュース性の多い者がそこに入っているので、えー、小沢昭一であるとか、あるいは永六輔なんというね、箸《はし》にも棒にもかからないような(笑)、そこに入っているということで、いつの間にか、名門と言わなくちゃ悪いんじゃないかなという、めずらしくマスコミの弱腰がそこに出まして、一部から名門と言われるようになってきたようでございますが、そこの宗匠、つまり先生が入船亭扇橋でございます。やなぎ句会といいます。

どうしてやなぎ句会かというと、扇橋はまだそのころ柳家さん八と言っておりました。柳家さん八という師匠が宗匠なので、それでやなぎ句会と。早い話がみんな落語好きの者が集まったという、俳句会としては情けない俳句会でございます。

昨日紹介されていたあたくしの俳句が、いただいたハガキによりますと、

どうどうと音の重さや夜の瀧

もう一つが、

ひといきに葱《ねぎ》ひん剝《む》いた白さかな

「ひといきに葱ひん剝いた白さかな」というのを、これは小三治がつくったんですよ、と黒柳徹子さんに紹介をしていただいたそうです。

いま聞いてみても、かなり佳い句でございますね（笑）。自分で言わなきゃしようがない。

十七日が俳句会で、そのときにつくったのがあります。「暮春《ぼしゅん》」というのを作りましたね、「暮春」。

「暮春」というのは、春の暮れという、つまり、春ももうおしまい、そういう時期でございます。それから「葱坊主《ねぎぼうず》」ってのがありました、「葱坊主」。

あたくしが天に選びましたのが……自分のじゃないですよ。ひとの作ったのを天に選ぶ

んです。選んだのが、えーと、あんまりはっきりおぼえてないんですがね。ほんとに佳いと思って選ぶわけじゃないんですよ（笑）。

なんか選ばなくちゃいけねえんでね、中から、まあしようがねえな、これが天かなぁ、って、その程度の俳句会ですからね、佳い句なんか何もないんですよ。

雲ひとつなくそろいけり葱坊主

というような、少し間違ってるかもわかりませんが、「雲ひとつなくそろいけり葱坊主」。これはね、あたくしが作りたいなと思っていたのに似てたんです。

俳句を作るときはどういうふうに作るかというと、人それぞれいろいろあるでしょうけど、あたくしの場合はね、たとえば「葱坊主」と言われると、葱坊主のどういう場面をピーンと思い出すかな、自分の頭の中にある葱坊主の印象は何だろう？　ってね。

そうするとね、あたしの場合には、葱坊主があの頭をキュッとこう、まるでパッとこう、元気よく、今まさにはち切れてるときの葱坊主ですね。葱坊主も腐りかけてるときのもありますけど、今はち切れてるときの葱坊主。

それがね、写真でいうと、バックが青空、そこへいきなりポーンと一つ葱坊主が画面中央に大写しで、ビチッとピントがきて、ビチッと撮れてる。そこを詠《よ》みたい。

で、一番単純につくったのが、

青空におおきなおおきな葱坊主（笑）

これいいですか？　これ（笑）。でもなんか一番単純でしょ、これわかりやすいでしょ。あんなものはね、わからなくちゃしょうがないんですよ。わからなくちゃしょうがない。ただ、「おおきなおおきな」っていうとね、中にはひねくれて、こーんな大きな葱坊主を想像する人がいる（笑）。

そしたら、「雲ひとつなくそろいけり葱坊主」。「にゅうと大きな」とかいろんな、で、結局作れなくて、それはやめたんです。

それが扇橋の句だったんです。その程度の宗匠ですから（笑）。それでもう二十何年もやってんですよ。

「雲ひとつなく」というところに、青空がパッ、って、私としては見えたもので、それで、とりあえずまあ今日出た中じゃこれかな、っと選んだんですね。

最初できたときが、あたくしが小三治になったばかりですから、昭和四十四年です。その年にできた。できたときは、あたくしはまだ柳家さん治。扇橋が柳家さん八でした。で、その年の秋にあたくしが扇橋になりまして……あ、扇橋じゃない、あたくしは扇橋じゃない（笑）。

春ですからね、なにせ（笑）。

その年の秋にあたくしが小三治を襲名しまして、で、その明くる年の春に、続けて扇橋がさん八から扇橋になって真打ちになりました。

あたくしが小三治になったときに、俳句会の仲間がみんないろいろお祝いの句を作ってくれました。

この話はあんまりしたくないんスけどね。全部忘れましたけど、一つだけ忘れられない句がある。

それはね、もうそんなこと今は言う人はいませんが、そのころね、「小三治」という名前を継ぐと、そのあとは「小さん」になるっていう迷信があったんですよ（笑）。もう小三治を継いだ者があとの小さんになるんだという迷信があったんです。

まことしやかに、だれが小三治を継ぐんだろう？　という、そういう一つの神秘の名前だったんです、これが。それであたくしが小三治を継いだときには、えー、まあ、その世界の人たちは、ウワッと思ったんですね。

それで小沢昭一という人が、あの人は早稲田の落語研究会をつくった人です。ほんとは役者にならずに落語家になりたかったと、今でも明言してはばからない人です。

その人が作った句がですね。これもね、落語界のことを知ってる人はすぐわかって笑えるんですけどね。

あたくしは十代目小三治です。九代目が、今の柳家小さんです。

どうして、ねえ、小三治を継いだ者があとの小さんになると言われているのかってえと、五代目小さん——今の小さんです——が、その前名が小三治だった。四代目小さん、つまり今の前の小さんが、前名が小三治だった。その又前の三代目小さんが、前名が小三治だった。二代目小さんも初代小さんもぜんぜん違うんです。小三治ではないのです。小三治という名前は無かったのです。三代目小さんからそういう経緯をたどってきたということで、小三治を名乗った者は小さんになると、まことしやかに言われて、ずいぶんあたくしは迷惑をしております（笑）。

では今度、小三治の名前ですが……だんだんややっこしいですね、話だけにしてもね。後ろに黒板か何か欲しいとこですね（笑）。

小三治という名前ですが、初代の小三治はだれかというと、三代目小さんなのです。おわかりですか？　今の小さんの前の前の小さんさんという人が、小さんになる前に、初代の小三治だったんです。

これをもう一ぺん逆のほうから言いますと、初代の小三治が小さんという名前を襲名したら、それが後に三代目の小さんになったと。

もう全然わかりませんね、皆さんね（笑）。そろそろあたくしも間違えてくるころでございます。春でございますから。

つまり、あたくしの小三治は十代目小三治です。今まで、あたくしを含めて十人いました。その中から三人、小さんになっているのです。

初代の小三治。これが三代目の小さんです。それから、五代目の小三治。これが四代目の小さんです。

「こさん」「こさんじ」ってえのが似てるからね。ぜんぜん違う名前ならよかったんですよ。初代の小三治が三代目の円生とか、そういうぜんぜん違う名前ならいいんですけどね(笑)。まぎらわしいんで、「こさん」と「こさんじ」ってのが。

ま、わからなくてもいいけど、もう一ぺん言いましょうね(笑)。

十人いるうち……うるさいねえ、ほんとに(笑)。

両手の指広げて説明しましょうね。十人いるうちの小三治の、初代が三代目の小さんなのよ(笑)。で、五代目の小三治が、次の小さんなの。で、次の小さんてぇのが今の小さんなんだけど、これが九代目なのヨ(笑)。で、あたしはコレなのっ。十本目。

これでわかるでしょ? つまりね、小三治が続けて小さんになったという例は、なーいのですよ。なーいのです。

何を言いたかったんでしょうね。何からこういう話になったのか、全然。なにしろ春ですからわかりませんけれども。ね。何の話だったんですかね……。

(客席から「俳句の話」)

俳句だ(笑)。ありがと。春はね、どうしてもお客さんの協力が必要です(笑)。でも、今日あたり来ている人はほんとにいいよ。選挙と関係ない人でしょ(笑)。ほーんとにねえ。センキョ、悪いとは言いませんよ。朝から来んのやめてもらいたいね、あれ。うーるさくってしようがねえや。来たって入れねってえんだよ。もう来るやつから入れないね、おれは。ひとの眠りの邪魔をしたやつにだれが入れるもんですか。もっと、そぉーっと来てもらいたい。

(ささやくように)「おねがいしまぁーす……」。

それでねえ。まあ、もう日本の選挙はうるせえってことは世界的に有名だから今さら言ったってしようねえけども、なんだろうねえ。どうしてあの選挙のときだけ、「あたたかいご支援を」なんて言うんでしょうねえ(笑)。じゃ、おまえが普段あたたかくしろてぇの(拍手)。

普段来たこともねえようなやつがいきなり「あたたかい」、どうあたたかくできるんですか。まあ決まり文句だからといえば決まり文句。ま、それでしようがないのかもしれないけどさ。じゃ、来なくていいんじゃないのお？

さっきも高田馬場の駅前で、「カネのかからない選挙をめざして」なんて、おおーきな宣伝カーにね。のぼりを、大きなやつを何本も、道の向こう側まで押し立てて。あんなものつくらなきゃずいぶんカネがかからねえんじゃねえかと思うんですけどね。

それでセンキョウですけど。つまり扇橋が！（笑）

ククッ。あいつは、わりにあたたかいですよ、でも（笑）。

ですから、あたくしが小三治になるときに小沢昭一がつくった……あ、そいでね、まだあるんだよ。うるさいね（笑）。

で、この小三治が、あたくしの師匠の小さんなの。そいで、この前の小三治は、結局ね、噺家がダメで、廃業したんです。でー、何になったかというと、落語協会の事務員になったんです（笑）。

でも、事務員としては相当、あいつは信頼できる事務員だと、勇名を馳《は》せたタカハシさんという人です、この人は。多少、協会のおカネを横領もしましたけれど（笑）。

死ん……アハ、死んじゃったから言えるのよ、これは（笑）。生きてるうちは、そんなこと言えません。大先輩でございます。あたくしにとってはおじいさんに当たるわけでございますから、とても面《つら》ぁつかんでそういうことは言えません（笑）。ね、そういうことは言えません。

その前の、七代目の小三治が、こないだ亡くなった正蔵《しょうぞう》の前の正蔵。つまり、三平さんのおとっつぁんの正蔵です。ですから、三平さんという人のうちは、正蔵という名前を持っていたのです。

で、それをこないだの彦六になった正蔵という人が、何かいい名前を襲名したいというときに、たまたま何もないので、自分では怪談噺もやるし、むかし何代か前の正蔵という人が怪談噺で売ったというので、三平さんのおとっつぁんの正蔵という名前を一代限り借りたのです。

ですからあの人のお弟子さんは、全員、林家という名前をつけられなかったというナニもあるわけです。

たとえば先日亡くなった春風亭《しゅんぷうてい》柳朝《りゅうちょう》さん。この人は林家正蔵の弟子なんだから、一番弟子なんだから、林家小正蔵とかなんかつければいいんでしょうけど、それつけられない事情があったわけです。ね。で、春風亭柳朝。で、春風亭小朝というふうにつながっていくわけですね。

えー、そこで……なにもこんな説明してまで言うほどのものじゃねえんですけどね（笑）。

あたくしが柳家小三治になったときに、小沢昭一というかたが、あたくしの祝いの句を作ってくれた。

それは、

小さんにも事務員さんにもなる名前

という（爆笑・拍手）。

その拍手はどういう意味ですか、それ（笑）。あたくしを事務員にしようという？（笑）いや、確かにそういうことなんです。ですから小三治っていうのは、意外に通と言われるような人にとっては正統的な名前のように言われていますが、実は三平さんのおとっつぁんも（笑）。そう思えばですね、決してしゃっちょこばった名前ではないんです。

何になったっていーの、この名前は（笑）。

三平さんのおとっつぁんてえ人はね、三平さんのおとっつぁんだけのことはありました（笑）。芸風もそういう芸風でした。いわゆるその、格調のあるような人ではなかったですね。ええ。

三遊亭円生《さんゆうていえんしょう》のように、（ものまねで）「毎度この手前たちのほうでは、なんてなことを」、こういうような調子じゃなかったですよ。ええ。桂文楽《かつらぶんらく》のように、（ものまねで）「ぱよっぱこじゃ、あいかぁらずのっ」なんて（拍手）、そういうような芸でもありませんでした。ええ。

どういう芸かというと、こんなとこから声を出してましたよ。あたくしはレコードだけで聴いただけですけど、（裏返った甲高い声で）ヒァ〜ッ！　なんて、こういう声を……。

あたくし、普段はこういう声、出しませんでございますよ（笑）。これはものまねのためにやったんでございますからね、えー、お間違えのないように。

ほんとにそういう人でした。こういうところからこういう声を出すんで、で、すぐこうやって立ち上がったりなんかする（笑）。だから三平さんという人も決して突然変異でできたわけではない（笑）。

えー、ほんとに春でございますよ。なにかねぇ、こういう話をしてるとね、ほんとはおれはこういう話のほうが合うんじゃないかと（笑）、そんな気さえしてくるのです、サンフランシスコ以降。

今ね、名前が出ましたからね。柳朝さんの名前が出ましたね。

あ、それとね、つい先日作ったあたくしの句。これとも多少関係なくもありません、無理やりこじつければ。

あ、それでねっ、それからね、葱坊主でございますが（笑）。

葱坊主でございますが、ちなみに、あたくしは結局困り果てて。言い訳を先にさせてもらいますがね。いきなり言ったんじゃわからないんですが、結局あたくしは、クローズアップの葱坊主はあきらめました。それでたくさーん並んでる、むかし畑の中を歩いてったら、右も左も葱坊主がたーくさん並んでる、そういう景色がパッと頭に浮かんだもんですから、フワッと作って、フワッと出してしまったのが、

しゃらくせえどいつもこいつも葱坊主

と（笑・拍手）。

つまり、いい加減にしろこいつらぁ、てめえたちみんな葱坊主じゃねえか、というような、そういうつもりで作りました。

そしたら、だれも選んだ人はいませんでしたが、扇橋だけが抜いてくれました。

つまりね、これは素人の目にはわかりにくい（笑）、扇橋というプロにだけわかる、これは素晴らしい句だったんでございますね。ええ。

ちなみに、抜くというのは選ぶということよ。選び抜くというね。

そのときに、あたくしの句を天に抜いてくれた人がいます。句会やってる方はご存じか

と思いますが、自分の句は抜いちゃいけないんですよ。ひとの句です。自分の句は抜きたい、でも自分の句は抜かない。ね。

あたくしの作った句を天に抜いてくれた人はたった一人。文学座の加藤武という、あのオニのような顔をしてる人です（笑）。彼が抜いてくれました。

ちょっと待ってくださいね。いま、なんていう句だったか思い出しますから。自分の作った句ですけど、忘れてしまうんです。

暮春……そうそう、さっきの「暮春」。

暮春なんてえものは難しいですよ、そんな暮春なんて。ああ、今、春の暮れだなあ、なんてだれがしみじみ思うやつがあるもんですか（笑）。

こういう題はね、宗匠と言われる、つまり扇橋が出すんです。どうしてもクセがあるんですね。「葱坊主」にしたってそうですよ。東京や都会で育ったやつは葱坊主なんか知りゃしませんよ。あいつは青梅《おうめ》の在の山ん中で生まれましたから（笑）。変な題ばかり出すんですよ。

暮春。で、ぼくが作ったのは、これはべつにもったいつけて言うほどの句じゃない。えー、これも困り果てて作ったんですが、ンー……。

すいがらを……すいがらを……クフッ、自分の句なのに本当に忘れてしまうってのも、情けないもんですね。いかに自分の作ったものに責任を持っていないか。

とにかくね、吸殻を踏みつぶすんですよ。

吸殻を踏みつけ暮春の通夜の客

っていうんです。これ少しあったかくなってきたなという感じがしますね。しませんか？

冬の間ね、お通夜がたくさんあったんです、今年。寒くてねえー。で、通夜に襟巻《えりま》きしてオーバー着てそれで行くわけいかないんです、あの、一応軽々しい、颯爽《さっそう》とした格好して行きましょう？　だからもう大変なんですよ。右と左、背中、おなかね、足に、ぜんぶ百円カイロを入れていくんですよ。それがこのごろは少し暖かくなってきたので、そういうものがなくても、表でちょっと時間つぶせるようになったなあ、っていう、そんな気持ちで作りました。「吸殻を踏みつけ暮春の通夜の客」。

この冬の間に、噺家で、身近なところで失ったのが、あたしの兄弟弟子で柳亭燕路《りゅうていえんじ》という人。それから、春風亭柳朝。このふたぁりは、ほんとに天国に逝《い》ってしまいました。

燕路さんという人は、あまりお客さま方には一般的ではなかったかもしれませんが、実はあたくしが噺家になったとき、燕路さんを頼って噺家になりました。

なぜかあたくしが入っていた都立青山高校というところの落語研究会に、なにかあたくしの先輩と、なんかこう親しくなったんでしょうか。その燕路さんがまだ小さんのところの前座で小助といって、文化祭に来て演《や》ってくれたことがありました。

いま考えてみりゃね、前座ですしね、まあ地味な噺家さんでしたから、そんなに面白いはずはねえと思うんですがねぇ。落語研究会員の中には相当腕の達者な者もおりました。もうドッとウケるような、そういう人もいました。

だけど、その人たちをはるか凌駕《りょうが》してね、そのウケ方ってぇのは、天文学的数字な、そんなようなウケ方でしたね。ヌァ〜ッ！　ヌァ〜ッ！　すンごいんですよ。『三人旅』なんてつまらねえ話をやってね、ウケるんです。

いま考えてみると、それがやはり、素人とプロの差だったんでしょうかね。だけどプロの世界に行くってえと、そう言っちゃなんですけど、そのころの小助という人の『三人旅』でウケるなんてお客は、寄席にはまずいませんでしたよ。それほどの差があったんでしょうね。

ま、そんなこともありまして、あたくしが噺家になりたいと思ったときに、小助改め、そのころは二ツ目に昇進して小団治と名乗っておりましたが、上野の鈴本に訪ねて行きました。

そしたら、だれだってね、噺家になりたいって言えば、よしなよしな、よしなよ、この世界食えねえんだからやめたほうがいいよ、ってだれだって言いますよ。ね。でも、この人言わねぇんですよ。鈴本にいるからそこで会おうと言われて、行ったでしょ。

「あのー、小団治さんいらっしゃいますか」

ってったら取次の人が、

「ああ、小団治さん。へーハーフー？」

ってね。自分が頼りにしてきた人なのに、とても軽く見られてるってことがよくわかりました（笑）。

そしたらね、奥のほうから出てきましたよ。

「アー、どーもどーも、どーもどーも、ね」

なんっつってね、「その辺の喫茶店に行きやしょ」なんっつってね、どこかでジャムパン買ってね。食パンにジャム塗ったジャムパン買ってね、それで上野のコーヒー屋へ入りました。名曲喫茶みたいなところへね、入りましたよ。

それで、どうしてジャムパンをおぼえてるかっつぅとね、そこの店員が、

「お客さま、すいませんが持ち込みはお断りします」（笑）

そのときあたくしは世の中に「持ち込み」っていう言葉があるんだということを、そのとき初めて社会の一端をのぞいたような気がします。

とても恥ずかしそうな顔をして、「ア、アア、ア、ア、ア……」と恥ずかしそうにこうやって隠したのをおぼえております。

「噺家になりたいんですけど」

って言ったら、

「ア、ア、そう。ン、ン、いいでしょ、ウン、なりゃ、なれる、なれる……なったほうがいい、なったほうがいい、どんどんなんなさい」(笑)

大概ね、断られると思ってたんですよ。

「なんなよ、なんなよ」

って。

「どこの師匠がいいでしょう?」

「うちがいいんじゃない? 小さんのとこが。一番いいよ、あそこは楽で。ウン、一番いい、楽で。ウン。冬はこたつにあたってりゃいいしね、ウン、夏は昼寝してりゃいいから」

って言うんですよ(笑)。

べつにその言葉にダマされたわけではありませんが(笑)、あたくしは小さんの弟子になりました。

えー、冬はこたつにあたってればいいわけでもなく、夏は昼寝をしていればいいわけでもありませんでした。でも彼はそうしていたのかもわかりません。

あとで聞いてみたら、そのころ、前後一年半ぐらい、仲間内からは「ノイローゼの小団治」と言われていたそうです（笑）。なぜかというと、何かにつまずいたのか、何かは知りませんが、重度のノイローゼに陥って、まともな思考ができない時期だったと（笑）、あとになってほかの者から聞かされました。

考えてみれば、相談しに行って、「なんなさい、なんなさい」って引っ張り込まれたというのは、噺家の世界の中ではあたくし一人だったかもわかりません（笑）。

あとになって、恨《うら》み言を言いました。

「ひどいじゃありませんか。今ノイローゼだからまともな相談なんぞ出来ないと、あの時一言いってくだされればいいのに」（笑）

「でもいーじゃない、そのおかげでさ、ウン、こうやって、今そうやって生きてられんだから」

なんてね。亡くなりました。ご冥福を心から……（笑）。

これはご冥福を祈るエピソードじゃありませんね、これ。

ついでですから、生きてるうちには言えなかった柳朝さんの話をしましょう（笑）。

あたくしねぇ、噺家になった当座はいつも着物でした。クルマの運転をおぼえて、自分でクルマを持つようになってからも、いつもクルマでした……あ、アノ、着物でした（笑）。いつも着物。

それはね、着物を着ることによって、自分が、自分にふさわしくない落語家の世界っていう、落語家の世界ってものに、一日も早く馴染《なじ》めるんじゃないかと思っていたからです。

あたくしはほんとに学校の先生のせがれでしたし、噺家の世界に向いてないってことは実はわかっておりました。わかっていましたけど、いろんな理由もあるんですが、一日も早く落語家になりたい、そう思っておりましたからね。

その着物。

徹底的に着物に凝《こ》るには、下着にTシャツとかランニングとかそんなもの着ちゃいけない。よくいるでしょ、正月せっかく着物を着たのに、下からラクダのシャツが出てきちゃってるっていう（笑）。

あれは着物を本気で着たい者にとってはとっても恥ずかしいことです。

ですから当然、今だってこの下は、長襦袢《ながじゅばん》、この下はこうやって肌襦袢ってものを着てます。Tシャツなんて着ません。だからほんとは、下はふんどしにしなくちゃいけない。

でも、そこまでは凝っておりませんがね。

それでね、それなら、もひとつ凝って煙草入れってものを持ちたいと思い立ちましてね。煙管《キセル》が入る筒《つつ》とそれから叺《かます》という刻み煙草の葉が入る革製の小銭入れの大きいようなものとが緒《お》でつながっている。緒には、めのうとか珊瑚《さんご》とか翡翠《ひすい》の玉を通したりして。

その頃大御所と言われる噺家は、よくこれを左腰のお尻にかかった辺りに斜《はす》に差しはさんで。何とも格好よく憧れたものでした。

新宿の伊勢丹へ行ったらね、売ってたんですよ。貯金をはたいてね。いっちばん安いのをやっと買いました。

でも、まあ伊勢丹で売ってるぐらいですから、そうセコくはないけどよくはないです。蒐集家《しゅうしゅうか》が欲しくなるような、そういうものではない（笑）。

やっぱりセコかったなありゃぁ（笑）。

まだ前座になって二、三年の頃でしたがね。よくこれだけのものが伊勢丹なんかに売ってたねぇ。とかなんとか、なかなか楽屋内の評判もよくて、ちょっと得意顔だったんです。

それが三日目ぐらいに楽屋で失くなっちゃったんですよ。くやしっくってねぇ。一番うらやましがってた柳朝さんがそばに居たんで聞いたんですよ。

「兄《アニ》さん、煙草入れ失くなっちゃったんだけど知らない？」

「オレ知らないよォ」

でもその時の楽屋の状況からして柳朝さんがあやしいなと私は思いました。

これはちょっとしたシャレ（おふざけ）で二、三日うちに笑いながら返してくれるのかなとも思っていたんですけど、そのままになっちまいました。じゃ誰かやっぱり違う人が持ってったのかなァ。

飾りの金具もおぼえてますしね、飾りの珠を自分独特のものに換えといたからいまでもよーくおぼえています。楽屋の黒板に書いたりしたんだ。

「やっと買った煙草入れがなくなりました。お気づきの方は……」（笑）

ぜんぜん出てこないんですよ。どこいっちゃったんだろう。くやしくってねえ。

で、そろそろ忘れかけていたころ、あたくし真打ちになりました。七、八年後のことになりますね。柳朝さんがね、

「おまえ、祝いにね、煙草入れやろうか」

って言うんですよ（笑）。

これで大体おわかりでございますか？（爆笑）

そうなんですよ。こうやって話をしてるからそうじゃないかなと皆さんは思ったでしょ

うけれども、まさかと思いましたよ。あたくしよりずっと先の先輩ですしね、あたくしが前座になったときは、もうじき真打ちっていう、それほどの、そのころはまだ照蔵っていってましたが、〈落語界の照蔵〉で勇名を馳せていた人が格のちがう下のものにそんなセコいことするわけないと思ったんです、あたくしは（笑）。

そうしたらね、

「おう、じゃあ、明日持ってきてやるよ。そうか、欲しけりゃ持ってきてやらぁ」

というんでね、持ってきてくれたんです。

「このうち一つ選びなよ」

ってね、ふたぁつ持ってきたんですよ（笑）。

その一つが、まごうことなきあたしのなんです。それはちゃんと、飾り珠も何もみんな、みんなおんなじ、わかります、そりゃあ。あの日のそのまんまですよ（笑）。

柳朝さんからは長い年月をかけたシャレだよという表情も読みとれない。何だろうなこれは。とぼけてんのかな。忘れてんのかな。どうもよくわからない。

それでくやしいからあたしはね、そっちはもらいませんでした。もう一つの別のほうをもらいました。それが、今日、ここに持ってきたこれです。

あたくしがね、持ってかれちゃったものに比べると、相当いいです、これは（爆笑）。

あれから二十年を越えましたが、あの思い出と共に手元に持っていた煙草入れ。ほろ苦い品物です。

この筒はね、竹でできてんですよ。竹細工。ちょっと竹の節がこう、あったりして、こうふうになってんですよ。いいでしょ。中へちゃんとすぽっとはまるようになってるホラ……アラッ？（笑）煙管《キセル》の吸い口が取れちゃった。なんだこりゃ。

あたしがむこうにナニされちゃったのはね、煙管はこんなセコいんじゃない（笑）。銀の煙管を入れといたんです。

ということで、これは柳朝さんから真打ち祝いにもらった……というか交換したというか（笑）。

ま、人間生きてるうち、いろんなことありますね（笑）。

もうそろそろ終演の時間じゃないスか？（笑）

（ハマ音県民ホール寄席　1991・4・20）

『宗論』枕

熊《くま》の胆《い》の話

えー、昨夜からまた急にお寒くなりまして、えー、今日はまたこういう雨で。このまま寒くなるってぇと、雪でも降るんじゃねえかと思ってましたらば、そういうこともなく、ほんとによいお日柄に（笑）。

とは言いながら、そういう中をこうやって、わざわざ遠くからおいでいただいたのは、あたしのほうですけれども（笑）。

ただ今は、あたくしの弟子の三三《さんざ》というナニでございました。若い者ってのは楽しみでございます。

もちろんそれがだんだん成長して、世の中に羽ばたいて、みんなからも認められるよう

になって、後には落語界にこの人ありと言われるようになるというのも楽しみですが、だけど、若い者がすべて羽ばたいて、この人が落語界にありっていう、みんながみんなそうなるわけはない。こいつはいったいどういうものになるんだろう。責任を持たずに見ているというのも（笑）、なかなか楽しいもんでございます。

以前は、少し弟子に責任を持って接していたんですが、あたくしは、今年五十八になりますが、昨年、一昨年あたりから、少し考え方が変わってきました。自然に変わってきたばかりじゃない。

もちろんいろいろあって変わってくるんですが、それをいちいち申し上げていると、また泊りがけになりますので、それは省きましてお話をいたしますが、つまり人というのは、人が面倒みて何かしてやって偉くなったり、力がついたりするものではないということに思い到ったのでございます。

人から何かしてもらうと、今度、何してもらえるのだろうと、そちらに首を向けて待つようになる。そういうわけにはいかないんです。全員がそうなると誰も面倒をみてくれるってことがなくなるわけですからね。

あるいは、極端に言えば、世の中の半分は面倒をみる係で、世の中の半分が一人前になる係というふうに分けてしまうしかない。ですから、そこは世の中それぞれ、自分がこうと感じて、心持ちよく生きていくのがいちばんいいんじゃないかと思いますね。

なにしろ弟子を見ておりますってぇと、ほんとに自分が若いころ師匠におそわったことを思い出したりいたします。

あたくしは、師匠に何かモノをおそわったという……。普段から、暮らし向き、態度、そういうものはおそわったりいたしましたがね。ええ。ポケットの中に小銭を入れてジャラジャラ音立てて歩くんじゃねえとかね。

これも関係ないようですね。さっきも関係ないような話をされて困っているというような三三の話にもありましたが、あたくしもそうでした。しかし、それはほんとに関係なかったのかなというと、決してそうでもなくて、ずいぶんあとになってみると、ああ、あのときはこうだったのかと、思い当たることがあるんでございます。

それ、えてして若いうちは、なぜこういうことを今必要なのであるか、というように理屈で片づけて考えないと納得できないというようなことがある。だから、納得させて話すこともあるけれども、なかには若いのだから、納得なんかしねえで、「赤と言ったら赤なんだ、黒と言ったら、うるせえ、黒だ」と言うときも、とても必要なんでございます。

あとになってみると、ああ、なるほど、赤は赤でしかなかったなあということに、気がついたりするということもございます。

今、ここの楽屋のはばかりがございまして、巻いてあるトイレット用紙を見ましたらば、そこには何か貼り紙がしてございます。眼鏡をかけてよく見たらば、これは鎌倉の再生紙だ。

再生紙、おわかりですね、再生紙というのはね。再び紙をつくり直すという再生紙でございますよ。再生紙。

牛乳パックならば六枚であの一巻できる。牛乳パック六枚でトイレット用紙が一巻できるんですって。知ってましたか。まあ、おたくはみんな鎌倉の人かもわかりませんから、鎌倉の人は、みんなそれぞれのはばかりにあの紙が貼ってあるんでしょうから（笑）、「そんなことおめえに言われなくたって知ってるよ」と言うかもしれないけど、あたしは今日見たんですから。びっくりしました。

東京都にはありません。少なくとも新宿区にはございません。もっと小さく言えば、高田馬場地区にそういうものは、貼り紙はございません。

紙をちぎり、上のペラペラのベロのところにペタッと貼ってあったんです。

それで、A４判の事務用紙ですかな。の、古紙だったらば四十八枚だってんですよ。これも驚きましたね。

何が驚いたかっていうと、トイレット（ペーパー）一巻と牛乳パック六枚と、それから事務用紙の古紙が四十八枚との相関関係に驚いたのでございます（笑）。

これから、ここへ上がって一席やろうかなと思っているその矢先に（笑）、そういうことを言って脅かされては困る（笑）。落語をやるどころではなくなってしまう（笑）。うーん、牛乳パック六枚で、これ全部できちゃうの？　と思ったらば、事務用紙のA４判ですよ。普通の大きさの、あの大学ノートぐらいの大きさでしょう。これが四十八枚だってんですよ。ということは、この三者はイコールになるわけでしょう。これがわからないじゃないですか。

今、先程、岡崎先生から紹介がありました。

「小三治さんは、ここへ上がってきてから落語のネタをつくる」（笑）

はっきり申し上げて、トイレの紙に邪魔をされて……（笑）。

しかし、それが日常というものではございませんでしょうか（笑）。ああしよう、こうしようと思っていたものが、ついそのときの風の吹き回しで、ふっとそちらに誘われていくということは、えてしてあるものではないんでしょうか。

あたくしは、このごろそういうことを、今年五十八になるにあたり（笑）、そんなことをつらつら思い始めているということは、あたくしもそろそろ人生の着地を考えているのでございましょうか、などと思ったりいたします。

昨日のテレビでは、もう高知ではサクラの開花宣言というようなことでございましたね。いつもより十日早いというようなことが……。もうサクラですよ、皆さん。

何が来てももう一年経ったのか。ああ早いねえって、みんながそう言うんですけど、年の暮れからお正月もそう思いますが、サクラが来ると、一際《ひときわ》その思いを強く感じるのはあたくしだけでございましょうか。

お正月というのはそうとう長い間やってますけど、サクラってぇのは、どうかして一風吹くってぇと、あっと言う間に散ってしまいますから、今年のサクラは短かったね、っていうこともあります。その潔《いさぎよ》さが日本人にぴったりだ、なんてことを言ったりもしますが……。

秋田の角館《かくのだて》という町があります。ここはね、もう町中がサクラなんです。ほんとに町中がサクラです。ここ鎌倉の街道筋はサクラなんでしょうが、そんなもんじゃない。こんなに植えなくたっていいじゃない、というぐらい（笑）、サクラ、サクラ、サクラ。

花の盛りにちょっと高いところへ上がって町中見下ろすと、とにかくペンキ塗ったみたいにサクラ色になっちまう。

こう聞くと、行きたいと思うでしょう。秋田の角館です。

「高いところへ上がると、町中、町の中から少し離れた郊外まで、見渡す限り、もう川っぷちまで、全部、ペンキ塗ったようにサクラ色になるから、おいでよ」

と言われて、昨年の四月二十九日に行きました。

四月二十九日がもう角館の最盛期なんだそうです、例年は。と申し上げたことは、どういう状態だったか（笑）、想像できると思いますが。

昨年のことはお忘れでしょう。あたくしはその角館のことがあるんで憶えております。昨年はね、冷春といいますかね、サクラが遅かった。で、角館のほうは、ついつい北国ですから、どうしても遅くなります。で、まだ四月二十九日ではピクリともしない（笑）。高いところへ上がってみましたが、どこにもサクラ色はない（笑）。ただ土気色だけが町を埋め尽くしておりました。

でもね、写真を見ましたが、いっぺんその最盛期に当たってみたいものだと思いますよ。ウーン、しかしね、今真っ盛りだからいらっしゃいよって言われて、ほいと飛んでいけるような体じゃ、残念ながらない。

実は今年また角館へ行くことになっています。どうして行くことになっているかってのは、おいおい今お話をいたしますがね（笑）。

今年はどうなんだろうな。四月の二十、今年は七日です。どうなんだろうなぁ。うまくペンキ一色にぶち当たるといいんだけどな。

あそこは、町並みが古い。鎌倉とちょっと似た風情といいますか、古いものをそのままとっておこうという、角館の武家屋敷というのが名物といいますか、有名でございます。旧家がたくさんございます。ここからここは町、直してはいけないとか、いろいろとそういう規約があって、そのために美しい町並み、風情が残っている。

そうかといって、それほど努力するほど観光客がどっと押し寄せるとかいうようなところでないというところが、また何とも魅力がございます。

今年の四月二十七日まいります。もしよろしかったら、四月の二十七日。

そこには角館に、はっぽん館という劇場といいますか、山谷《やまや》初男《はつお》さんという役者がおりますが、この人がこの角館の出身で、生家が旅館だった。角館ってぇところは、その昔は東西の、言ってみれば分岐点、宿場町、そんなところでした。

ところが、この交通の発達に、だんだん、もう旅籠《はたご》がやっていけないというので、さあ取り壊そうというときになって、山谷初男さんが、もったいない、こんな大きな家をそのまま壊してしまうのは、というので、中をくり抜いて、で、芝居小屋にしたという、実にユニークなところでございます。

そこで寄席をやろうというのでね、去年、声かけられたんです。

ところが、その前の日、あたくしは水戸におりまして、水戸から、次の日に秋田の角館へ入るというのは、これはそろそろ人生の着地をしようかという者にとってはキツイです。見物しに行くだけならいいんですけど、向こうへ行ってお噺をするということは、なかなかねえキツイ。

で、いっぺんお断りをしたんです。そしたら、この世話役をやっているのが、おせっかいの永六輔という男でございます（笑）。ほんとにおせっかいなんです。でも、そのおせっかいのおかげで今までもずい分いい思いをさせていただいておりますが。

電話かけてきたのも永さんでしたけどね。

（永六輔氏のもの真似で）「四月の二十九日なんですけども、小三治さん、行ってくれませんか」

って（笑）、そういう感じなんです。

だから、

「前の日、水戸だからダメ」

ってったらね、

「熊《くま》の胆《い》があるんですけど」

って言うんですよ。熊の胆がある。この言葉に一瞬ふわっと体が浮きましたね（笑）。

じゃ、いったい「熊の胆がある」とはどういう意味かと。こうお考えでしょう？　このごろね、熊の胆にも凝ってんです。も、というのは、ほかにも凝ってるもんがありますがね。とりあえず今は熊の胆だけに限ってお話をしましょう。

熊の胆。

子供のころね、熊の胆ってのは、たしかうちにありましたよ。その後、まあこうやって世の中が発達しまして……。

薬ですよ、熊の胆というのは。薬ですけれども、これはつまりクマの胆嚢《たんのう》です。胆嚢。イといっても胃袋じゃありません。だから、字で書くと熊のイと言いながらも、胆という字を書きます。熊の胆。クマノイ。これはおなかや腸や、つまり消化器系にいいらしいんですわ。

という話は聞いておりましたよ、子供のころから。だけども、その後、いろいろな薬が出てきまして、冗談言っちゃいけない。熊の胆なんて、そんな古くさい薬、バカバカしくて使えるかいという、まあ世の中とともにあたくしもそう思っておりましたし、熊の胆をいただくという、つまり飲むということはなかったんでございますが、三年ほど前に、新潟のほうの知り合いのお宅へ行きましたら、そこのご主人が、

「珍しいものがありますよ。今日はわざわざおいでいただいたので、ご馳走したい」

ってんでうやうやしくご馳走してくれたのが、熊の胆でした（笑）。ご馳走っていうから、熊の胆を焼いといて、ナイフとフォークでこんなことして（笑）、食べるのかなと思ったら、そうじゃねえんです。何だかしらねえけどね、コールタールのかけらみてえな、こんなちっぽけなものが出てきましてね、ええ。

それで、ご馳走ってどうするのかなと思ったら、ほんとにね、マッチの頭の四分の一か五分の一か、六分の一か八分の一ぐらいの（笑）、ちっちゃなカケラを茶碗の底にペンと落としましてね。それで中覗いてみてやんですよ、そいつが。そいつがってことはないね、ご馳走してくれたんだから（笑）。その方が。

ちょっと足んねえかなと思ったらしくて、こっちのほうの粉末をペラペラペラなんてかけてね（笑）、お焼香みてぇな形をしやがってね（笑）、それで上からジャーッてお湯をかけて、わーっとかき回すと、何ていうんでしょうか、ほのかーに緑色がかるんですね。ほのかーに緑茶の一番茶のような色の、もっとほのかーな色が出るんです。

へーっ、こんな色してるの？　真っ黒なのにお湯かけると緑色になるんですね。もちろん透明感があって、うっかりしてれば緑色って気がつかないぐらいですけれども。これ、いただくと、そうとう苦《にが》いんです。だけど、これが実は、つまり何千年の昔から漢方なんですね。妙薬と言われたものなんです。

いただいてみたら、そのところ、少しどうも胃がはっきりしなかったのが、何かいいんですよ。おっ、いいな、これは。

で、その方に、あとからお礼状を出して、この間はとてもいいものをご馳走になって、ありがとうございました。あれを少しお分けいただけませんでしょうかと、こう言ったんです。

そうしたら、本当に惜しそうに、ほんとはあげたくないんだけど（笑）、ほんのチピッとあげましょう、というので、あれはカラカラに乾いてますから、ちょっと刺激を与えただけでパラパラ、パラパラ、パラパラッて細かくなってくんですわ。

そうですね、体積にしてどのくらいでしょうねぇ。どのくらいでしょうねぇ。ほんの少しですよ。えー、マーブルチョコレートっていうのも古いですね、これ。マーブルチョコレート古いですね。でも、マーブルチョコレートですね（笑）。

マーブルチョコレートほどはくれなかったですね。それの半分か三分の二ぐらいだったでしょうか。とっても貴重なんですから、と言ってくださいました。あたしもやっと手に入れたんですって。いろいろ能書きをたくさんくっ付けて、もったいつけてくださったんですよ。

なに、あんなものって、思っていたんです。

それで、あたくしは方々にお知り合いがございますから、じゃあ、その知り合いのネットワークを使って、熊の胆をひとつ手に入れてやろうじゃないかって、思ったら、これが手に入らない。ない。

という話を永六輔さんにも話をした。これがいけなかったんですね（笑）。

そしたら永さんが言うには、「おれは秋田にマタギを知ってる」ってんです。

マタギってのは、別にどっかまたいで行く人じゃないんですよ（笑）。

つまり、そういうものを撃って暮らしを立てているといっても、今は純粋のマタギの方はおりません。が、マタギを知ってる。その人に聞いてやるとそう言ったんですけど、「ああそう」なんつってね、あんまりあてにしてなかったんですよ。クマなんてそうとれるものじゃないんです、そいで。

そうしたら、すぐ返事がきました。大丈夫だと。もう契約したと言うんです。

それが、つまり角館の落語会の世話役の会長をしている人が、そのマタギだったんです。

マタギというから、シカの皮とかクマの皮をかぶって、で、毛皮だらけのモコモコした人かと思ったら、本職はＮＴＴに勤めてるんだと（笑）。

ずいぶん世の中変わりましたね。変わりました。

で、熊の胆に惹《ひ》かれて、実は、「わかった。それじゃ水戸から行くよ」と。来れば、出演料代わりに熊の胆をあげます（笑）。

ところが、猟師の仲間同士で取り引きをするときにさえ、熊の胆が一グラムと金一グラムと同じ値段だと、こう言うんですよ。だから、熊の胆一個ってぇとこんな大きいんですから、マーブルチョコレートじゃねぇんですから、こんなもの幾ら取られるかわからないんです。逆に言えば、あたくしがとんでもない金持ちだとして、幾らでもいいからといって買おうとしてもですね、ないものは買えない。それほどのものなのです。で、あたくしはその熊の胆に惹かれて行きました。

そしたらね……。今日はこの話だけしに来たんじゃない（笑）。だから、今一瞬、問があったのは何かというと、つまり今、話そうと思ったことを飛ばして、先へ行って寸法を短くしちゃいけないかなって思ったんですけど、今、秋田新幹線てのをこしらえてるのか、まだ完成してない……二十二日ごろだったですかな。

秋田新幹線ての今やりかけてます。で、田沢湖線という、山の中を走っていく汽車の線路を使う。そのために去年の四月二十九日は工事中であれはないんです、電車が。ええ。バスに乗ってきてくれって言うんですよ。バスったって一時間か二時間に一本じゃね、とても水戸からこう行くんじゃね。

ＪＲで水戸から真っ直ぐ一本で行けると思ったらダメなんです。いっぺん東京へ戻ってきて、新幹線に乗り換えて盛岡まで行って、そっからってやつなんですよ。

大変なんです、熊の胆は（笑）。

落語をやりにいこうなんて思ってないんですから、あたしは。ただ、熊の胆もらいに行くんだと思ってるんですから（笑）。

今日だってほんと言やそうですよ（笑）。今日は鳩サブレーがもらえるんだな（笑）、と思って来たんですよ。そしたら楽屋にないんですよ（笑）。黙ってたって、ここへ来れば鳩サブレーが出ると思ってるんです、あたしは。

京樽のすしなんかあんですよ（笑）。

あんなもの食いたく……ああ、そんなことない（笑）。

で、秋田新幹線ですが、そのために仕方ないから盛岡からレンタカーを借りて、自分で運転してったんです。それで間に合ったといっても、もう開演も開演。やってる途中にやっと間に合ったんです。どこで一歩間違えても間に合わなかった。そのくらいかすかすで向こうへたどりつきました。

真っ暗な田舎でね。わからないんですよ。そのはっぽん館という。山谷初男さんのことを、通称はっぽんとみんな呼んでいるので、それではっぽん館という名前が付いたんですけどね。ここが見つからない。

そばまで来てるのに、もうその近所を一時間もウロウロウロウロウロして、やっと着いたんです。で、クルマを停めてライトをパチッと切ったら、窓がガラガラッと開いて、

(永六輔氏のもの真似で)「今着いたんですか」

こういう……(笑)。

それに対してあたくしの挨拶は何だと思います?

車の窓を開けて、

「熊の胆ある?」(笑)

「ある、ある」

っていうんで、

「それじゃ上がる」

なければ帰るつもりで行った。

それで落語会は無事に終わりまして、で、終わって、さあ打ち上げのお食事会。その晩はどのみちそこへ泊まんなくちゃいけない。

そしたらね、発泡スチロールがね、こんなタラコか何か入れるぐらいの、このくらい大

きい発泡スチロールの白い、それが上下にハマグリのようにパクッとこうなってる、それをそーっと世話役の人が持ってきました。

「これが師匠の熊の胆です」

で、蓋《ふた》開けてみましたらね、なんてんですか、このくらい、アケビの、大きいアケビぐらいの……アケビ、ご存じないでしょうかね。まあ鎌倉ハムじゃないな、このくらいですよ、このくらいの、丸っこいんですね。それで、つっ突くとプルプルプルンプルンなんて揺れたりなんかするんです。

気をつけてください。破らないようにしてください。破けると、中から胆汁が全部ぶわーっと表へ出ちゃう。

つまりあれはね、胆汁を包んでる袋、胆嚢の中に胆汁がいっぱい入ってるんです。それだったんですね。

あたしが知ってるね、熊の胆っていうのはかちかちのコールタールみたいなんです。コールタールとこのプルプルはどういう関係かと思ったら、つまりこれを乾燥させると、いずれああなるってんです。

「これ、あたしにいただけんですか」

「どうぞ」

その方の話によると、クマが獲れなくて獲れなくて困ってたんですって。師匠が来てくれるってんで、熊の胆で約束したから、熊の胆がないと面目ないってんで、これを獲るのに三日間十一人が山の中にこもったってんですよ。

それ聞いてみると、なるほどね、クマの中でいちばん大事っていうか、高価なのは……熊の胆。クマの中でいちばん高価なのは熊の胆ですから。金一グラムと熊の胆一グラムと同じ値段てのは、考えてみれば安いくらいですよ。それだけの、十何人の人が、山の中を三日間もさまよい歩いて、やっと……。

それでしかも、あれはね、冬眠から醒《さ》めたばかりのクマがいちばんいいんですって。冬眠から醒めて、で、表へ出て、ああ腹減ったって、木の皮か何かバリバリッと食ったりすると、それ溶かすために胆汁使われちゃうんですって。そうするとですね、冬眠の間、めいっぱいポンポコリンだったのが、ピョッピョッピョッピョッと減っちまって、これ、あたくしが言ったんじゃないんですよ（笑）。

どういう状態になるかというと、そのマタギの人が言うには、その人も、言葉遣いに語《ご》弊《へい》はあるけどと言ってましたけどね。それをぶら下げると、だらしのないキンタマのようになってしまうと、こう言うんですよ。とてもわかりやすい表現なんですよ（笑）。

あたくしも、こういう品のないことはあまり言いたくないのですが、あまりにピッタリなので（笑）。

で、その今いただいたやつは、ぶら下げてもだらしなくないんです。プリンプリンしてる。めいっぱい詰まっている。

だから、その冬眠から出て、雪をはねのけて、あーあーって出てきたとこをやるってんですがね、考えてみりゃちょっと、話してるうちになんかかわいそうになってきましたね（笑）。

で、それはまさしくそれだってんです。そのために三日間探した。あそこにいるぞ、ここで待とうって、待ってるうちにですね、一人の猟師は、鉄砲構えているうちに、通り掛かった別のクマに足かじられたってんです（笑）、どういうとこなんですかね、角館っていうところは。危ないところですね。

ですが、探す気になるとなかなか見つからないのだそうです。

で、何匹とってもいいんじゃないんですって。例えば、ここからこの地域をA区域、B区域と、こうするでしょう。そうすると、この区域では一冬に三匹とかって決まってんですって。そこの地域では三匹なんだそうですよ。で、「これ、三匹目ですか」ってたら、「いえ、二匹目です。今年はこれでもうおしまいです」って、そう言ってたから、そんなにいないんでしょ。クマの場合は二頭ですか。匹とは言わないやね。

さあそれからなんですよ。

あー、噺がなかなか始まんない（笑）。

あたしもこんな話するつもりなかったんですよ（笑）。サクラの花を思い出したために、とうとう角館の熊の胆までできてしまいました。せっかくここまでいったんですから、このまま引き下がるわけいきません。続けます（拍手）。

それで、

「さあ、お持ちなさい」

と言われるんですが、

「お持ちなさいって、どうすんですか」

「え、干していただけば」

「どういうふうに干せばいいんですか」

「そうですね。タケの籠《かご》の上へ、何か粗朶《そだ》みたいなものを敷いてですね。タケの籠ったって、こんなちいちゃいんですから、こんなんでいいんですよ。上へ取っ手が付いてるような籠がよくありましょ。あれへのせて、自在鉤《じざいかぎ》のいちばん上のところに引っ掛けて、そうすると自然に下からの煙で、いい具合にいぶされますから。あ、それから断っておきますけど、松の木だけは焚《た》かないように」

なんて言ってんです。この人、いつの時代の人かな（笑）。

東京のあなた、高田馬場に住んでて（笑）、自在鉤のある家に住んでる人いますか。自在鉤どころじゃない、囲炉裏《いろり》なんかありゃしませんよ（笑）。だいいち下で松を焚くなったって、こっちは炭だって焚きゃしません（笑）。

で、それは、とてもあたしには無理だって言ったら、

「それじゃあ、まあただ乾かしときゃいいから」

「いや、乾かしときゃいいからったって、あのほら、熊の胆って、ほら、何かペタンと潰《つぶ》した形になって干して、干し上がるでしょ？」

って言ったら、

「あ、それするには、生乾きのとこで下ろして、で、上と下で板ではさんで両側をこう縛《しば》って、つまり力を加えて平たくして……」

ですから、熊の胆ってのは、出来上がったものはこういう形じゃないんです。こういう形じゃない。ソーセージ状じゃなくて、せんべ状と言いますかね、こういう形の、しかもどうしても瓢簞《ひょうたん》型といいますか、いちじくを潰したみたいな、こんな形にね（笑）。平べったくなるんですよ。ええ。

そしたらね、平たくすんのはプロに頼まなきゃダメだって。なかなか難しいんですって。

「そういうのに、プロがあるんですか」

今、それだけで食ってるわけじゃないけど、やっぱり専門家がいるんですって。

で、話をしながらね、

「どうして熊の胆なんかに興味を持ったんです?」

って言うから、実はこれこれこういうわけでって、さっきの話をしました。

それは今もったいないから、いざというときの伝家の宝刀で、ちょっとやそっとおなかの具合が悪くなっても用いませんけども、もうしょうがないと思ったときに用いると、とても効き目があるんですよ、という話をしました。

「それをお持ちですか」

ってから、

「持ってますよ」

っつって。

あたしいつでも持ってます。今でも持ってます。こんなちっちゃなビニールの袋に入れて、クルクルッと巻いて財布の底に入れてある。いざというときのために。

そしたら、そのマタギの人が、

「ちょっと嘗《な》めさせてください」

って言うから、

「控えめにお願いします」(笑)

二人いたんです。二人でこうやって嘗めてる。あんまり浮かない顔してんですよ。あ、これこれって顔しないんですよ。

「何か気になるとこございます?」

「う? いや、あやあやあや」

なんて、何か大河内伝次郎みたいな(笑)。あ、これもちょっと古いけれども。あややあややなんつってるんです(笑)。

ええ。何だか気になるでしょ、こういうのって。

普通、熊の胆、熊の胆って言ってます。今でも買おうと思えば手に入ります。熊の胆入りの胃薬なんてのもあります。例えば、ニッスイガロールとか。別にそれ悪く言うわけじゃないんですよ。例えば、熊の胆入りの胃薬。それから、富山に行きますと廣貫堂という大きな薬屋さんがありまして、そこでも熊の胆というのを出しております。

どうしてこんなこと詳しく知ってるかっていうと、つまり、最初、あたくしが熊の胆欲しいなと思ってから、その後、永さんに出会うまで、ただ手をこまねいていたのではなく(笑)、方々出かける度に、「クマ撃ってる人知らない? 知らない? 知らない?」って、聞いて歩いていたということが、ここに秘められているわけでございます（笑）。

ですから、富山の廣貫堂。

ところが、廣貫堂の胆ってのを買うと、後ろに、このごろ嘘つけないんですね。原材料、熊の胆として（獣胆）としてあるんです。獣の胆。つまり、実は本当の熊の胆じゃございませんてことを言ってる。ほんとの熊の胆は、そんな市販薬に高くって使えません。そういうところに、つまり値段付けちゃったら、もうそれ、一個何十万かかるかわからないぐらいになっちゃうでしょう。

しかもそこに、富山の廣貫堂なんていうものは、熊の胆という獣胆も入っているけれども、そこにはいろんな、甘草《かんぞう》が入ってたり、葛根湯《かっこんとう》が入ってたり、あるいはあれが入ったりこれが入ったり、いろんなものを合わせるんですわ。うん。それでやっと一つの薬らしいものに仕上がっている。だから本物がないってことあたくし知ってますわ。

ですからね。獣胆、ちなみに申し上げますと、ブタかウシでございます。ウシのほうがいいって話を聞きました。ウシの胆汁、胆嚢は、別に漢方では牛黄《ごおう》なんていう言い方をしまして、牛《ご》、それに黄色い。これはウシの胆嚢の場合もありますが、実はウシの胆嚢にできる――胆嚢のですね――そう、胆嚢にできる胆石、これを削ったものを正式の牛黄と言うのだそうです。

それも以前は知りませんでした。つまり、熊の胆を追い掛けるあまり、とうとうそこまで深入りしてしまったのです（笑）。しかも、本当の熊の胆と言えるクマは、本州にいるツキノワグマ、中国にいるヒマラヤグマ、この二つに限るのです、本当の熊の胆と言えるのは。

この時にうかがったクマのお話なんですが。

クマのお母さんてぇなァ、子供が生まれると二年、三年だったかな。たしか二年、一緒に暮らします。で、二年たつと、さァひとり立ちしろよ、自分で生きていけよと追い出すんですが、その時にその子が男の子だと雌とのやり方をお母さんが自分の体で教えるんだそうです。

「エーッ、うそでしょう」

ったら、

「いや、本当です」

って、二人のマタギが同時にコックリをしましたから、本当なんでしょうねぇ。

「じゃ、それで子供が出来ちゃうこともあるんでしょ？」

「あります。けど、人間世界のことではありませんから」

そ、そりゃそうかもしれないけどさァ。凄い話だなぁ、そりゃ。知らなかったなぁ。どうなっちゃうんだ、これ。息子の種を宿してしまった母さんグマ。そこを去ってひとりで生きていく子グマ。そのお母さんが生んだ子が、また男の子だったらどうなっちゃうんだ。なんてそこまで心配するこたぁないかもしれないけど。

それにしても、ほら、こうやってこうやるんだよ。そうそう、うまいうまいって、目を細めながら手取り足取り教えるお母さん。

ウーン。こんなことって、あっていいんでしょうかねぇ（笑）。と言ったって、ま、現実にそうだってんならしようがないけどさ。

とにかく、これが済んでから追い出してやると、この後、二度と寄せつけないんだそうですよ。

それにしてもねぇ。驚いたなぁ。

で、先程の味見の一件に戻ります（笑）。

「おかしいんですか。にせもんですか」

ったら、

「いや、そういうことはありません。いや、いいんじゃないんですか」

なんて言う。

「何ですか、いいんじゃないんですかってのは（笑）。本物なら本物、ダメならダメって
そう言ってもらいたい」

「いやいや、いやいや」

なんて言ってね、なかなかとぼけてるんですよ。で、また別の話したりなんかして。

でもね、何か気になるから、

「もういっぺん、しつこいようですけど、さっき何かあったんじゃないですか」

って、もういっぺん振ったんです。そうしたら、

「そこまで言うならお答えしましょう。普通は、われわれは言わないんです」

と、こういうんです。どういうことかってぇと、にせものがいっぱい出回ってるので、
それが熊の胆だと思って有り難がってる人に、いちいち水差すことないじゃないのってい
う、つまり良心なんですよ。

猟師の良心なんです、つまりそれはね（笑）。シャレでもないんですけども。

「じゃ、何ですか、あれは。わかりますか」

ったら、

「いや、よくはわかりませんが、混ぜ物があるんじゃないんですか」

「混ぜ物？　ちょっと待ってください。何ですか、その混ぜもんってのは。だって、あの

熊の胆ってのは、つまり胆嚢という袋に入ってるものをそのままカラカラに干したものを、それを言うわけでしょ。取り出して、水にしといて、何か混ぜて、で、どっかお皿の上で干すわけじゃないんでしょう」

「ええ、そらそうですよ」

「じゃどうして混ぜることができるんです？」

そう思うでしょ？　だって、ここに、目の前にあるブヨブヨしたのは、ちょっとつついただけでもってワーッと出ちゃう。混ぜもんはできないじゃないですか。

そうしたらあるんです、手が。生乾きのときに——表側から乾いていきます。そのときに注射をするんだそうです（笑）。あー、おわかりでございますね。

生乾きのときに、つまりたるんでるやつなんか……。大概たるんでますから余地があるわけですよ。あるいは目いっぱいのでも。つまり袋ですから、つまり弛緩《しかん》……何て言うの、伸び縮みします。注射するんです、中に。つまりほかのやつの胆汁を吸ってきて、そこへ入れちゃうんですって。そうすると、かなりごまけて、これは猟師仲間でもなかなかわからないんだそうです。

そうすると、ほらどうです。金一グラムと熊の胆一グラム。当然、そういうマフィアが（笑）、マフィアまでいかなくても、ミニ・マフィアがそこに介在する。

ですから、師匠の持ってるものをとやかくいいたくないけど、これはどうもって、こういうんですよ。

ああ、やっぱりねぇ。

「じゃちょっと今、あたしが持ってるのがありますから、これ、嘗めてみてください」

って、その人が自分で去年獲った熊の胆っていうのを、それも大事なところはもうなくなっちゃって、さっきのだらしない上のつまみの部分のところですね。中身はほとんど入ってないほんとにペッタラコーとなっちゃってるんですよ。

でも、嘗めるとまだ味がします。

嘗めてみました、いただいて。

「どうです？」

ってから、

「苦いけど、少し甘味があんじゃないですか」

「そうです。よくおわかりです」

わかるんです、あたしはね。塩の研究や何かしておりますからね（笑）。

「よくおわかりですね。そこなんです。師匠が持っていたのは、あんまり苦すぎます、これは。こんなに苦いんじゃないんです。苦いけど、そこにそこはかとない甘味があるんですよ」

って、こう言われるとですよ、うーん、悔しいけれども、その本物の、これはおれのだというその喜びは、何ともうち震えるものでございました。

それでもう、話は急ぎます。今日はそれで、さよならじゃないんです。まだ何らかお断をして帰らなくちゃいけないんですからね。

で結局、それは本職の人に頼むことにしました。干すのね。

ただ頼むときに、

「あたし心配なんです、これ」

「何です？」

「あのー、吸い出されるのはまだともかく（笑）、何か余計なもの注射されて、吸い出された分補おうと思って、余計なもん注射されて、結局、混ぜもんだったていうことはヤダなあ」

って言ったら、

「そこは何とも言えません（笑）。でもまあ、こういう方のものを預かってあれしてるんだからってことは言いますけど」

って言うんです。

それで、今年の四月の二十七日、それを受け取りに、イヒッいくのよ（笑）。だから心配で心配で（笑）。

鎌倉で鳩サブレーが出ないのは我慢できますが、向こうで混ぜ物つかまされたらどうしようかと思ってね。

それでね。「どんなものを注射するんですか」ったら、ウシの……。ウシなんか注射したら一発でわかっちゃうんだそうですよ。マンボウだって言ってましたよ。

マンボウって、なんか魚ですよ。頭も尻尾もないような、なんかダルマがそのまんま泳いじゃったような、あの魚ですよ。あれ。それを使うっていうんです。だから、たぶんその味がきっと熊の胆と合わせたときにごまけやすいんでしょう。

だけど、そこまで言うんだから、あたしは彼の言うことはほんとだろうと思うんです。マンボウまで出してくるってことは。だから、なおさら怖いのでもあります。

でも、それを手に入れた暁は、ぜひこの次の会はここに持ってきて、これですと（笑・拍手）。この茶碗の中にそれを入れて、あたし一人で飲んでみて（笑）。

今年はどうでしょう。サクラが満開でしょうか。そして熊の胆が満開でしょうか。とても楽しみな四月二十七日でございます。

はっぽん館というのは角館の駅のすぐ近くです。駅でお聞きになればわかります。

「かまくら落語会でそんな話してたでしょ。だから来ましたよ」

っておっしゃってください。何のおもてなしもできません（笑）。

しかし、この話をして、四月二十七日に落語会をやりますっていう話をした場所はほかにございません。鎌倉だけでございます（笑）。

どうぞ、お訪ねいただくのも、古都の方が古都へお訪ねくださるというのも、面白いものではないかと、こう思いましてね。


（かまくら落語会　1997・3・16）

『長屋の花見』枕

笑子《えみこ》の墓

エー、こういう秋の日の、ヴィオロンの（笑）。そんなことはどうでもいいんですが、よくお集まりくださいました。今日あたりは、こういう日ですし、だれもお見えにならないんじゃねえかなと、楽屋一同、心配をしておりました。アー、ありがたいことだ。ハーア（笑）。

エー。今日は、ちょっと予定を変更しましてあたくしの世間話といいますか、身の上話にもなりますが、お聴きいただこうというわけなんでございます。

後ろのほうの方、そんなわけであんまり声を張りませんので、もしどうしても聴こえなかったら「聴こえない」とおっしゃって下さい。今日はそんなつもりで、お客さんと噺家

という関係じゃなくて、エー、膝をまじえて話しているといったような。ですから、もし相槌《あいづち》があれば相槌を打ってくだすっても結構です。お賽銭《さいせん》をいただければお賽銭をいただいても（笑）、別にお断りはしないので、少し前へ、もう少し前へ。

エー、あたくしが真打ちになりましたのは、噺家になって十年目の昭和四十四年。二十九歳でございました。

ございましたというと、なんかちょっと高座口調ですね。アノネ、二十九だったのよね、なんて（笑）。

そもそも今日お話しする発端というのは、その四十四年の九月に真打ちになりましたが、その年の恐らく夏の初めのことだったろうと思います。まださん治で二ツ目だったんですが。沼津で、労音の独演会がありまして、あたくしとだれだったでしょうか、もう一人、今のさん八君だったかな。まだ前座だったと思いますが。

そのころあたしはボウリングに凝ってましてね。ボウリングったって井戸掘りじゃありませんよ。球ころがしですね。これに凝っておりまして、エー、どこに行くんでも、たいがいボウリングの自分の球を持って。

で、ゴルフもそうですが、いつも自分の行っているところばかりじゃつまらない。道場荒らしじゃありませんが、いろんなとこでやってみたいと思うものらしいんですね。ボウリング場なんてのはですねえ、まあゴルフ場はわかるんです、あら景色も違うしね、こういう微妙な、季節によって陽気や、風や芝生だって違いますしね、コースのレイアウトや長さも違うし。けどボウリングってのは、寸法もおんなじ、長さもおんなじ、何もみんなおんなじなんです。ピンだって十ピンなんで、場所によって十三ピンあるっていうところはないわけですから（笑）。変わり映えがないんで、何も沼津くんだりまで行ってやることはなかったんでしょうが。

とにかくそのころはあたくしはオートバイにはまだ乗りませんで、緑色のブルーバード・クーぺという千六百ccの愛車に乗って沼津へ向かったんでございます。

街なかに手ごろなボウリング場を見つけました。

そのころは一人で、二時間でも三時間でも一シートでも二シートでもいくらでも投げましたね。そのぐらい夢中になってました。よくやりました。あのあとだんだんだんだんブームになっていきましてね。一番盛んなときには、テレビでボウリングの番組を昼から夜遅くまで途切れることなく見ることが出来たというぐらい、各局競ってボウリングの番組をやっていたもんでございますよ。

ときどきは芸能人大会なんてのに引っ張り出されましてね。エー、あたくしはあるとき、テレビで女子プロとトーナメントで戦いまして、最後に、そのころ並木恵美子という女子プロボウラーがおりました。女子プロで勝ち残った並木プロと芸能人で勝ち残ったあたしとで決勝戦ということになりまして、二一六対二一四というスコアであたくしが勝ちまして、優勝賞品にダイヤモンドの指輪をもらった、なんてこともありました。

あたしはカミさんと一緒になっても指輪なんてやったことなかったんで、やっとそこで義理が果たせたという（笑）、そんな逸話もあるんですが、ンー、あんまりそんな寄り道ばかりしてると先へ進まない。

さて、その沼津のボウリング場で黙々とひとりでやっていたんですが、そこへ女の子ですね。そう、十七、八、いや九、そんな歳でしたかねぇ。その子がつかつかっと小走りでやってきましてね、ほとんど前置きもなしあいさつもなしに、いきなり、

「落語をやってください」

こう言うんです。

「え？」

「落語をやってください。テレビであんなガチャガチャしたことやってもらいたくないんです」

って、こう言うんですね。

そう言われると、ちょうどあたしが二ツ目のときから真打ちになるそのころにですね、今のフジテレビでタモリがやってる『輪ッ！』って番組がありますが、あの前身の前身のもっともっと前身で、ちょうど同じ時間帯で『お昼のゴールデンショー』というのがありました。そのころ人気絶頂の前田武彦が、こらもういま考えるってえとウソでしょうというかもわかりませんが、人気超絶頂でした。つまり今のタモリです。だからタモリだって何年かすりゃ……（笑）。ま、そんな話は別にしといてですね。

ちょうど前田武彦がやっている番組で……そうそう、コント55号ですね、萩本欽一と、ンー、坂上二郎。あの二人がちょうどテレビに出始めた。浅草から掘り出されてテレビに出始めて、ウワーッと人気が出てきた、あの番組。『お昼のゴールデンショー』。前田武彦とコント55号が毎日出て。そのうちの金曜日にですね、われわれ噺家の大喜利《おおぎり》もあるってんで、それへ出ましてね。

あたしはあんまりああいうもの、テレビっていうものが実は好きじゃなかったもんですから、それまでどんな話があっても、テレビっていうといやがって出なかったんですが、コント55号を掘り出してきたフジテレビのディレクターで常田さんというおばさんがおりました。この方は今、名プロデューサーになりましたが。この人がわざわざ鈴本へ来ましてね、今度これこれこういう番組をやるから出てくれと、こう言うんですよ。どこで何を見てそう思ったのか知りませんが、あたしに出てくれとこう言うんです。

あたしはテレビ好きじゃないし、大喜利ってものも大体、噺家としては決して自慢できることだと思っていませんでしたから、やりたくないと言いましたら、まあ、なにか彼女なりの目があったんでしょうかね、一週間程毎日のように鈴本に通ってきましてね。

「まあ、そんなに熱心に言われたんじゃあしようがない。まあ出るこた出ますけどね、責任もちませんよ」

てな調子で、出ることになったんですよ。

それでね、やる気もないからふてくされてやってたのがよかったのか、ンなもんできなくたってもともとだいっつって開き直ってやっていたのがよかったのか、まあ、一人だけ毛色が変わってるってんで、そのころ、自分で言うのも何ですが、たいそう人気者になっちまったということがありましてね（笑）。

私がステージに出ていくとね、似てるっていう意味か何か知りませんけどね、カッパのぬいぐるみとかね（笑）、そんなもん持った女の子たちが「キャーッ！」、なんっつって舞台のとこまで寄ってきてね、そんなようなあれでしたよ。

でもまあ、自分としてはね、こんなこといつまでもしてるわけにいかないし、人気もんっていうのはこんなちょっとしたきっかけでキャーキャーいわれて、なんてまあ中身のないもんだろう、イヤだなあ、って考えていた矢先だったんですね。

ちなみにもう少しその話をしますとね、マスコミってのはほんとにわけわからねぇなと思ったのは、それ一本で顔と名前が知られるようになったんですが、そしたらあくる年の番組改編のときに、あたくしのところに舞い込んできた話がテレビドラマ三本も含めてレギュラーで週に十六本ありました。

どこかで誰かひとり出てくると、その後いっぺんにワーッとたかってくる。なんだいこの世界は、バカバカしいなって、ほんとにそのときは思いましたね。

たとえ全部引き受ける気になったとしても、週に十六本のレギュラーなんてできるわけはないんですが、落語の役に立つかも知れないというのだけ三本やりました。

どっちにしたって落語をちゃんとやるというようなことはなくて、いわゆるタレントですな。フジテレビの『ナイトショー』なんていう番組では、タイツ姿みたいなことをさせられる羽目になったりしてね。

そしたらやっぱりあたしのご贔屓《ひいき》の料理屋さんの女将《おかみ》が、

「ちょっとさん治さん、なによあんた。このごろ変なことやってんじゃない? みっともないんじゃない、ちょっと」

なんていうことを言ってくれる人もいまして、で、自分でも心にひっかかっていたことでしたから、そういうことを言われるってえと、身のすくむような思いがしましたね。

それに、大喜利だとか、ボケ役をやってるテレビタレントとしての自分と、寄席で落語家としてやってる自分とでは、同じ自分でありながら全く違うわりですよね。そうすると困るのはですね、どっかからお座敷がかかったり、地方の落語会でお呼びがかかったりすると困っちゃうんですよ。いまテレビに出てるホラ、あのさん治だってんでお客さんが来てくれても、テレビとは違うことをやるわけですよ。タイツ姿じゃ出ていかないんですから（笑）。着物を着て出てって、地味に「えー、お笑いを申し上げます」でしょ。

そのうち何かやるんじゃないかやるんじゃないかと見ているうちに終わっちまうと。客席で不満そうな顔をされて、そのギャップっていいますか、これがイヤでイヤでしようがなかったなんてこともありました。

さてまた、そんな背景があって、話を沼津に戻します。

先へ進みませんね、この話は。

エー、なんとか話をかいつまみながら、十分なことをお伝えしながら先へ急がなくちゃいけません。が。あ、そう、ボウリングです。

つまりね、テレビであんなこととしてもらいたくない、あんなガチャガチャしたことしてほしくないんです、って言ったのは、つまりそういうことをさして言ったんだなってことはすぐわかりました。

で、ボウリングの球を抱えながら、「どうもありがとう」と言ったようなものの、一瞬呆然《ぼうぜん》としている間に、その子はツツツッと向こうへ駆けていっちまった。

「落語をやってください」って、一体あの子はどこでオレの落語を聴いたんだろう。テレビだってラジオだって滅多におれの落語なんかやることがない。実演となれば、この辺りにいる人にとっては、もっと縁はないはずだ。

程よいところで表へ出て、開演までまだ時間がありましたから、車にワックスでもかけていたんでしょうか。そうしたらさっきの子が、終わったんでしょうか、通りかかりまして、「あ、どうもさき程は」という話から、そこで立ち話を二言三言しましたかね。どんな話をしたんでしたか。

まあ、あたしのことですから、「電話番号教えて」とか、そういうことは言いませんね(笑)。圓弥《えんや》さんじゃないんですからね(笑)。

すると、突然彼女が、

「あたし、何に見えます?」

って、こう言うんですよ。

いま言ったように、歳は見たとこ十七、八か九、二十歳にはなってないだろうと。背は、そうですね、高くはありませんが、そんなに小さくもありませんでした。ま、どっちかというと、ちょっと小ぶり。そんな感じだったかもしれません。中肉中背をちょっと引き締めたような、そんな身体つきだったと思います。

今だったら、もうあたくしも中年ですからちゃんと見るべきところは見てるんでしょうが、果たしてそのころのことですから、その子の身体つきがどうだったとか、おしりがどうの、胸がどうのなんてことはまるで記憶にないのですが、エー、とにかく抜けるように色が白かった。ちょっと広めのおでこの、生え際がとてもきれいでねえ、鼻筋が通って、口もほどほどに締まって、ちょっと面長の、目ははっきりとして切れ長っていうんだから、かなりな美人と、こう思っていいでしょう。ただ、お化粧っ気もなんにもないほんの素顔でした。だから、きれいってことをハッと感じさせるようなもんじゃない。目だたずすべてに整ってて、何の過不足もないという、そんな感じだったかもしれません。

エー、女優で言うと、そうですね、どうふうに言ったらいいでしょうかね、秋吉久美子と大原麗子を合わせて二で割ったような感じだったと言っていいかもわかりませんね。秋吉久美子の目をパッチリさせて、もう少し切れ長にしたような、話し方はちょっとサバサバしてましてね、大原麗子向きだったかもわかりませんな。

ああ、感じのいい子だなという。白いブラウスに、それからなんというんですかね、カーキ色ってのは昔の言い方です、今なんていうんですか、ベージュじゃないな、ちょっと国防色みたいな（笑）、これも古いな、エー、つまりこういう床みたいな、ああいうね、ええ、なんかちょっとそういうような感じのフレアスカートといったようなのを、ざっくりと厚手の、ジーンズ地じゃあないが、まあ、それに似たようなもんでしょうね。だったと思います。

で、「あたし、何に見えます？」って、こう言うでしょ。

何に見えますったって、普通の娘さんだとは思いますがね。「何に見えます？」っていうのは変な質問のしかたでね。ま、ちょっと茶目っ気そうに言った。

何に見えます？　っていうから、

「いやぁ、……」

「あたし、芸者なんです。芸者屋の娘です」

って、こう言うんですよ。

あたしはね、芸者の世界っていうの、今でもよく知りませんが、そのころはなおさら知りませんでした。芸者屋の娘ってえものは芸者になっちゃうもんなんだろうかとか、そんなことを一瞬考えましたよ。第一、この歳じゃ、十七、八じゃ半玉《はんぎょく》なのかなという。一人前にならない芸者は半玉ということは大体知ってましたけど、どうふうになると一本の芸者と言われるようになるのかってことも、そのころはあんまり詳しく知りませんでした。今だってそんなに詳しくはありません。その後こんだけ生きてますから、おぼろげには知るようになりましたがね。

「へぇー、そうなのォ」

「今日はどこで独演会やるんです？」

と言うから、これこれこういう会場で。

「ああ、そこ知ってます。観に行けませんけど、頑張ってくださいね」

キリッと言い終わると、きびすを返すようにそこを立ち去っていった後ろ姿が、今でもはっきりと残っています。

午後の日差しをこう斜め上のほうから受けてね、長い髪をキュッとひっつめにして後ろで一本にギュッとしばった、そういう女の子でした。

腹が減ったからカレーライス食ったりいろんなことをしながらですね、暇をつぶしているうちに時間になったので会場に入っていきましたら、その会場の守衛というのか留守番というのか、むかしの小使いさんといったような人でしたが「どうもご苦労さんです。さっきね、届け物が来てますよ」ってんですよ。受け取って見ると、新茶の缶でね。大きな新茶の缶でした。こんな太い、そいでこんな大きなやつ。普通、新茶の缶って、駅で買ったって、お茶屋で買ったって、こんなちっぽけな缶が何千円とか、そのころから目の飛び出るような値段でしたからね。しかも、ぎっしり詰まってるんですよ。

熨斗紙《のしがみ》がついていまして、そこに「笑子」とだけ書いてあるんですね。

「ウメ……の笑子《えみこ》さんからです」とこう、その人は言ったんです。

「ウメ」ってのは聞こえたんですがね、なんだかごちょごちょって、ちょっと聞こえなかった。聞き直すのも、なんかね、そのころのことですからね、ちょっとテレくさかったんでしょうかねぇ、そのくらいのことわかってるっていうふうな、ふりを見せないと恥ずかしいような気がしたんでしょうか。

ひょいと見たら、目の前の壁に置屋、芸者屋さんの一覧表が出てました。そこは宴会場にもなるし、芸者さんなんかが来たりする、そういう会場だったんですね。きったないところでしたがね。畳の上をハマムシかなんかがはいずり回ってるような、海岸のすぐそば、松林に囲まれた、そういう会場でした。もうきったないとこでね。古いコンクリートの壁から青カビかなんか、アオミドロみたいなのがしみ出してるようなきったねえところでしたよ。

まあ何しろ、セコい噺家の独演会やろうってのは、そもそもそんなとこじゃなきゃきっと会場費の関係もあったんでしょう。

その一覧表の中に「梅」っていうのがチラッと見えましたから、あ、あれだなと思って、あたしもそんときちゃんと聞いときゃよかったんですが、あとでよーく見たら、「梅」がつくのが三軒ばかりあるんですよ。

あれー？　梅の家でもねえ、梅なんとか、梅栄……なんだろう？　って。なんか梅サカエって言ったような気もするし。ま、いいやってんで、それを受け取ったんですが。

だけどもですね、考えてみるってえと、十七か八かそこらの歳でもって、噺家だって聞いて、頑張ってよっていって、その会場にそれだけのものをドーンと届けるという気っぷのよさとゆうんですか、この仕込まれかたは、よほどこれはいいところで仕込まれたにちがいないと、とっさに感じたものですから、なおさらその子のことがよく思えました。

あたくしの真打ち披露があったのは、それから間もなくのことでございました。

真打ちになる時には、われわれは手拭《てぬぐ》いと扇子と、それから口上書、披露口上っていう、和紙で三つか四つに折りたたんで帖紙につっこんだ、その三点セットになったものを配るんですが。これを送ろうと思ったんですが、住所がわかりませんから。それから新宿電話局へ行きましてね、全国の電話番号帳というのがずらっと揃っていたんで、沼津の電話帳から置屋のところを調べたら、やっぱり梅なんとかというのが三軒あるんですよ。そのうちこれだろうと一軒に見当をつけて郵便で送りました。

で、出したんですがね、なしのつぶてで返事もなきゃ、ありがとうでもない、ハガキ一本来ない。あらー、なんだろうなあ、あれだけちゃんと仕込まれてたら、礼状の一本ぐらい出すだろうに。違う家に出しちまったのかなァ。

いや、もしかしたらあの芸者屋さんのおっ母さん……。ここのおっ母さんがとっても厳しい人で、「噺家にそんなもんもらったからって返事なんか出すんじゃありませんっ。相手にしちゃダメ。ほっときなさいっ」てなことを言われたのかしらと。

むかしはほら、芸者と女郎とは違いますけれども、吉原の女郎なんかは、やくざもんとか芸人とか、幇間《たいこもち》なんかもそうですが、そういうものを客にするのをほんとはいやがったもんです。お女郎さん自身はいやがらなくても、店でいやがったんです。つまり楽屋内というか、同じ身の上という立場はよくわかりますから情が移りやすいんでしょうか。

そういうことにならないようにって、芸者さんにもそういうことがあるのかしら。そんなことをふっと思ったりしてね。

まあ、しようがねえや、今はカネがないけどそのうちにいつか余裕ができたら沼津へ行って、お座敷にその子を呼ぼう。そのときに、何年あとになるかわかんないけど、「あのときはどうもありがとう」と。

事実、そのときに自分よりずっと年下の女の子に「落語をやってください。テレビであんなガチャガチャしたことやってもらいたくないんです」と言われたということは、その後、正直言って、ま、自分のお守りのようになっていました。何かのおりに、その子に言われたその一言がハッと耳をかすめて、あ、そうかと気を取り直すようなことがずいぶんありました。自分は落語をやっていくんだと思う一つの、なんてんですか、支えってんですか、よすがにもなっていたと思うんですね。あたしたちは、口では偉そうなことを言っても、心の中はいつも迷っているのですから。

いつか、そういう日がやってくる。お座敷のふすまが開いて、女の子が入ってくる。畳へ両手をついて、おじぎをして、

「今晩は招んでいただきましてありがとうございます」

「あのときはありがとう。やっとあなたを招べるようになりました」

女が顔を上げる。

「あっ、あなたはあの時の……」

なんてね。ハッハッハッハ。それが一つの夢でしたんです。

で、その沼津。沼津ってとこはそんなにあたし行く機会がなくて、これまでその後は三回しか行ってません。一回目、二回目行きまして、いま言った話をもう少しかいつまんで噺の枕というようなものにしました。もしご存じの方があったら教えていただきたいし、

もしかしたら会場へ本人がいらっしゃってるかもしれない。そうしたらきっと楽屋を訪ねてくださるでしょうねと。

で、結局そういうことにはなりませんでしたよ。三度目に行ったのが今から五年くらい前だったでしょうか。これは音協の仕事で。音協というのは大企業系がやってる鑑賞団体ですが、音協の仕事でやはり独演会。

で、又、この話をしました。とてもいい子でしたという話を。

話し方からすると、お座敷でもポンポン何でも気さくに話をして、ちょっと鼻っ柱が強そうで、でもみんなから好かれてとてもいい子だろう、売れっ子だろうとあたしは思いますよ。もし知ってる方があったら、あるいはおいでになっていたらお会いしたいですねという話をして、楽屋へ引っ込んできたら、その楽屋で手伝いをしていた音協の事務局の人が、この人は大企業の部長クラスの人なんですが、

「よく師匠、三分かそこら立ち話してそこまでおわかりになりましたね。全くそうなんです。あの子は、もう、お座敷でも言いたいことはポンポンポーンと言って、それでいてケロッとして、だれからも好かれて、いやみのないとてもいい子です。あの子は。ほんとそういう子でした」

「えっ、知ってるんですか?」

「はい、よーく知ってます。何度もお座敷で顔を合わせましたから」

「どうしました？　もうあれからずいぶんたってますから、お嫁に行って子供ができたりしてるんでしょうか」

「いや、それがですねぇ……。その——……」

「じゃ、まだお座敷に出てるんですか。出てるんだったらあたし呼びたいんですけど、まだ呼べますか。置屋さんの名前ははっきり憶えてないんですけど、梅なんて言いましたっけ？」

「ええ。それがね、あの子は五年ほど前に死にました」

　こう言うんですね。

なんか頭ん中で音楽が鳴りましたよ。ジャーン、なんてね（笑）。

「えっ、まさかそんな……」

絶句したまんま、正直言ってあたくしは、涙がボロボロボロボロ出て止まりませんでしたね。

　変ですか？

なんか自分だけで、自分の思い出と相撲とってるような気もするんですが、でも、ほんとなんです。

「どうして死んだんですか」

「それがね、妙な死に方でね。お風呂場で死んでたんです」

「……自殺ですか」

「いや自殺とは聞いてませんけど、とにかくお風呂場で死んでた。なぜかはよくわかりません」

これはね、ここまでは、「民族芸能」という会がありまして、そこの小さな月報に二回に分けて書きました。あらすじでね。

そうかぁ、そうだったのかぁ。それじゃあ、そのうち、おっ母さんを訪ねて、私の送ったものは一体どうなったのか、あるいはどうして亡くなったのか、どんな子だったのか、できれば写真を見せてもらったり、昔の思い出話をして、それで帰りにお墓の場所でも教わって、手桶に水をくんでお花を供えて、お墓の前にうずくまって手を合わせ、「生きてるうちに会いたかった」って、クッフッフ。

これじゃあまるで大映の時代劇のラストシーンだよ(笑)。

だいぶ、長くなりましたね。なぜ今日そんな話をしだしたかといいますと……その後日談がね、つい最近あったのです。

今日は十四日ですね。八日から十日にかけてそれがあったのです。七、八、九と沼津の近くで公演がありました。オートバイで出掛けました。公演は夜だけで、三ヵ所日替りで移動します。ですから、昼間はオートバイで動けます。もしかしたら何かつかめるかもしれない。初日は富士市のすぐそばの吉原。次の日が焼津で、その次の日は清水です。

初日はぎりぎりに会場に飛び込みましたから余裕はなかったんですが、公演を終えて、その晩は吉原に泊まりまして、次の日、弟子に私の着物の入ったカバンを持たせて先に焼津へ行かせました。で、あたしはすぐ沼津へ飛んでいきました。

沼津まで道のりにして十八キロ。オートバイに乗ってても、こんなことしておれってバッカみたい、なんていう気持ちも多少ありました。まして、見つかりゃいいけど、見つかんなくって、その手がかりもなかったら、こんなバカな話はねえなぁと思いながらも、胸はふくらみましたねぇ。

やはり電話局へ行って、電話番号が手っ取り早いだろう。結局、職業別の電話番号帳が中央局にしかないということがわかりましたから、中央局をあっちだこっちだとやっと探しあてて、さあ置屋のところを開きました。梅なんとか、三軒あったはず。

ところが一軒もないんですよ。浦島太郎ですね。考えてみたら、あれから十八、九年たってんです。ざっと二十年もたってる。いつのまにかそんなにたっちゃったんです。二十九ですからね、あんとき。あたし今、四十七ですよ、今年誕生日くると。

だいたい置屋そのものが二十年前の電話帳には何十軒あったかわからない程どっと並んでいたのが、今見るとほんのひとつまみしかないんですよ。でもね、このまんま引きさがるのはくやしいしね、どっか手がかりはないかなと思っても、大海をたらいで漕《こ》ぎ出すようなもんでした。

ああだこうだ考え抜いて、あたまに梅はつかなくても一番古そうな、伝統のありそうな家にしよう。そこなら何か情報がつかめるかもしれない。梅ナントカ。ひょっとしたら梅栄だったかもしれない。民俗芸能の会報に書いたときには梅の家にしましたけど、梅栄だったかもしれない。そしたら、新栄ってのが番号帳に載ってるじゃありませんか。梅栄あらため新栄ってこともなきにしもあらず、よしここへ行こう。番号帳から住所を書き取って沼津市の市街地図を買いました。

あ、ここだ、この辺だってんでオートバイで探したんですがね。グルグルグルグルなかなか見つかんない。住所はたしかにこのあたりなんだけど、看板や表札が見つからないんです。

仕方なく電話をすることにしました。それだってね、いろいろ大変でした。電話をしたって、どう話し出したらいいんです？　こんな話を（笑）。

「実はね、あれは今を去ること二十年前……」なんて、ぐずぐずやってりゃ、そのうちガチャーンと切られておしまいですからね。改まって「お尋ねしたいことがある」なんて切り出したら、ほら、ああいう商売ですから、ひょっとして過去を隠すとかなにかそういうことがあって、変に疑られてもいやだしね、どうしようどうしようってんで、呼び出し音を聞いてるうちに出てきちゃったんですよ。向こうが。名前だってどう読むのか、シンエイか、シンサカエか、アラエイか、アラサカエか、わからないでしょ。でもね、まあシンサカエだろうと思って、

「あのう、シンサカエさんでしょうか？」

てったら、中年の女性の声で「はい、そうです」と言う。しめたっ。

でも、どうしよう。気をとりなおして、エイッとばかりに、

「あたくし、東京の落語家で柳家小三治と申します」

と言ったら、

「へ？　柳家小三治……エ？　小三治……。エッ？　あの、テレビ出てくる、あの、あの、こさっ……？」

「はい、その小三治です」

「エッ？　なっ、なんですか、うちに何か用ですか、なんだっていう……？」

警戒心が見え見えなんですよ。いきなりですから無理はありませんが。「ちょっとお尋ねしたいこと……いや、教えていただきたいことがあって」ってなことを言ってるうちにだんだん打ちとけて、「じゃあ、分かりにくいでしょうからお迎えに上がります」って迎えに来てくれましてね。

ありがたいことに、こんな商売の御利益ってんでしょうか、玄関払いもされずに座敷へ通してくれました。あたくしは赤白黒三色の革のつなぎ着たまんま、ヘルメット抱えて入ってったんですから（笑）、むこうは驚いたでしょう。

それで、これまで申し上げたようなことを静かにお話ししました。

「いつかお座敷をかけて、あの時のお礼を言いたいとずっーと思っていたのです。それがボクの夢でした」

すがる気持ちでここへこうやって来たんですが、「梅」が付くところが一軒もありませんねと言ったら、

「ええ、ありません。以前はありました。三軒」

「そうでしょう。三軒でしたでしょう。そこの、いずれかにいた笑子《えみこ》というその子のこと、なにか、ご存じでしょうか」

といったら、その置屋の女将、今でも芸者をしてるそうです。

「ええ。よーく知ってますよ。ちょっと。ちょっと出てらっしゃいよォ」

襖《ふすま》のむこうに声をかけました。オイ、出てらっしゃいよォ、って何が出てくるんだ！

出てきたのはその方の娘さんでした。泣いてるんです。

「今、あちらですっかり聞かせていただきました。そこまで想っていただいたなんて、笑子ちゃん幸せです」

「この子ね、あたしの娘なんですけどね。笑子ちゃんと同級生なんです。芸者も一緒に出ました。芸者の同期生です。五人組っていってて、そのうち三人はともかく、笑子とうちのこの子とは芸の上でも争ってて、お客さんの上でもいいライバルでした。お互いに、むこうがこれを稽古したっつっちゃあ、あたしもこれを稽古する。むこうがやったっていえば、こっちも負けられないって、そういうライバルだった」

と、こう涙ながらに言うんですよ。びっくりしましたね。

なんということでしょう。

置屋は、電話帳に十八軒ありました。その中の一軒に偶然ぶち当たっちゃったんです。あとでわかったんですが、その娘さんは東京にお嫁に行ってて、今たまたま里帰りしていたそうです。偶然てあるんでしょうか。それとも引き合わせでしょうか。

「ほんとに死んだんですか」

「ええ、死にました」

「自殺ですか」

あたしゃどうもそれがひっかかってねえ。ああいう生一本という感じの子ですから、ひょっとしたら自分の命を自分で縮めるようなことがあったんじゃないかとどうも気がかりでした。

「自殺ですか」

ったら、

「いえ、そうじゃありません。恐らく滑って転んだんでしょう」

湯灌《ゆかん》をしにその娘さんが行ったらば、頭の後ろにまっ黒なあとがついてた。ぶつけて死んだんでしょうと、こういう話なんですね。

「笑子さんのおっ母さんはどうしてますか。会いたいんです」

「お母さんは三年前に死にましてね」

「お、ちょっと待ってください。そいじゃ、あ、あたしゃこれでおしまいですか。あとなんにもないじゃありませんか」

と言ったら、

「実はね、笑子ちゃんは養子を取って、子供が一人、一歳の赤ちゃんがいたときだったんです」

「その養子さんは？」

っつったら、

「それが行方知らずで」

ってんです。行方知らずって、ちょっと、何なんだこの話。

沼津の駅前、のそれこそ一等地に八十何坪という土地があって、駐車場を人に貸すほどの家作があったものをその養子が売っ払って、どっか行っちゃったてんですよ。普段から遊び人でね、マージャンばかりして賭《か》け事《ごと》にあれしては借金をこしらえて、そういう人だったんだそうです。みんなが、あれと一緒になるのだけは、よしなさい、よしなさい、と止めたのに、これも何かの縁だからといって一緒になったと、こう言うんですよ。

「ところで三年前に亡くなったってお母さん、おいくつでした？」

「何しろ八十近くでしたから、もう歳で亡くなりました」

って。

「ちょ、ちょっと待ってください。じゃ、娘さんは、今おいくつ？　四十一ですか。笑子ちゃんも四十一なのね、生きてれば。それで八十って、ちょっと計算合わないんじゃないですか」

「実はね、あの子はね……」

いいにくそうに言いかけたのを、そばにいた娘さんが、

「よしなさいよ、お母さん、そんなこと言わなくたっていいことなんだから」

「ちょ、ちょ、ちょっと待ってください。なんか隠してるようなことがあれば、無理にとは言いませんけど、もしね、差し支えがなかったら、あたしは別に利害関係があるわけじゃありませんし、こうやって来た縁ですから話してくれませんか」

そしたら、

「そうね」

「どうする?」

「そう。うん、いいんじゃない」

「それじゃお話ししますけどね、実はね、あの子はね、二つのときに富士宮の駅に手紙が添えてあって捨てられてたのを拾ってきた」

と、こう言うんです。

エーッ? ナニ、この話は。そんな、そんな。あまりにも……。そんな話ってあるの? 梅栄に抱えていた芸者さんが、やっぱり二つの子供がいて、駅に捨てられてるのをかわいそうだって拾ってきて自分で育てようとしたら、その梅栄のおっ母さんってえ人が、あ

んた大変だろうからそれじゃ引き取るわよって、引き取って育てたと、こう言うんです。「そうだ。その拾ってきた芸者さんが今どこそかで旅館をやっていますから、そこへ行って聞いたらわかりますよ」

って言うので、あたしは教わってまた旅館を訪ねて。

またそっから話があるんですがね。それをもう少しかいつまんでお話ししましょうね。あー、ずいぶん長くなっちゃったなァ。

あのね、時間がくるとね、楽屋で太鼓がカチッ、って鳴ることになってるんですけどね。鳴らねえのかな。聞き逃しちゃったのかな。心配だな。

（トンッ）……（爆笑）

すいませんね、今日はこんな話で。それでね、まあ、あんまりもったいつけて話しするとあれなんですが。

で、行きました。そこへ行ったら、そしたら、「十年前に亡くなった子のことでよくまあ訪ねてくださいました。自分の子のように思っていました」と、そういう話です。

で、拾ってきたというのは、実は世間体をつくろうためのことで、「ほんとのことは誰にも言いませんでしたが、師匠にはお話ししましょう」と。

実は吉原のほうに掛け金があって、掛け取りに行った。職人のうちで五人子供がいたそうです。十二、三を頭に五人の子供がいて、一番下が二つの男の子だった。男の子。そしたら、その子と同じ歳の女の子が、狭いところに、一間《ひとま》しかないところに、流しの隅でね、バケツの中に雑巾入れてそれをかき回して遊んでたっていうんですよ。かわいそうじゃないの、え、どうしたのこの子は？　ってきいたら、実はわきにコレがいて、そこへできた子供を、女が玄関先に手紙をつけて置いてどっか逃げちゃったというんです。カミさんはそれを知って頭にきたってんで、九州の実家に帰っちゃって、いまこんなありさまだと、こう言うんですって。

それじゃぁてんでその女の子をもらってきて、自分の子供を胸に、もらってきた子供を背中に、くくりつけて我が子のように育ててたら、梅栄のおっ母さんが、あんた大変だろうからって、うちに子供がいないからうちの養女にってんでもらった。

で、梅栄のおっ母さんが、むかし「笑子」という名前で出ていたもんだから、ほんとはカヨコという本名があったんだそうですが、小さいときから笑子、笑子と育てて、学校でも先生にも、この子は笑子といってください、友達もみんな笑子、笑子で通ってきたと。

二十九歳で結婚して、子供が生まれてからは毎日のように乳母車を押して来てくれた。私のことはおねぇちゃんおねぇちゃんと呼んでましたが、よく言っていました。「おねぇちゃん、わたし今しあわせよ。うんとしあわせよ」と。

あたしは、ただただ目をみはって聞いていました。

エー、で、やっぱり、自殺ではなくて、お風呂場で倒れてた。子供を先にあげて養子の亭主に渡して、そのあとなんかでしっくり返って、発見されたときには、湯船へ顔をこう伏せて、長い髪が湯船にこう漂っていたというような話まで聞きましてね。

ま、早い話があたくしとしては、長年の夢だったのがそこでおしまいになったという、言ってみればそれだけのお話でございます。

ほんとに一度会って、お礼をいいたかった。それを死んだってえのも知らないで、いつかあの子を座敷に呼びたいって、東海道線で沼津の辺りを通過するたびに、車窓から町並をこう追いながらいつかはいつかはと思って来た十九年。

あれは一体何だったんだろう。何とも虚しい気持ちになりましてね。

まあ、それだけの話なんです。それで結局、二日間の仕事が終わった晩、その旅館へまた訪ねていって泊まりまして、思い出話は尽きませんでした。振袖姿の写真も見せてもらいました。

で、あくる朝、発つときに、「お勘定を」って言ったら、「そんなものいただいたらあの子に怒られちゃいますよ」。

このなにげない言葉の、あたたかさ、切なさ、うれしさ、悲しさ、こんな時の気持ちを何と表現したらいいのでしょう。

まあ、人さまからするとおかしいかもしれませんけど、その途端に、ほんとになんかこみ上げてきてね、どうにもたまりませんでしたね。

「もう一ぺんお尋ねしますけど、本当に亡くなったんでしょうね。本当は、世間体は亡くなったことにしといて、実はここに生きてるなんてことはないんでしょうね」

ってそう言ったら、おばさんがウワーッと泣き出しましてね。

まあ、それだけの話でございました。足もしびれました（笑）。

富士霊園にねむっています。親の墓参りにも満足に行かないあたくしが二日続けて行ってきました。

今日はそんなわけで……もうどのぐらいしゃべっていたかわかりません。

エー、どうも大変に、今晩。ごめんなさい（拍手）。

（上野本牧亭「三人ばなし」の会　1986・10・14）

わたしの音楽教育

こんな改まったとこへ立たされるとは思いませんでしたので。われわれはいつも全身が丸見えのところでやっていますからね（笑）。でもこの演壇の大机で半分隠れちまうと、陰でどういう悪いことをしていいのかわかりませんので、困っちまうんですね（笑）。

さあ、そういうことでございますが、はじめお話がありましたときに、あたくしは、そういうのはとても無理だ。第一、先生方を、こっちは、あたくしは音楽の先生なんて憧れこそすれ、その方たちにお話を申し上げるなんてのは、とてもじゃないけども、思いもつかないことですね。えー、ダメだというふうにたしかお断りを一旦はしたはずだと思うんですが、そこをまあ、なんとしてでもと。で、お礼のほうも大して差し上げられないとい

うことでございまして（笑）、エー、聞いてみたら、あんまり安いんでびっくりしました（爆笑）。それじゃあ、行ってみようかということになったんでございますね。

まあ、そんなことがございまして。

アノー、ぼくはね、噺家になりまして、一つの職業病ってんでしょうか、声帯にポリープができまして、今まで三度切っております。声帯ポリープなんてよくいいますけどね、あれ、素晴らしい日本の学名がありましてね、何かっていうと、ヨウジンケッセツというんですね。

ヨウジンというのは、謡う人。歌謡曲の「謡」と言えばわかりやすい。あるいは謡曲の「謡」という字ですね。謡う人の結節。節が結んでしまうんですね。なかなか奥深い名前でございますね、これは（笑）。声帯ポリープってのはなんか軽々しいですから。

謡人結節、なんとまあ景気のいい語感じゃありませんか。ねえ。

そう言われてみれば、肺結核なんてイヤな病名もありますね。あれは労咳《ろうがい》と、こう言ってもらいたいもんでございますが。

モノってのは、考えよう、言いようでいろいろ変わるんでございますね。

なんでこんなお話をしたかってえと、別に理由はないんですよ。うん、理由はないんです。今、水を飲んだんで思い出しただけです、ええ（笑）。

なんで水を飲んで思い出したかといいますと、あたくしがこの手術を、三度目の手術は実に……。今は謡人結節は、みんなノドに顕微鏡を突っ込みまして、電気メスってえなものを使って、チョコチョコチョコチョコ削っていくんですが、あたくしが最後にかかりましたのは聖路加病院の瀧野先生という方なんですが、この方はいまだに職人芸です。

前のときには二度とも札幌医大でやったんですが、どうして札幌まで行ったかなんていう理由は、そんなことはここでお話しすることもないんで、お話しするのよそうかなと思いますけど、ま、ちょっと言いますけどね（笑）。

東京にいると見舞い客がどんどん来てやかましくてしょうがないんで、わずらわしいんで。見舞いってのはくるとお返ししなくちゃいけませんしね、もうめんどくさくて。第一、ポリープってものは手術したあとしゃべっちゃいけないんですから、かえって厄介《やっかい》ですからね。で、二度とも北海道でやりました。

三度目は、その先生があまりに素晴らしい先生なので、その先生にかかることにしたんでございますが、その先生がノドにピュピュッと、なんてんですか、コカインみたいな、ちょっとした局部麻酔薬をピュピュッとかけてやる。そのうちノドがなんか腫《は》れぼったくなってきて。だから全部やってることはわかるんですね。

いわゆる、こういう真ん中に穴があいた、眼医者とか耳鼻科とか行くと、こういう、なんかこういうの……ン、ン、どうしたんですか？

——**女性**　とりあえずこれを……。

これ、落語やるわけじゃないんですから（笑）。アー、どうもすみません。こら驚いた。エー、ですから……どこまでいったか話わかんなくなっちゃった（笑）。じゃ折角ですからこの扇子を使いまして、ハサミの先がとがった刃のかわりにペリカンの口みたいになってるメスがあるんですね。ハサミで切るように上下の輪に親指と人差指を入れてこうふうにはさむと先のペリカン状のメスがピョピョッとこう閉じるっていうね、ひしゃくを二つ合わせたような、こんなやつがね。それでもってつまむだけなんですね。今どき原始的といえば原始的ですが。

その先生に聞いた話をいま思い出しましたよ。

人間が呼吸をしますね。いわゆる酸素を吸って炭酸ガスを吐くってんですか。酸素を体の中に取り入れるわけですね。そうすると黒い血が赤くなってまた体中を回りだす。それを繰り返しているわけです。

そういえば別の先生に聞いたんですが、むかしは麻酔科なんていう、いわゆる医学のほうでも科目がなかったんで、麻酔を打つ、麻酔の薬を打つ先生ってのは入りたての新人にやらしたそうです。そんなことは新人にやらせるんだってんで、ごく軽く見られていた。はじめ大変だったなんて話を聞きましたがね。ンー、薬が効き過ぎると眠り過ぎて死んじゃう。効かないと、血が黒くなるんだそうですね。すと、執刀している先生が、「おい、血が黒くなったぞっ」なんて言われると、ハッ、ってんで少しずつ少しずつ麻酔薬を余計に入れていくというような。つまり呼吸を、麻酔で感覚を鈍らすとともに、呼吸をいつも常に……。呼吸ってのは、これはまあ、音楽ばかりじゃない、人間が生きていく上で避けられないことです。

それでね、持って回るような話をしますが……大体、あたしの話はね、結論が出そうで出ません（笑）。そのうち何か言うんじゃないかなと思って、結局なんだったんだろう？っていう話があれなんですね（笑）。

こういう話し方をしていると、人に信用されなくなっちゃう（笑）、アー、もし相手が理解してくれなかったら困ると、まず結果を考えて話をすると、話なんてのはだれだってできません。ええ。それに無理やり結果つけようとするから、政治家は信用がないわけです。話なんかうまいわけがないんです。そんなあなた、短時間のうちにうまいことゴチャゴチャと言って人を感動させるなんて、そんなバカなこと言っちゃいけません（笑）。

第一、今日あたしを呼んで、なんか感動しようなんて思ってる人いないでしょ（笑）。まあ息抜きでしょ、たまのね（笑）。

お手紙いただいた中に、「講演のタイトル　話し方について」なんてね。話し方についてって、それがわかるぐらいならあたしは噺家なんかやってませんよ。どう話したらいいのかなあって思い悩んでる毎日だから、噺家をやってるわけですからね。もうわかりきっちゃったら面白くなくて、もうほかの仕事へいっちまうかもわかりませんが。

さあ、その瀧野先生と呼吸の話なんですがね。どうってことないんですよ。ただ驚いたんです、あたしがその話を聞いて。どうふうに驚いたかっつぅとね、人間が空気を吸って……ア、これ知ってる人がいたらごめんなさいね。みんな知ってるかな、もしかしたら。音楽学校で教えてたりなんかしたら、まるで困っちゃうんですけど。って、結果を考えて話をしてると話はできないんですね。いま言ったばかりですがね（笑）。

どんどん恥をかきゃいいんですよ。

エーとね、なかなか言わないでしょ、これね（笑）。これがね、香具師《やし》の手なんですよ。浅草なんかでも本を売ったり、ガマの油を売ったりする手なんですね。で、どんどんどん引きつけといて、結局なんだったのかなと思ったら、いつのまにかおカネをとられておしまいだったと。大体そういう結果ですよ。あとで帽子を回しますから（笑）。

そんなことしません、そんなことはしませんけどね（笑）。

炭酸ガスを酸素に換えるときにです、肺というものは、新鮮な外気を吸って、悪い毒素を表へ出す。新陳代謝ってんでしょうか、呼吸作用ってんでしょうか。それを正常に働かせるためには、なんと吸い込んだ空気に九〇％の湿度がなければ、酸素を吸って炭酸ガスを換える、毒素を吐き出すということができないんです。びっくりしちゃった。

ご存じでしたか？　音楽学校では教えてくれましたか、これ。

ま、音楽とは直接関係ねえってば関係ないんですが。

エー、ですから、九〇％ってことは、ふつう、ああ、蒸し暑いなっつったって、もう七〇％なんてことあるかしら。八〇、九〇なんてことも確かにありますけども、そういうときはもう、ただビショビショと、そんな感じですよね。で、常にです。どんなに空気が乾燥しているときでも、吸った空気を鼻から入れて口から入れて、ここ（肺）にいく間に九〇％にするんです。それがノドであり、鼻であり、気管であるところがぜんぶ作用して、みんなでウワーッと九〇％にして胸の中へ送り込む。そいじゃないと窒息してしまうんですね。

つまり、あんたがポリープができたというのは、ノドを乾かすからだ。ノドを乾かすということは、もちろん水を飲まないとか、ちょっとぐらいノド乾いたから少し我慢して話ししちゃおうとかってやると、それは非常によくない。声帯ってものは、薄い粘膜状の、うすーい皮ですね、二枚の皮です。のどの奥、気管の入口の左右からはり出しているうすい皮。それが空気が通るたんびに、ふだんこう軽く閉まってるもんが、ここを無理やり空気が通り抜けると、ブーッと音がするわけですね。あるいはピーッと音がする。ところが、エー、A＝四四〇っていうぐらいですから、イの音の時は一秒間に四百四十回って振動するわけでしょう。そうすると、一秒間に四百四十回も左右の声帯同士がこすれ合う。摩擦《まさつ》するわけです。大変な酷使です。高い声を出すときはもっと何千回もいっぱい震えて、つまり何千回も左右が叩き合わされるわけです。

それを水気がなくてただパサパサしてたら、あんたどうなります？　いくらノドは、潤ってるほうがいいと思っても、声帯自身は潤いたくても、人間死にたくないから、声帯でも何でも全部が協力して九〇％に湿度を増やして胸へ送り込むんだと。だから、驚異的な働きをわれわれの声帯っていうか、ノドから胸にかけてしてるわけですね。

「そうだとしたら、何をしたらいいかわかるでしょう、商売人ならば」

ってなことを言われました。つまりノドを乾かしちゃいけないんです。うがいもよくしなくちゃいけない。

うがいをするっていうのは、ただ濡らすばかりじゃなくて、うっかりすると、ノドが乾いてくると、いっぱいいろんな腺があるわけでしょう、きっとね。腺ってことは穴が開いてそこからいろんな水分を出してるわけです。ノドが乾くと、それが、ピピピピッてみんなふさがっちゃうわけです、乾燥して。粘膜ってのは乾燥するとペッとくっつきやすくなりますね。それとおんなじように、穴ふさいじゃうんです。そこから出てくるはずのものが出てこない。そしたらもうそれはシャカリキになって、いま使える部分が動くわけですよ。だって九〇％にするんですから。

大変ですよ。湿度五〇％の空気をたとえば吸ったとしますよ。それに四〇％プラスしなきゃいけないんです。瞬《また》く間の短い間に。

というんだそうでございますよ。

いま水飲んだら、ただそれを思い出しただけなんです。

ま、そんなことは結構わかりやすいでしょ、理屈的にはね。だから、なんかとっときの、今日来た方だけにそっとお教えしたんです。これはちょっとご挨拶がわりの……本日の手みやげ（笑）。

今日、何かご質問とかそういうもんがあれば、そういうものをまず伺っちゃったほうが早いような気もしますね。こんな話するんじゃねえかなと思って来たとか、この話だけはぜひ聞いてみたいと内々思っているんだけどどうだろうかなんてことを、ちょっと、もしあったらお聞かせ願えませんか。

それを聞いたからって、それに沿って話しするなんて、そんなこたぁしませんけどね（笑）。どんなつもりでおいでになったのか、そんなことをちょっと伺ってみたい気もいたしますからね。

いきなりオートバイの話をしたって困るでしょう。同じ音《オト》キチでも、いろいろございますからね。あたしも以前はオーディオに凝ってるときは音キチなんて言われたんですけどね。オートバイに凝っても、またオトキチだなんて言われてね。ええ。そういえば、むかし三味線音吉って人がいた。そんなことはどうでもいい。ハハハ。

こんなことがぜひ聞いてみたいんだと。小三治って人が来るならこんなことを聞いてみたかったと思っておいでになった方、もしあったら……いいじゃないですか。ハイ。

――**女性**　小三治師匠、うちの一家は大ファンで、特に母なんぞは小三治師匠が生まれる前からファンなんですけれども（笑）、あとでサインをください（笑）。
ア、はいはいはい。

――**女性**　それは別なんですけども、いつも師匠のお話を伺ってますと、とっても落ち着いてゆったりわかりやすく話してくださるんですけれども、たぶん、高座へ毎日上がっててもアガるということがあると思うんです。高座へ上がるときの陰でのウォーミングアップというのがありましたら、教えてください。

エー、ほかにありませんか（笑）。ハイ。

――**男性**　高座の時間がいろいろあると思うんですけども、たとえば一時間話をしなきゃならないとか十五分間とか、いろんな時間の制約があると思うんです。時計見るのも一つの方法なんですけど、その時間の中で師匠がお話をまとめなくてはならない場があると思うんですが、その技術といいますかね、技術というとちょっと語弊があるかもしれませんけど、そういったこと。

もう一つは、いろんな場でお話しなさると思うんですね。たとえば大きなホールですとか、このぐらいのこともあるでしょうし、それから聴かれる方、学生だったり、教師だったり、いろんな人がいると思うんですけども、そのとき話し方を変えていろいろお話しされるのか。話題を前もって十分用意されているのか。

そのへんのことと時間のことをお聞きしたいんですけど。

ほかにこんなことを聞いてみたかったなという方はおいででしょうか。いま質問をお伺いしましたが、どっちみち幾つか聞いてるうちには全部忘れちまうんで（笑）、もう一ぺんあとでお尋ね直したりするってこともあるかと思いますが、何かございますか。ハイ。

――**男性**　師匠がなさる場合には聴きに来るお客さんはたいがい笑いに行く方が多いんだろうと思うんですが、場合によっちゃ笑ってほしいところで笑ってもらえなかった経験はおありじゃないでしょうか。そういう場合なんかはどういうふうに話をまとめて対するんでしょうか、そのようなことをちょっと。

ほかにございますか。あたくしは聖徳太子と言われているんで、幾つ話を聞いてもぜんぶ頭の中で理解をして、そのときは理解をしますが、すぐ忘れるという（笑）。ハイ。

――**男性**　以前、FM放送で小三治さんが出られまして、今ちょっと曲名は忘れちゃったんですが、ガーシュインの曲の中のある子守歌がありましたですね。あれが行きつけのお店に全部置いてあるという話を聞いたんですけど、なんかそれにまつわってちょっと音楽との関係を教えていただきたいと思います。

はい。エー……ほかには？（笑）大体アウトラインがつかめてきましたよ。ハイ。

――**女性**　あたくしは都立青山高校で小三治師匠の後輩に当たるんですけども、高校時代は音楽を選択していらっしゃいました？　たぶんおんなじ先生だと思うんですよね。高校時代の音楽教育が現在の師匠に与えている影響みたいなのがありましたら（笑）。

そうですか。ほかにありますか。そろそろ締め切りますよ（笑）。いま聞いとかないとえらいことになりますよ。一生の後悔をすることになりますから。ハイ。

――**男性**　しゃべり手のほうの状態が、つまり胃が痛いとか熱があるとか、出がけに夫婦ゲンカしたとか、それから聴き手の中に、顔見るとこっちがウンザリするやつがいるとか、そういう状況ではどんなふうに考えていますか（笑）。

ハハハハ、なかなかシビアになってきやしたね（笑）。ハイ……あ、頭かいたんですか、手あげたのかと思った（笑）。ハイ。

――**男性**　われわれ教員というのはですね、何クラスかにわたっておんなじ話をしなければならなくて、これは毎年繰り返されることで、へたすると同じ冗談を五年、十年というのがあるわけですが（笑）、噺家さんの場合も同じ話を何回かされるということはあるかと思いますが、そのときに自分がその話に飽きてしまうということはないのか。もし飽きてしまうというようなことがあれば、それをどのように工夫していかれるのかという問題ですね。

それから、同じようなギャラをもらってですね、お話をするときに、突如としてひらめいて非常に話が面白く展開できるようなことがあったりすると思うんですよ。その以前にあまり面白くなくて話をして同じギャラをもらった人たちに対して申し訳ないというようなことは、一体どういう形で解消されているのかという（笑）。二点です。

非常に核心をついた……（笑）。まあ、そいじゃあそろそろお話をさせていただきましょうかね。

エーと、もう全部忘れましたね。ごめんなさい、最初の方の骨子は何でしたでしょうか。えー、サインしてくださいじゃなくてですね……（笑）。

――**女性**　アガるんでしょうけれども、なるべくうまく高座を進めるにあたっての……。

ああ、ああ、そうか。それから二番目の方の、ちょっと二人まとめてお伺いをしたいと思います。

――**男性**　話と、話の内容と時間との兼ね合い。それから、いろんな違った聴衆に対してどのように変化をされているか。

エーと、んー、アガるっていうことはあります。アガるっていうことは、うまくしなければいけないという枷《かせ》をはめられたときに必ずアガります。軽くアガっているほうがいいということをよく昔から言います。これはわれわれの世界ばっかりじゃなくて、あんまりアガらないと、だらけちまってダメということもあるでしょう。だけど、われわれ商売人は、そういうことを超えた上でいつも何かの平均点はたたき出していなくちゃいけないということがありますので、アガるときよりは、あまりにアガらなすぎて、緊張もせずに上がってしまうときのほうがこわい、そんな気がしますね。

そうですねえ、アガったときにはどうしたらいいかっていうのも、それぞれ工夫しているようですけどね。亡くなりました文楽師匠なんていう、桂文楽という、志ん生と並んで名人と言われた人などは、必ず扇子でてのひらに「人」っていう字を三つ書いてヒュッと吸い込む、「人」を呑むっていう、そういう自分のジンクスですね、そんなものをやっていましたし、またそれをまねしてやってた人もおりましたんですが、それぞれの考え方で、エー、方法を見つければいいことで。

あたしはどっちかってえと、ピョンピョン跳ねたり、あとはシャドーボクシングみたいなことをして上がっていくこともありますね。そいで舞台のとこまでタッタカタッタカタッタカと駆けてきて、舞台へ出た途端にスッといつもの姿に戻ったりね。ええ。まあ、何とかリラックスして程よく緊張しようということなのかもしれませんがね。

まあ、ですからアガるってことは確かにありますし、アガったからといって、そんなことを、シャドーボクシングも何もしないでスッと上がっていくこともありますし。

やっぱり、ほんとにリラックスして何気なく始めた中に、お客さんと自分のノリっていうか、そういうものがガッチリと絡《から》み合ったときに、タタタタッとお互いに昇っていくような、むこうがこうやってつかみ込んでひっぱるから、その上へ自分も乗っかってそこへ相手も乗っかってというような感じでいったときには、そらぁお互いに満足しますね。終わったときに、何らかの同じ解放感とか充実感をお客さんと味わったときには、こんな素晴らしいことはない。そんなことは一年に一回か二回あるかわからない。何年に一回かもわからないというぐらいなもんなんですけどね。

確かに軽い緊張というのは、どっちにしても、いくらか緊張しているということのほうが大事なような気がしますけどね。そのときどうしますかと言われても、答えはないですね。ウン。それぞれみんな自分に合ったことを工夫するよりしようがないですから。工夫するったって軽く思いついたことを次々に試せばいいんです。軽くね。

それから、エー、それから何でしたっけ？　（笑）もう、すぐ忘れちゃう。

——**男性**　時間内で話を……。

ン、そうですね。エー、何分と言われたときにどうまとめるかっていうのは、たとえば落語の場合ですと、落語っていうものはこういう行き当たりばったりの話をするってことじゃなくて、中にストーリーってものがありまして、そこの中に出てくる人物のしがらみってえますか、人間の持っている本能、性《さが》っていいますか、そういうものが絡み合ってできていくものです、落語ってのは。笑わせるってことは二次的に、その話を運ぶ上でお客さんを持っていくための一つの便宜だと私は考えてます。

ですから笑わせることはほんとは必要ないことで。お噺をして、それを聴いていただく。ひっぱっていければ無理に笑わすことは何にもない。笑わせることが本業ではないと。ほんとはそうありたい、そうあるべきだとぼくは思ってはいるんですが。

まあ、ついウケたりなんかするってえとうれしいもんですからね、笑いに重点を置いて内容が薄くなってしまうってことが、この世の中ではよくありがちなことでございまして(笑)。

エー、ですから、落語の場合には、大体いつもやっていることですからね。たとえば十五分と言われれば二十五分ある話を十五分にどうしても詰めなきゃと思えば、あそこをこう抜いてこう抜いてこうふうにやっていけば、とにかくストーリーだけは聴いてる人が理解できるなと思ってやるということがありますね。

恐らくお尋ねになってるのは、さっきの調子では、そういう落語じゃなくて、たとえばこういうような講演会とかそういうことだと思いますが、あたしはなんにも考えてません。それは、あたしは講演するのが本業じゃないっていう開き直りもありますし、それからこんなとこであたしがうまい話できるわけがないと、ほんとに思ってるからです。

これは極端に言えば、おれにうまくできるものなんかなんにもあるわけないって、すべてに思っていますから。

つまり、変な自信を持たないように持たないように、長い間それればかり考えてきましたからね。

エー、どうしても人間てのは、うまくやりたい、うまくやって表彰されたいとかっていうふうに、学校の先生ってのは特に思うもんなんですね（笑）。

親父が学校の先生で、姉が学校の先生で、妹が学校の先生ですから、その学校の先生の心意気ってのは、確かにわからなくはないんです。ぼくも実は学校の先生になろうと思ってたぐらいですから。

妹が今も嫁ぎ先の富山県で音楽の先生をしていますけどね。エー、どうも大体、ほんとに困ったもんで、肩書でもって人を評価するとか、特に音楽の世界はありがちですよね、演奏畑のほうではコンクールに受かった者がほんとに実力のあるものだと思われてしまう。そうなのかもしれません。

でももしかしたら、どこか、全然コンクールも受けることしないで、ほんとに隠れた素晴らしい人がいるはずなので、そういう人を見つけるというか、世間で悪いと評判されてる人でも自分だけはこの人は素晴らしいって思う確固たる自覚といいますか、そういうものを養うっていうことがもっと大事だと思うのに、どうも学校の先生ってのは総体を見て、その中から、ある枷をはめて、いわゆる答案であったり、コンテストであったりするものをはめて、いいものをいいとするというのは、どっかあたしは違ってるんじゃないかなということは感じますね。

話はそれるかもしれませんけれども、たとえばむかし図画の時間、ぼくらは図画の時間に、リンゴを描きなさいというと、リンゴをいかに写真のようにそっくりに描くかということ。光がこっちからきてんだから、影はこういうふうに伸びてるからって。そう描くと良い点がもらえた。それも確かに大事でしょう。

だけども、たまたまリンゴを紫のリンゴにした、あるいはピンクのリンゴにしたからといって、このごろの新しい方向の先生は、「いいんです。描きたいように描けばいいんです。画用紙とクレヨンを持ってれば、それだけで描くという楽しさが伝わるじゃありませんか」というふうに教えている先生がいると聞いて、あたしはやっとそういう先生が出てきたかと、とてもうれしく、ニンマリするわけですね。

まあちょっと、こんな話をしだすと核心に触れていってしまうような気がするんで、避けることにいたしますが（笑）。

エー、まあ、どっちにしても……ね？　こういうふうにあたしの話ってのはね、どんどん枝から枝へ伝わってね、いつのまにか違う木に移っちゃってね、リンゴ食ってたと思ったらリンゴの木にバナナがなっちゃったりなんかして（笑）。そういうの困んですよ、ほんとに。自分で困ってるんです。あたしって。ほんとダメなんですよ。

だからダメだっていってってでしょ、さっきから（笑）。どうしてあたしなんか呼んだんですかね、ほんとに。モノを知らないってのはこわいことです（笑）。

ね、こんな話してたら、あなた、十五分と言われたって十五分の中でまとまった話なんかできるわけないでしょ（笑）。

ただね、こういうことを思うんですよ。たとえばね、ぼくがここへ来て今日話ししたからって、ほんとに起承転結をつけてですね、うまい話をして、皆さんがたとえそれで感動したとします。感動したとしても、その話を聞いたためにガラッと先生方の一人一人が、なにか人生観が明日っから変わってしまうとか、歩き方から生き方まで変わってしまうってことがあるでしょうか（笑）。もしあると思って話してるとしたら、それは大変な僭越《せんえつ》ですよ。それは先生だからじゃない。生徒でも子供でもみんなそうだと思うんです。自分で全部コントロールしてやろうとか、なんか影響させてやろうなんて、とんでもない思い過ごしもいいとこですよ。噺家にはいますよ、そういうのがね。噺家ばかりじゃないです、どこの世界でもいます。おれがひとりでやってりゃ、それですべて事が済むんだみたいな。とんでもないことですよ。

人なんて、ほんのわずかの力しかありません、影響力。ま、あるにしても、それを取るか取らないかは、その子供がたまたまそう思うか思わないか。子供ばかりではありません。出会った人がそう思うかどうか。あるいはそのことで悩んでることにたまたまぶつかったことであれば貪欲《どんよく》にむさぼるけれども、そうじゃないものにとっては、いくら素晴らしい宝だって、屁《へ》とも思わない。ウン。

ほんとに、一回こすりゃ光るダイヤモンドだって、いま欲しがらない人にとっちゃ、むこうのたくあん石のほうがよっぽど、今たくあん漬けたいんだから、って(笑)、そういう人にとっては何の値打ちもないんです。

だから、たとえば十五分の話で何とかうまい話をしようなんていうようなことを、もうほんとに思わないほうがいい。それは会話のテクニックじゃありません。人間を理解するテクニックかもしれません。今日の結論、それしかないんです。

今日の結論って、人間が生きてるっていうことの結論かな。何やってもそうですね。いろんな人に会いました。芸をする人、モノを教える人、つくる人。だけど結局は、たとえば落語家っていうものをぼくがやったとする。落語を皆さんが聴く。落語が面白いと思ったときは、落語の陰にいるぼくを面白いと思ってるわけです。

ベートーベンが面白い。ベートーベンのたとえば『月光』はいいとか面白いとかいって、『月光』そのものの楽譜はなんにも語りゃしません。それをどう理解して、どう表現するかっていう、そこの人間の力にみんな感動したり、素晴らしいなと思ったりするわけです。もしそれがなかったら、楽譜配って、みんなが満足してればいい（笑）。

そこを、こんな単純なことをつい見過ごしてしまって、いつも、毎日毎日、毎朝毎朝、反芻《はんすう》して、それだけは心に決めていなきゃならないことなのに、みんな忘れてるような気がしますね。

人間てのは一体何だったのかという、一番大きな根本ですね。ええ。

で、ついつい目先のことにとらわれて、成績を上げるのなんだかんだって。

まあ、ぼくが受験というものに背を向けて、ケツをまくって噺家になった。それは事実ですから。だからそんなことしか言えないのかもしれません。あるいは、だからこそ、ほんとにそう言い切ることができるのかもしれません。

受験を振り切って大学に行かないということは、人間生きるということは何か、人生ってどういうものなのかって見当もつかないあのころのあたくしにとって、大学をあきらめるってのは、少なくとも学閥のうちに育ったあたしにとっては、自分をそこで捨てるような、自殺行為以上に、生きていかなきゃならないだけ、自殺よりもっとひどい、自分に仕打ちをしたと、そのときそう思いました。

あの受験のときに追い込まれていた彼らは、ぼくも含めてそうだったわけですけれども、これを乗り切らないと人間になれないと思ってましたんで。とんでもないことですよ。ンー、それ以上はなんにも言えません。

この話はあんまり奥が深くて、ほんとに奥が深くて、一晩どころじゃない、三日も四日も語り尽くして、いろんな人と議論百出して、口からアワ出して、相手をバカ呼ばわりして、それで議論しても、結局、結論が出ないで、じゃ結局は、おまえはおまえ、オレはオレ、っていう生き方をするということになるのかもしれません。

どうも話はむずかしくなっちゃいますね。

まあだれもが言うことですけど、間違えてますね。あんなに一番多感な、いろんなことを感じてもらって生きてもらわなきゃならない時に……。

ぼくらはいまこの歳になって思い出すのは、いつもあのころのことばっかりです。二十五から三十のことなんか思い出しゃしません。

いつも十五、六、七、八、九、二十歳ぐらいのあの間、あの間の思い出だけで一生を生きてると言ってもいいかもしれません。そのとき覚えた生きる方法で、それをいくらかアレンジしながらみんな生きてるんじゃないんですか。

そう思いませんか。あたしはそうですね。

その後得た、生きるテクニックがあったとしても、そんなものはあの新鮮なときに、いろんなものを吸収しようとした、あの輝かしいときに比べれば、何の値打ちもありませんね。何の値打ちもないっつっちゃ語弊があるかもしれないけど。その大事な時期に、詰め込むだけ詰め込ませようとしたことどもは、そんなに大事なことだったのでしょうか。どっか違うんじゃないですか。

どっか違うなんていったって始まんないんだよね。こんなことはあんまり考えたくないんですが、考えるとほんとに怒りと悲しみで胸がグチャグチャになるような気がしますね。そんなことだれもが言ってることだなんて、そんな簡単なことで済ませる問題じゃないですよ。

極端な話が、そのころに音楽だけ聴いてりゃおれは幸せだと思った子供がいたら、音楽だけ聴いてればいいじゃないですか。ほいで三十になってから、ア、こうやって生きていくには音楽だけじゃどうも生きられねえぞ、じゃ物理もやってみようかと自分が思ったときに物理をやればいいじゃないですか。なんでみんながおんなじ時期に、それぞれこんなにみんな人間が違うのに、個性がそれぞれあるのに、進み方、頭の回転のしかたも、ある者は十歳をピークにして行き詰まっちまう者もある、あるいは二十歳のピークの者もある、あるいはピークがなくてダラダラ生きるのもある（笑）。

それぞれ個性があるのに、どうしておんなじ枠にはめて、その枠にあったものだけが優秀なんですか。おかしいんじゃないですか。

なんて、ここで言ったって始まんないんですよね。始まんないのわかってんですよ。でもあたしは、結局は大学さえ行けば何とかなると思い込んでいるこの世の中に、少なくともささやかな力ながら、ケツを向けてしりをまくって、それで噺家になって、大学なんか行った行かなかったというよりは、もっともっと、生きててよかったなと思える生き方をいつかしてやりたいと。

今までその思いがいつまでも変わらずに、昨日も今日も明日もそう思い続けて生きていくだろうとは思いますが、ンーまあ、その時期にあったぼくにとってのショックですから、世間に対する裏切りとでもいいますか。

でもあたしは自分のほうが正しいと信じていますよ。皆さんが、だれもが自分が正しいと思っているように。

だけども、どっか違ってんじゃないですか。ぼくらんときは戦後でもってモノが食えなくてね。ほんとに朝目ぇ覚めると、今日は何をどうやってどこで調達して食べようかっていう、そういう世の中でしたよ。

ぼくが小学校に上がったのは昭和二十一年ですが。ンー、そういう、母親もそうだったし、「お母さんもしかしたら道に生えてるアカザ、あれをゆでて食べた人がいるそうだよ。あれは食べられるかもしれないよ」なんて、どっかから食べられる情報を母親に伝えるっていう、そんなような毎日の……。だからこそ、その者たちが親になったときには、何とかせめて食べられるだけのことをしてやりたいって思った挙げ句に、こうなってしまったのかもしれない。

とにかく学校さえ出てれば何とかなるんだっていう、そういう思いがあまりにも高じたのかもしれない。そんなかわいそうな親たちをつくり出したというのは一体何だったかといえば、こないだの戦争かもしれません。

でも、戦争をつくり出したのは一体だれだったのかといえば、そのころの大人なんですよ。そのころの社会をつくってた人たちでしょう。だとすれば、ぼくらは今……ひとのことじゃないですよ。ぼくが、あなたが、先生が、みんな社会をつくってるんですよ。ひとごとのように、こんな社会でいいわけないないなんて、ひとごとのように、正義漢のように、ただ言って、その場で胸をすかして終わらせちまうなんて、そんな、それでいいんでしょうかねえ。結局はそれしか方法がないのかもしれないけど。

いや、そんなことない、どっかにあるはずですよ。

文部省がいけねぇ、なんて思っていながら、じゃ文部省につくような役人を選びだしたのは一体だれなのか。

今ね、こういうことがあんですよ。いつの朝日新聞ですか、さっき原稿を渡したんですがね、せっかく定年間近になって建てた家のそばに、たまたま暴走族が来るようになって寝られないってんですよ。一体どうしたらいいのかっていう、朝日新聞の、いつでしたっけな、今度の火曜日の夕刊でしたでしょうかね、なんかそういう投書があると、前もってそのテーマを出しといて、読者の人がみんなでワーッとああだこうだって意見を出すそうですよ。そこに一つのオブザーバーというか、ゲストみたいな形でもって何か書いてくれっていうような話なんですけどね。

それの原稿をさっき渡したばかり。夕べ、原稿用紙二枚なんですけどね、一晩中かかっちゃってね。オートバイに乗ってるっていうんで、きっとぼくに頼んできたと思うんですけど。

その投書してきた中には、何かの雑誌なんかよく見ると、「暴走に走る若者たちの気持ちもくんでやらなくては」なんてよく書いてあるけど、それは住んでる者の状況を知らない者の言う言葉だ、なんてことが書いてありましたね。

そらぁ単純に考えてみれば、五十何年もただもうシコシコシコシコ生きてきて、やっと貯めたカネでもって家を建てたら、暴走族が毎晩来て眠れないって、そんなひどいことないじゃないですか。いくら雑誌で理解しろなんていったって、わかってやれなどといったって、わかってやれるわけないっていうんですよ。当然ですよ。ぼくだってわかりませんよ。暴走族なんか来たら、ほんとに丸太ん棒持ってひっぱり出してぶっ殺してやりたいと思いますよ。ただでさえ、オートバイに乗るっていうだけで、中年暴走族なんてふざけ半分に言われてんですよ（笑）。

ま、もっともね、オートバイっていうものに対して、世間の理解があまりにもない。自分が乗らないものに対して、自分がやらないことに対して、人ってのはほんとに勝手な想像しますよね。

こんなにゴルフが流行《はや》る前、あんなゴルフなんて貧乏人がやるもんじゃねぇ、金持ちのバカな遊びだなんっつってたのが、こんなにまあ、噺家までやるようになったんですよ。やってみると、こんな面白いもんねぇよ、なんっつって（笑）。確かに面白いんですよ。やってみれば面白いんですよ。

オートバイだってそうなんですよ。ぼくだってオートバイに乗る前は、まあ、三年半前ぐらいから始めたんですけど、それ以前は、オートバイに乗ってるやつはいずれ暴走族になるやつか、あるいは暴走族の成れの果てが乗ってるんだと、ほんとにそう思っていましたよ。

それ以外は郵便屋さんとか（笑）、そういうのはごくわずかで、それ以外はみんな暴走族と何かのかかわりがあると。とんでもないことでした。世の中の九九％以上の人がみんなまじめに乗っとるんです。一％以下なんです、暴走族って言われるようなものは。

彼らはオートバイじゃなくてもいいんです。何かなければ、オートバイっていうものがなければ何か探して、そういう何か暴走行為をする。たまたま手近にオートバイっていう便利なもんがあったんで、それに乗っちゃあ悪さをするわけでね。われわれオートバイ乗りにとっても非常に迷惑なんです。これはほんとにぶっ殺してやりたいと思いますよ。

だけど、ぶっ殺してやりてえったって、それじゃあ子供を殺されたからって、親がそいつに敵討《かたきう》っていいのかという世の中ではないってことは、これは同じ社会の人間としてわかるわけですから、まあそういうわけにもいかない。でも走ってるの見てくりゃ、ああこれは、と思うからね、大通りなんか走ってりゃ、屋上からレンガでもばらまいてやろうかなんてね（笑）、ほんとに思ったことは何べんもありますよ、それは。

ところが、「元暴走族だったんです、ぼくは」なんていう、今はもうほんとに一小市民として、どこにも荒れた風情なぞなくて、ちゃんと、ほんとの小市民というんでしょうかね、普通に奥さんをもらって、子供を育てて、子供はかわいいなあ、って、もうそれだけでもって十分満足できるような生活をしている人を何度か見ました。

そうすると、あの暴走行為ってものは、一体何だったんだろう。ただ、あのときぶっ殺しちまってよかったんだろうかって思うと、ああ、やっぱりそんなことしなくてよかったな。ぼくもこのごろは思うようになりましたがね。

だけど、近所をワアワア走り回ってうるさくてしょうがねぇ、寝てらんねぇという、定年間近の男性の投書に手紙出してもね、だからオートバイ売らなきゃいいとかね、買い与えなきゃいいなんて言い出すにちがいないと思うんですけどね。

だけどね、いつの世の中にもそらはみ出しもんはいますけどね。どんな最善を尽くしたって、はみ出しもんはいます。それが迷惑をだれかが被《こうむ》るってことは仕方のないことです。だからあきらめろとは言いません。あきらめろとは言わないけども。

だけどね、結局、あの歳になって、つまりぼくが社会にケツをまくって、「ふざけんなこの野郎、おれなんか大学なんか行かなくたって何とかなってみせらいっ」と思ったそういう一つの爆発っていうんでしょうか、一つの形として、ああいう方法しか自分の爆発をですね、オートバイに乗って、ギャーギャーギャーギャーギャー、人が迷惑するのを見ちゃ喜んで。あれは人が迷惑するのを見て喜んでるんですよ。おまわりさんがキャーキャーキャーキャーいって追いかけてくんのをどっか巻いてやってうまく逃げた、なんてことを喜んでるんです。

つまりそんな程度の能力しか持ち合わせてない人間に育ててしまったのは一体だれだったのか。その人の親、なんてそんな簡単なもんじゃないですよ。結局は、モノをつくって売りゃいいっていう、売れなくなったらまた売れるものを探してまたドーッとつくって、人間がどうあるべきかとかというよりも、どうやって商売をやって生産を上げて発達させていくかということ、それだけが第一義の世の中になってる。

結局、じゃあどうしたらいいかっていうと、そういう産業に就かせよう、そういう競争に負けさせまいと思って、もう幼稚園のころからなんだ。あたしの子供が行った幼稚園なんか、幼稚園のときからお残り勉強だてんですよ。

なんのお残り勉強かと思ったら、国立小学校に入れるためのお残り勉強だって。ふざけんなこの野郎、と思いましたよ（笑）。

笑ってるってことはご存じないんでしょうか。それがぼくは現在では普通なんだろうと思ってます。私立幼稚園てのは。だって、うちの子のたまたま入れた幼稚園がそうだったんですから。

ある日子供が、もうその息子はいま高校三年になりましたけど、幼稚園へ行って、お残り勉強の会費申し込みなんて書いてある印刷物が来ましたよ。カカアに聞いたら、お残り勉強だてんですよ。

ふざけんなあ、幼稚園なんてのは遊ばせてくれりゃそれでいいんじゃねぇか。勉強なんか教えることはねぇ、って言ったら、そんなことないのよ、もうアイウエオも書けない人は年中組に上げねぇとか、年長組に上がれねぇとか、なんかいろんなことを言って（笑）。幼稚園ってのは楽しければいいんだ。〽む〜すんで　ひらい〜て　って、そうやって遊ぶとこだと思ってたら、そうじゃねえってんですよ。

んなことすることはねえ、って言ったけども、待て待て、とにかくな、生きるのはおれが生きるんじゃねえ、息子が生きるんだ、子供のときから自分で考えたこと、たとえ間違ったとしても自分で選んで生きるほうがいい、間違えたと思ったときに、でも間違えたのは親の責任じゃない、おまえが選んだ道なんだから、って（笑）。小さいときから、あたしはそういう主義でやろうと思って育ててきましたから、もうそのときからやりました。

「おまえどうする？　お残り勉強ってのあんだけど」

「勉強、ぼくキライだよ」

「でも幼稚園からこういうのきてるよ。え、どうすんだ、おまえ。みんな友達がやっても、おまえいいのか」

「ぼくキライだもん。行かないもん」

「あ、そう。んじゃいいよ、やらせることねえよ。本人がそうふうに選択したんだから」

選択したとおり、うちは不参加で出しました。

そうしたら、また何日かたって「あんた、大変よ」と。その幼稚園は一学級が足の踏み場もないぐらい、八十だか百だか知りませんけどね、とにかく一ぺん見に行ったんです。通路がないんです。オシッコに行くときでも何でも、人の背中、椅子から椅子を伝わって表へ出ていかないと、つまり、それくらい詰めこんで、授業じゃなくて事業としてやってるわけですね。そういうのを子供のときから見てるってだけで、もうどっか間違えてますがね。ええ。

で、あなた大変よ、何が大変だっつったら、お残り勉強を申し込まなかったのは、学年五百何人いるうちの一人だけだってんですって（笑）。

あたしはね、暗澹《あんたん》としたというか、あきれたといいますか、それと同時に、やったと思いましたよ。ざまあみやがれと思った。アッパレだと思ったね。

でも、まだ選択するのは子供ですから。あたしの子供のときの恨みつらみをはらすための息子の幼稚園ではありませんから。

「おまえな、聞いたら全員お残り勉強するってえじゃないか。オシッコも自分でできない年少組の子と一緒に早いバスで帰ってくるのはおまえ一人だけだそうじゃねえか。それでいいのか」

「ぼく、勉強キライだもん」

「ああ、そうか。キライだってよ。じゃいいよ、そのまんまで」

結局、とうとう一人だけですよ。あたしもバス迎えに行ったことがありました。カカアがまた次の子を産むんでね。お産でもって産院に入ってるときに、バスから降りてくるの迎えに行きました。

なるほどね、オシッコ垂らしながら、もうジャージャーしながら出てくる小さいのに混じってね、うちの子が大きいのが「ただいまー」って出てくる（笑）。これでいいのかなと思いましたよ（笑）。

でも、自分で選んだ道なんだから（笑）。

でも、そんな小さな子供に選ぶ道を与えるなんておかしいって思うかもしれないけど、それでいいじゃないかとあえて反抗する気持ちもありましたが。そしたら、えらいことになっちゃってねぇ。もうほんとえらいことになりましたよ、あれは。

小学校に上がってからも、三時間目になっても一時間目の教科書を広げてボーッとして

天井を見てるしね。うちは郡山《こおりやま》っていうんですけど、

「郡山君、いま三時間目よ」

「うぁ？」

「いま三時間目よ」

「うんー」

「三時間目の本、出したら？」

「うぁ？　んー」

なーんにも感じないんだそうですよ（笑）。

あたしはどうしようかと思いました。ほんとに。あたくしの生まれた新宿区には岡田学園なんて特殊学級と呼ばれていたのが昔あったんですけど、ほんとにそこへ入れようかと思いましたよ。ほんとにそう思ったんですよ。ふざけてんじゃなくて。

小学校六年生、みんな、まあ六年にもなれば、さあ私立へ行こうか、国立へ行こうか、区立へ行こうかって、みんなワイワイ言う。

小学校六年生の夏休み。

「お父さん」

「なに？」

「シリツってなーに？　クリツってなーに？」

ってんですよ。あたしは愕然《がくぜん》としましたね。

もっとも絶対ぼくは子供に「勉強しろ」って言いませんでしたから。いつかしたいと思うときがあったらするに違いない。

ぼくは、学校の先生のせがれでしたから、学校の先生は自分の教えている子供の一番優秀な者と自分の子供とを比べるという悪癖があります（笑）。教えた子供の成績のいいのと、自分の子供が直接比較できるくらいにあるといつも信じ込んでいます。とんでもないことですよ。よく考えてみてくださいよ。自分はせめて学校の先生にしかなれなかったんです。あ、まあ、この先生じゃないですよ（笑）。うちには三人も学校の先生がいるもんですからね。つい……。

それがですよ、その教えた子供、クラスの一番、二番のと直接比較したらとんでもないことです。そっからしてぼくは間違ってたわけですよ。いつもそいでとっても迷惑しましたよ。

おれが教えた何年卒業のあの子は一高から東大を出てなんてね。そういうのと比べるなっつうんだよ（笑）。

なんでぼくが噺家になったか知ってますか。本当の理由は。もちろん、背を向けたってことはほんとの理由なんだけど、なんでそんなふうになっちゃったかというと、東大へ行け、東大以外は大学じゃないと。あたしは早稲田の演劇科へ行こうと思った。早稲田ならまあまあ何とか、浪人もしないで行けるんじゃないかと思ったから。早稲田の演劇受けようと。そしたら、慶応・早稲田は大学じゃねえってことでした。そこまで成り上がっちゃった。舞い上がった。一高から東大へ出たのはおれが教えた子だって。教えたからじゃないんで、産んだ親が違う、産んだ親が（笑）。

結局それですよ。最初の年は、それでもって、まけてもらって学芸大学を受けました。まあ、これも危うく落っこったわけですけども（笑）。次の年にまた学芸大学を受けると言ったら、今度は東大じゃなきゃ絶対ダメだと。結局、浪人をしている間にだんだん嫌気がさしてね。まあ、ふざけんなこのヤロってなっちゃったんだけど。

その親は何かってえと、日大の夜間部しか出てないんですよ。日大の夜間部しか出らんねえやつが、子供を東大の昼間部に入れられるわけがないですよ。まあ、昼間部なんて言わねえかもわかんないけど（笑）。あそこにゃ夜間部はねえか。まあいいけどね。入れられるわけがないんです。ふざけんなこのヤロ、ってそうなっちゃったんです。

小学校のは、今で言うと筑波大附属ってんですか、あそこを受けさせられましたよ。あーこんなことは思い出したくもねぇ。あそこは教育大附属ってそのころは言いましたが、あそのころからあそこはもう選ばれた、よほど間違って生まれちゃった子じゃなきゃ入れないところだったんですよ。ええ。そこへ自分の子を入れようっていうあたりから、少し親への反感ってものは、少しじゃねえ、ますます積もっていったわけですけども。

そんときだって、学校から帰ってきて六時間勉強しろってんです。そのころ塾なんかない。学校から帰ってきて三時間やるっていうだけでも少し白い目で見られるぐらいの世の中ですよ。それ六時間やれってんですよ。机に無理やり座らされて。

結局、何をしていたかっていうと、机の上で鉛筆の六角形のそれぞれの面に、ヒットとか二塁打とか三振とか書きこんで、コロコロロッころがして……あー、チェンジ、なんてやってたんです（笑）。で、親が来ると、ワ、ワ、ワ、って（笑）、あわててかくして。

ですから、ぼくは受験に対しての恨みつらみってのは骨の髄まであります ね。

ところがこれほど思っててもね、自分が子供を育てる番になると、自分が受けてきた教育とか育ち方っていうとこから逃れられないんですね。これは悲しいと思ったね。

あれほどあんな親を批判して、言うなら噺家になったことも、ぼくが今こうやって生きていることも、すべて親に対する、あの親をいつか見返してやろう、今にあたしの言ったことは間違いだったって、親父にもおふくろにも、両手をつかせて畳に、頭をこすりつけさせてやろうって、結局そうする前に死んじゃいましたけども（笑）、それだけが生き甲斐だったぼくですよ。

子供には言いませんでした。「勉強しろっ、このヤロ！」ってのは……。またこれが一番簡単な台詞《せりふ》なんだ、親として。「勉強ぐらいしたらどうだ」とか「そんな暇があったら勉強しろっ」。こんな簡単で楽な言葉はありませんね。

グッグッグッ、あたしは何度も口から出かかりましたね。出かかっちゃあ、カーッと歯を食いしばるね。

またうちのカカアってものがね、子供のときから勉強しろって言われたことがねぇんだそうですよ。考えられないですね、勉強しろって言われないでするってやつの料簡が(笑)。あたしゃ勉強しろって言われなきゃ、隙見て遊びに行こうと思いましたよ。だって物心ついたときから「勉強しろ」っていう台詞しか知らないんですから。あとは、食卓についたときに、「男はメシ食ってる間は口きくな」とか、「歯ぁ見せて笑うな」とか、「親指と親指を重ねて座ってメシ食え」とか、そんなことばっかりしか言われないんですから。

食事の時間ってのはもう暗黒の時間でしたよ(笑)。楽しくごはんをなんて、全然そんな覚えないですよ。あたしはだからいまだに早飯食いですよ。食って、ごちそうさまー！っていなくなっちゃうんです。それですぐ隣の部屋へ行って、ハア、っとホッとするわけです（笑）。そういう生活だったわけです。

なんの話をしてんのかな。質問に答えてないんじゃないかな（笑）。だから質問なんか聞かねえほうがいいんじゃないでしょうかね。

言いませんでしたよ、ほんとに。一回ぐらいは口が滑って言ったかもしれません。でもカカアが言わねえんですからね。親父がたまに……なかなかいませんからね、家に、あたしはね。一緒に子供たちとメシを食うっていうのは年に二度か三度でしょう。晩メシですね、しかも。朝はぜんぜん時間が違います。ぼくが寝てる間に子供が起きていく。

場合によっては、子供たちが晩メシを食うときに、ぼくがそばにいても食べないってことはあります。それは、おまえたちとオレとは生活が違う。そんなとこでゴマすって、「たまに一緒にいるんだからごはんぐらい食べようね」なんて言いません。そんなウソつけませんよ。毎日のことです。子供はウソ見抜きますよ。オレ一生懸命生きてるんだからって、それだけ見せるしかありません。それが子供に対するぼくの答えです。

それでダメになるなら、もともとダメになるやつだったんじゃないの？　わかりませんよ、この先どうなるか、うちの子なんか。なんったって、ぶっちぎりの劣等生できたんですから。ぶッちぎりなんですから。塊の一番下についてんだもん。塊からブラーッともっと下にさがってんですよ（笑）。

でもね、小学校上がる前からね、カエルが好きでとかね。変なもんが好きなんですよね。カエルのことになると、もうそのころから夢中で目の色輝かしてね。アフリカツメガエルはどことどこの地方にいて、産卵期は何月から何月でなんてね、好きなことになるととことん。ともかく勉強しろと言いませんから、やりたいことをやっていました。

テレビ見たいって言えばテレビどんどん見りゃいいです。

でもほんと言や、「テレビばっかり見てたらダメになっちゃうじゃないかっ」って言いたいよ。テレビでろくなことやってねえんですからっ（笑）。

なぜそのテレビに出るのかと言われると、まあナニナニ……（笑）。

ぼくの友達、中学のときの友達にね、下町生まれのおっ母さんがいてね。なんかちょっと悪い遊びを子供が覚える。同級生が覚えるとね、

「ああ、そう。覚えたもんしようがないじゃない。やめろったってやまんないよ。やっちゃいなやっちゃいな。どんどんやんな。トラックいっぱいやっちゃえ。もう飽《あ》きるほどやって早く飽きちまえ」

って言ってんです。

なーんてオレの親と違うんだろうって。

「やめろ、ばかやろう！」っつって、すぐモノを取り上げて。

ぼくが落語を聴き始めたのは中学三年のときですけど、受験期のときですよ。親にとっちゃ、まあびっくりしたでしょう。都立青山高校に入れなかったらどうしようっていうね、それですよ。ダイヤルひねって落語聴いてると、おふくろが飛んできて、「ばかやろうっ！」っつってぶん殴られたりこっちも殴り返したりいろんなことしてね、もう大変な親子の間に、それまでになっていってしまったわけですけれども。

まあ、そんなことが、それのすべて裏返しだといえば裏返し。反面教師なんて言葉がこのごろ出てきたっていえば、そうかもしれない。

なんにも言わなかったですね、ぼくは子供に。グーッと見て見ぬふりしたりしてね。それが一年、二年ぐらい続いて、上の子が小学校二年ぐらいになると、二年ぐらいすると、人間ってのはいくらか頭の中は切り換えがつくもんですね。

しようがねえよ、こいつは。そうだよな、おれ学校んとき教わったよな。宮城のお堀の石垣が大きな石ばかりでは丈夫な石垣はできません。その間に小さな石が挟まっているから、ああやって関東大震災のときにも倒れなかったんです、なんてなー（笑）。

そうなんだよ、よく考えてみりゃ、おれだって結局、大きな石になれと親が言ったのに背を向けて、たとえ小さな石でもこの石がなかったら、この土手はくずれちまうぞっていう、そういう石になろうと思って、大学にケツをまくったはずなのに、いま、つい自分の子にそれを求めてしまうのは、おれはどっか違っているんじゃないかなと、そういうふうに考えました。

そう考えられるように、こちらも修業させられ頑張ったわけですが、いったん、考えを切り換えられるようになると、ますますできないのが今度は愉快になってきてね、「こーんなにできないの、うちの子は。へーえ、ウンウンそーかい」なんてニコニコしてね(笑)。ま、「よくやった」とは言えませんね(笑)。やっぱりね。

そのかわり、たとえば行いのほうですね、責任感がないとかっていうと、責任感がないのはいけないっていうようなことは、話はしました。勉強っていうのは、今に好きになればやるかもしれない。

だって今ね、考えてみてください。ぼくらが小さいときみたいに、大学出ないと、ほんとに就職もできないなんて、そういう世の中でもないですよ。ええ。アルバイトからアルバイト、あっちのアルバイト、こっちのアルバイトってわたってるやつのほうが、決まった月給もらっているやつよりよほどいいカネもらってるなんていうことが、世の中には現実としていくらでもあるんです。

いいじゃないの、それだって。病気になって立ち上がれない子供たちから比べたら、何とか元気に生きてるっていうだけでも幸せじゃないか。ほんとにそう思うようになりました。またあたし自身も、子供のころから植えつけられてきた固定観念ていうものからだんだん、人を理解しよう、人を理解しようって、そう思いながらずっと生きてきましたから。

落語っていうのはいろんな人が出てきて、いろんな立場の人がそれぞれ自由にいきたいと思うことをやるんです。それぞれがやりたいようにやるからどうしてもぶつかります。そこに滑稽《こっけい》が生まれたり、笑いが出たり、あるいは悲劇になったりっていう、人生の綾なす姿ですね、そういうものをあらわすには、自分だけの考え方じゃまずい……。

（「おクルマの移動をお願いします」）

えっ？（笑）

（「カローラ、埼玉五六、ふの七八―七五、白のおクルマでお越しの方、至急、移動をお願いします。埼玉五六、ふの七八―七五、白のカローラのおクルマでお越しの方、至急、移動をお願いいたします」）

お願いいたします……見ろ、なに言ってるかわかんなくなっちゃった(笑)。

それで小学校六年でそのザマでしょう? こいつはケーキつくったりすんのも好きだから、中学を出したらケーキ屋の職人かなあ。ケーキつくるのがいいったって、だけどな、ケーキ何でも好きなわけじゃねえからな。動物園でカエルの世話させてもらうったって、今は大学の動物科か何か出なきゃ入れてくんねえかもしれないしなあ。どうしたらいいんだろうなあ。まあ、でも自分で選んだ道なんだから自分で考えていくっていえば考えていくけど、親としては心配だなあ、なんて思いながら見てましして。

中学三年の、それも六月ぐらいになってですよ。

「おい、おまえ何すんだよ、仕事は。どこへ勤めんだ。どんな仕事したいんだ」

「なにが」

「どっか就職すんだろ」

「高校受けるよ」

「なーに言ってんだよ、おめえみたいにぶっちぎりのビリでもって、高校どこに拾ってくれるとこがあんだい」

そのころはぶっちぎりのビリよりは、一番ビリのところにいくらかおっついてきましたがね。

そう、家庭教師をつけてました。家庭教師には、遊んでくれればいいって、そう言ってました。最初、教えに来てくれたのは柔道何段という早稲田の学生でした。学校のことなんか教えねえで柔道のことばかり教えてやがる。

「どうする、あんた」

っていうから、

「いいんじゃねえか。遊んでくれっつったんだから」

「でも勉強だって少しは……」

「いいよ。今さら慌《あわ》てふためいたって変わんねえだろ。手遅れだもうあいつァ」(笑)。

ま、勉強のこともいくらかやったんでしょうけど、たとえば家庭教師がついたから一から二になってるとか、二が三になったとかなんてことは、これっぱかしもありません。家庭教師がついていながら三が二になったなんてこともいくらもありました(笑)。でもなーんにも言いませんでした。遊んでくれればいいと、そう思ったんです。

で、今の家庭教師は二人目ぐらいですけど、今、高校三年ですし、その家庭教師がいま大学院へ行っている人ですから、今は友達みたいですけどね。来ちゃまあ遊んでますね、やっぱり。

「おまえ、少しできるようになったな」なんてなことを言いながら遊んでますよ。

結局は、その影響もあったのかどうかそれは知りません。つまりそのお兄さんが都立の何とか出て早稲田へ行ってというような、そういうこともいくらか影響があったかもしれない。「どこ受けんだ？　おまえ」っつったんです。「戸山高校受ける」なんて言う。戸山高校ってのは、おれも受けらんなかった、バカ。何いってんだこのヤロと思いましたけど、受けたけりゃ、それもいいと思ってました。

ところがね、やりたいと思い出すと、人間てのはほんとに貪欲《どんよく》になるんでしょうかね。いったんやりたいと思った。自分で言い出したんです。自分で選んだんです。受けるよっていったんです。いや、飽きたら飽きたでもいいと思いました。そのうち何かいいものにぶち当たるさと。この子はそれでいいんだと思って、あのぶっちぎりで知恵遅れの「ハア？」なんっつってたのが、特殊学級へ入り損なったこの子がと、そう思いましてね。「塾、行こうかなー」なんて自分で言い出してね。自分で言い出す塾ならいいんじゃねえかと。ふん、行きたきゃ行きなっつって、塾に行ってましたね。

で、結局は、もちろんそんなね、映画の一場面じゃありませんから、ビリから超一流の学校へ入ったなんて、そんなことはあるわけがない。あるわけがありませんけど、どうやらこうやらひっかかって、大学の付属の私立の某高校に入りました。まあ、やっとひっかかったん。

入ったって、別に勉強やるような風情もありませんでしたが、なーんのきっかけなんですかね。いつのまにか、試験ていうと勉強するんですね。なんにも言われないのに勉強するなんて信じられない。

「どうしておまえ勉強するの？」と聞きますよ。

「だって二週間後に試験だもん」

「いいじゃねえか、試験だってべつにおまえ。ふだん学校から帰ってきて、あんなもの、試験になったときに急にやったってしようがねえじゃねえか」

「でも一応カッコつけとかないとさあ」

なんてなことを言ってね。

ああ、そういうもんなのかなあ。あたしには信じられませんよ。ま、こんな話、どうしようってわけじゃないんですよ。

だからね、なーにもそんな……。だって小学校五年で九九、全然できなかったんですよ、うちの子。六年生になって、つっかえ、つっかえ、ちょっとはできるようになりましたが。考えられますか。そんな子になったら大変でしょう、もう。教育ママだったらそれこそ狂ったようになって、「なんて子なんでしょっ、この子はっ！」ってなりますよ。あたしだってそう言いたかったですよ。でももう、何年前にあきらめてんです。生きてりゃいいわ、元気ならば。

そんな話をしてどうしようってんじゃありませんが、いま高校三年。もうじき卒業。「お父さん。この間おれ学年で二番だったからね、今度がチャンスなんだ、おれ。大学に入ったら絶対一番になれねえからな。今度一番になるんだ」

なんっつってんです。あの「エ〜?」なんて小学校でいってたのがですよ(笑)。だけどあたしはね……ま、誤解しないでください。こんな話をして、あたしの子がこんなにできるようになりましたなんて、そんな話をしようってんじゃありませんよ。あたしは信じてませんよ、そんな姿は。

好きなものをワッと食いついちゃ、パッと吐き出しちゃ、ほかに興味があると、すぐそっちへパカッと食いついて、ガバガバって食うというあいつの性格です。今は勉強が自分のカエルなんですよ。いつ吐き出すかわかりません。

だから、学校でいい成績とって、うちの子もマシになった、よかったよかったなんて、もちろんカカアだってそんなこと思っちゃいませんよ。そういう気持ちは確かめ合いながら夫婦で生きてきましたから(笑)。

「喜ぶのよそうね、がっかりするからね、あとで」

「そう、そう」

「いつも裏切られてきたもんね」

「うん」

　って、それなんですよ（笑）。

　だからね、いやたまたま今は勉強が道楽なのかもしれませんね。微分・積分なんか、あたしわからなくてとうとう放り投げて、結局はそれで高校逃げ出したと言ってもいいぐらいかもわかりませんよ。

「面白いね、微分は」

　なんっつってやんの。

「お父さん、ここどうすんの？」

　なんて持ってきやがんだよ（笑）。

「もう何年もたったから忘れちゃったの？」

「何年も前だって忘れてるよ、おらぁ。知らねえよ、あのころから」（笑）

　だからね、ある時期にあるペースで詰め込まなくちゃいけない。おかしいんじゃないですか。ピアノだって二つ三つから教えりゃあ、それで本当に名人になるんですか。そんなことないでしょう。

あたしの師匠のせがれじゃない、師匠の孫ですね、師匠の娘の子供、孫が、マメ噺家っていうようなことになって、小学校のうちから。ちょっとは小学校でしゃべれるってんでもてはやされたりなんかして。で、あたしのとこへ弟子入りのような形にして預けるから修業させてやってくれって来まして、あたし断りました。いま修業する必要はない。いい落語をそれとなくそばに流しといてやってくれと。それで興味を示したらそれでいいじゃないか。示さなかったら、向いてなかったんだとあきらめなさいと。親が、おじいさんが噺家だからって、どうして無理に噺家にさせなくちゃいけないんだと。

全く同じでしょう、考え方は。子供に勉強させなきゃ一人前にならないと思ってんのと、何とか噺家にさせたいからっつって、小さいときから無理やり落語を喋らせて、それが何になるんですか。

ピアノをそばに置いとけばいいんですよ。ポロンポロ〜ンと勝手に叩けばいいです。画用紙とクレヨンを持たせときゃいいです。勝手にそこにウニャウニャウニャア〜ッと描いて、それでいいんですよ。それじゃリンゴに見えないよ、それじゃモーツァルトじゃねえ、そんなこと言うことないの。好きなようにさせればいいじゃないですか。

音楽の話だとね、こういうことがあんですよ。また自分の……自分のことしかわからねえのかね、おれは。子供が出たついでですから言いますけど、下に娘が二人います。上の子は男です。子供は三人います。コサンジっていうくらいですから（笑）。

……ま、そんなことはどうでもいい（笑）。

三人ともほとんど年子です。下の二人の娘はピンク・レディーですよ、育った年代は。〽ペッパ〜警部　だか何だか知りませんけどね、なーんだか知らねえけどね、二人で歌いながら振り付けて踊ってやがんの。

私はピンク・レディーは歌いもしなけりゃ踊りもしません（笑）。

夕べもその原稿を頼まれて書きながら、何を聴いてたかってぇと、モーツァルトのピアノ協奏曲23番イ長調第2楽章なんてとこを繰り返し繰り返し、なんとなく流しながら原稿書いてた。あたしは自分の部屋でもっぱらジャズかクラシック。

クラシックのほうがあたし自身としてはベースになっていますけど、ジャズは音楽学校に行ってる妹から、音楽ってクラシックばかりじゃないよ、なんて、かえってあたしのほうが意見されて。それでカンツォーネを妹から教わったり、ジャズのまねごとを、山下洋輔っていうピアニストがいます。あれがちょうど同級生で、国立《くにたち》の……ま、そんなこともありまして。せめて自分の子供にはいい音楽を聴かせてやりたいなんて思いましたけれども、そこも押しつけちゃいけないと、こう思ってね。

それからね、とにかくいい音楽をそばに流しといてやる。ぼくらだってね、クラシックを聴いてなぜ面白いかと思うと、大概、ニュースの枠とかラジオやなんかで、「〽タラ～ランタラ～ランタラ～タラランティララララララ～ンララ　週刊録音ニュース」なんてのをね、むかしやってたんですよ（笑）。何気なく毎日聴いてるわけですよ。

まさかそれがメンデルスゾーンの『イタリア』だなんてことは知らなかった。

「〽パンコンパンコン　ティーラランタンタラ～タラタラタ～ン　旺文社大学受験講座」（笑）

つまり、そんな大上段に、これはハイドンの、なんて大上段にかまえずに、ばらまかれておいたことが、後年クラシックを聴くようなちょっとしたきっかけが来た時に、埋もれていた記憶とつなぎ合わされてですね、あっ、これ聴いたことがある、旺文社の、あ、あれハイドンの『時計』だったの、あ、そうなのー、なんてぇふうに。

ですから、いいんですよ。選ぶのはなに選んだっていいじゃありませんか。押しつけることはありませんよ。われわれはばらまいてやる役しかできないんじゃないの。

昨日、仙台でもって、高校の芸術鑑賞の一環として落語を聴かせるっていうのでやってきました。いまけっこう多いんです。これだって落語をいま高校生にすべて理解させてみようなんて思いませんよ。もらおうとも思いません。ただ、いい落語だけは聴かせてやりたい。耳に流しておいてやりたい。

で、いつか、聴く人それぞれによってみんな感じ方が違うでしょう。感じ方は違うけれども、いま興味を持たなくても、いつか持つようになったときに、あ、そうだっけ、高校んとき学校に来たよ、だーれだったたか忘れちゃったけど何かやってたよ、あ、これだったのか。あんときは面白いと思わなかったけど、いま聴いてみると面白いねえ、って。そうなった時、人間てのはとっても興味を持つもんです。

あたしの小学校のとき来ました。近衛《このえ》秀麿《ひでまろ》氏、名もない管弦楽団ってのが来ました(笑)。パーンパンパパカパンパンパカパーン! なんて、あんなのばっかり聴かせてましたよ。退屈でねえ。あくびは出るしねえ。早くやめねえかなってんで、おしゃべりすりゃ怒られるしね。音楽ってのは窮屈なもんだと思いましたよ。

でもあとになって音楽が好きになって。そうそう、あんときあんなことあったけなあ、っていう思い出が、ますます自分の音楽好きを増長させていくもんです。

だから言うんですよ。ぼくが今こうやってお話をしたからって、それで明日っから人生観が変わるわけがないっていうの、それなんですよ。ばらまいとけばいいじゃないですか、そんな人もいるのかって。選択するのは彼らですよ。選択の自由をできるようにして育ててやらなきゃ。

選択の自由をぼくらは奪い取ってるんじゃないですか、われわれ大人は。教育する者たちは。こうすれば一人前になると、変なレールを敷いて、それを当てはめてないですか。

どっか違ってるよねぇ。みんな知ってる、みーんなどっか違ってるってわかっていながら、しようがなくみんなこうふうにやってんだよ。何とかなんないの、これ。悲しいね。ほんとに、もう心がね、こーんなんなっちゃうぜ。

ペッパー警部だかピンク・レディーの何だか知らねえけど、二人でもって合わせやがってんのがね、またうめぇんだこれが。こんなことやってたってなあ、情感豊かな子供にはならねぇだろうな、なんて思うのはね、それは親で、人間てのはそんなものじゃありませんよ。何やったって必ずいつかはいいものを求めるようになるんです。興味が向いたらどんどんやらせりゃいいんです。早く飽きさせたらいいの。いいものは飽きないですよ。

ぼくはいろんな趣味をやってました。音楽だけは飽きない。ゴルフはあんまりやんなくなりました。ボウリングは、ひところ女子プロ負かせちゃ喜んでるなんてテレビでそんなときもありました。カメラも夢中になってやりました。自分でDPEやったりいろんなことして。でも、道楽はいろいろ変わりましたけど、いつも音楽だけはそばにありました。

お母さんがお勝手仕事をしながら鼻唄をうたう。そういうときにピンク・レディー。いいじゃないですか。ピンク・レディーのあとにシューベルトが出てくる。いいじゃないですか。そんなんなるわけはない？　なくはないんです。ばらまいとけばいいんですよ。いいものは必ずとりますよ。

もしとられなかったら、それはよくないもんだったんじゃないのか。いいもんだって変に思い込んでいたぼくらが間違いだったんじゃないか。そのくらいに思ってれば、必ず食いついてきますすよ。押しつけちゃダメ。

小学校四年ぐらいですかね。下の娘が「お父さん、白鳥っていうのを聴かせてよ」ってんです。ピンク・レディーをやってるさなかですよ。

「白鳥？　なんで白鳥？」

「なんかほら、なんかとっても素敵なのよ。気になるよ」

「どんなの？　歌ってみな」

「わかんないけどさ、白鳥っていうのよ」

「歌謡曲？」

「歌謡曲じゃないの。音楽の時間に先生がね、レコードかけてくれたの」

「サン＝サーンスか」

「そうかな。ちょっとかけてよ」

「だけどおまえ、サン＝サーンスの白鳥ったってな、あれはおまえ、もとはチェロでやるんだけどさ、後ろにオーケストラのバックをつけたり、そうじゃなきゃピアノとやったりさ、そうじゃなきゃ、場合によっちゃフルートでやったり、いろんなのがあんだぞ。どんな楽器だった？」

「あれはね、チェロじゃないかな、きっと。バイオリンの大きいようなのって言ってたから」

それから取り出して聴かせてやりました。テープに入れてっていうんです、自分の部屋へ持っていって、ちっちゃなカセットで聴いてました。

終わると、〽ペッパ〜警部　なんて、すぐこれになっちゃうんです（笑）。おやおや、がっかりすることたありません。素晴らしいじゃありませんか。

そういうふうにピンク・レディーとピンク・レディーの間にサン＝サーンスが生きてるなんて素晴らしいじゃありませんか（笑）。

逆に言えば音楽ってその程度のもんじゃないんですか。な―んて言ったら怒られちゃうね。ゴメンナサイ（笑）。

落語もその程度なんですよ。ぼくらはやってますから。こんな素晴らしいもん、日本人のだれもがわからなきゃおかしい、わかってもらわなきゃ困るっ、ぐらいのことは思います。皆さんも音楽に携わっているんだったら、きっとそのくらいは思うでしょう。

でもよく考えてみてくださいよ。音楽で腹いっぱいになるわけじゃないですよ。音楽で電気が灯《つ》くわけじゃありませんよ（笑）。なくたっていいようなことをやってるじゃないですか、われわれは。なんてね。ちょっと気取り過ぎたね、こういうことはね。ン、恥ずかしいですね、今日は。こうやってマジな話になっちゃって。

何時間ぐらいたちましたか？

――**男性**　一時間半です。

もういい加減にしろって時間ですね、じゃ。

――**男性**　そうですね、一応、予定の時間になりましたけど。

ああ、そうすか。エーと、質問は全然うけたまわってない……（笑）。あのね、青山高校で音楽の先生って、だれですか、カバさんですか。

――**女性**　そうです。

ああそうすか。さっきね、控室でね、音楽の先生、若い先生がぼくの接待してくださった。「音楽の先生なんすか、ほんとに。あなたが高校生じゃないんですか」なんっつったぐらいの若い先生でね（笑）。

「音楽の時間に何を教えようと思ってるんですか」とぼくわざと聞いたんです。そしたら結局は答えは出ませんでしたけど、「音楽の時間ってみんな遊びみたいに思ってる人が多いから」って言うんですよ。

「そうなんだよね。おれ、音楽の時間ってぇと遊びに行ってたもんな、おれな。うん。おれ音楽の時間ね、高校の先生がピアノを弾いてて、ピアノの陰になって、どうせ見えねえと思うからアンパン食ってたんだよ。そしたらね、いきなり立ち上がって、こおりやまーっ！　って怒られた。なんでおれ陰に隠れて食ってるのがわかるのかと思ったら、グランドピアノのふたに映ってやがんだ」（笑）。

でもいいんじゃないんですか、音楽の先生それで。いけないいんですかあ？　音楽の和音を覚えてくれるほうがよっぽどいいんですか。音楽の時間そんなことがあったよ、今おれ音楽聴くようになってさ。それでいいじゃないいんですか。

文化会館へ行きました。上野の文化会館へ行って、バーンスタインか何か聴きに行ったときに、ロビーで、カバさんに会いましたよ。カバさん。本名忘れましたが（笑）。なんつったかな。カバさんに会いましたよ。

どもりの先生で、「キヤキキキ、キミ、キミ、ナニしてんだナニしてんだ」って言うから、「音楽聴いてるんです」「キミ、音楽、キミ、アンパン食ってたよアンパン」「アンパン食ったっていま音楽好きだもん、いいじゃないすか」（笑）。

ばらまいときゃいつか食いつくやつは食いつくんじゃないですか。ばらまくんならいいものばらまいときたいもんだと、せめて思うんですけどね。

そんなかかわり方ですよ。高校のときの音楽の先生と今の思い出ってのは。何を教わったかわかりません。とにかく授業さえ受けてりゃ5をくれるっていうんだ、あの先生ね（笑）。そうだったでしょ？　ね、そう言ったでしょ。あたしゃ一時間も欠かさなかったから5でしたよ（笑）。アンパンを食ったあと、『コールユーブンゲン』歌えなかったけど、5でした（笑）。

あーんな面白くねえんだ、『コールユーブンゲン』なんて（笑）。

小学校一年のときピアノを習わされましたよ、親が習えってんで。ピアノなかったんだ。学校にオルガンしかなかった。ピアノ焼けちゃって、鉄みんな鉄砲の弾になっちゃったから。

『バイエル』。お、も、し、ろ、く、ないですねえー。どぉ〜してあんなもの！　もうとっくに使われなくなったと思ったら、いまだに……！（笑）

お母さん、覚えたよ、今日やってきたよ、って親に聴かせて、まあー面白い曲だねぇ、すてきだねぇって、うちじゅうが楽しめるような曲をどーして教えないの？（笑）だから面白くないんですよ、音楽なんて。よしなさいよ、あんなもの。

いきなり『キラキラ星の主題による変奏曲』でも何でもいいじゃないんですか。右手だけでもいいじゃないですか。

なーんです、あれは。もう思い出すのも汚らわしいね、あれは！（笑）

たいがいの者は途中で挫折して専門家なんかならないんですよ。専門家になるってのは、何も小さいときからやんなくたってね、もうあれですよ、小学校終わったぐらいから突然、うちのさっきのカエルの子じゃありませんけど、ウワァいいっつってバクバクッて食いついて、それで専門家になっちゃったやつはいくらだっているんですよ。

ぼくだって噺家としては、一人前とはいえない、半人前かもしれませんけど、少なくとも知ってる落語家を何人かあげよってアンケートを取れば、何人目か、何十人目かには挙げられる、そんな噺家ですよ。けれどぼくは小学校のときも中学校のときも知りませんでした、落語ってのは。中学三年の末ですよ、知ったの。それまで落語のラの字も知りません。いきなり出っ食わしちゃって、ウワァいい、っつってバクッと食いついちゃったんですよ。

音楽というものは厳しいもんだ。だから『バイエル』を、〽ティンティンティンティンティ〜ン　面白くも何ともない。

（『キラキラ星』のメロディーで）〽タンタンタンタンタンタンタ〜ン

あーホントだ、星がきらめいてるね、って子供が思ったら、そこに音楽があるじゃないですか。そういう音楽を通じて何を思うか。

そういう人間を育てないでどうして音を育てようとしたのか。音に携わって、音楽を人間の一部と考えないで、音の綾なすものだとだけ思って生きてきた子供は、音楽から離れたとき何を頼りに生きていったらいいんですか。

結局、何をやっても最後は人間ですよ。音楽の時間に文学を読ませたっていいんじゃないですか。詩を歌のように読んでごらん。いいんじゃないですか。それにあわせて今まで既存のなにか、それこそサン＝サーンスでも何でもいいです。そんなものを後ろに流して詩を読ませてみる。いいじゃないですか。違うんですか。

わたしは音楽の先生じゃありませんから、そんなことをしたら文部省からクビになりますと言われりゃ、あたしは喜んでクビになりましょう。

わかりませんね。どうも噺家が、差し出がましいことを言っちゃあ申し訳ない。皆さんが専門家なんだから。でも、素人だから言いたいこと言えるっていう強みはあります。

うちは昨日、モーツァルトの23番を聴く前に何かけてたかっていうと、岩崎宏美の『聖《マド》母《ンナ》たちのララバイ』、そのあとモーツァルトでしたね。ン。別に子供のまねをしたわけじゃないんです。音楽なんて、いいんじゃないですか、聴きたいものを聴けば。クラシック以外、音楽じゃないなんて、そう思うならそれでもいいですよ。

気の毒に思いますね、あたしから見ると。こんな面白いものがあるのに、それも知らずに、クラシックだけが音楽だって。ゲッ、かわいそうだな、なんて思いますよ。ほんとのこと言うと。

人間が楽しめるものみんな楽しんで、それから死にたいですねあたしは。楽しんでみなきゃわかりませんよ。

あんなに毛嫌いしてたオートバイだってやってみたらこんな面白いものありませんよ。ここまでオートバイで来ましたよ。白バイに、追っかけられたら逃げてやろうか、なーんて思いながら（笑）。

なんていうんだろうな、結局はすべて、先ほど質問いただいた、なに、うまい方法をお尋ねになった方、こうふうにするにはどうしたらいいですかとお尋ねになった方、うまいしゃべり方をするには、あるいは何か方法をお尋ねになった方、何もありません。方法なんか何もありません。

自分なんてこれだけのもんだって、どうやって開き直れるか。いっぱい恥をかいちまうことです。恥をかいてかいてかいて、かききって落ちるところまで落ちちまえば、あとは上がるしかないんです。希望しかないんです。落胆すること何もないんですよ。

今の身分や今の立場がどれほどのもんですか。肩書きやら立場やら、そんなものを取ったとき、もっと人間てのは大きくて素晴らしいもんだったんじゃないでしょうかね。だから、音楽を聴いちゃ、ぼくらは涙を流したりできるんじゃないかなって思うんだけどね。

ああ、もっといっぱい、したいお話がたくさんありますね。ここ借りてる時間やなんかがあるんでしょ。もうそろそろ、学校へ帰らないとクビになっちゃうとか何とか（笑）。

ぜんぜん答えてなくて、これだけは聞いときたいという、さっきの質問の中で、これこれというの、もしあったら簡単にお答えしますから、もう一ぺんおっしゃってみてくれませんか。

（埼玉県　高校音楽の先生の集い　1984・11・9）

香港、台湾句会

えー、あいにくのお天気と言ってよろしいかと思いますね。えー、何しろこういうお天気ですってえと、どうしてもお客さまの足取りがよろしくない。これはわれわれの世界では常識でございます。

今日あたりはだれも来ねえんじゃねえかと思って心配をしておりました。

えー、何しろ……夕べは皆さん何時ごろお休みになったかは存じませんが、あたくしは幸いにして四時ごろには床に就きまして、さあ十分寝てやろうかなと思ったらですね、今日は……いや、別にどうって話じゃないんですよ。そんなに緊張しないで聞いてくださいね（笑）。ええ。ただ、近況報告というだけのことでございますからね。

あのー、寝ているうちになんか手の甲がかいいんですよ。一生懸命ばりばりかいているんですね。これうっかりしてこのまんま目が覚めるってぇと、そのまんま目が覚めちまうからこらえらいことになるぞと思って一生懸命我慢して寝ようとするんですが、存外、手の平とか、手の甲ってぇところは、かゆいもんでね。我慢ができない。

とうとう起き出しましてね。それから、かゆみ止めの薬をつけたりして。

それでもね、おさまらないんですよ。くやしいなと思ってね。でも寝ないことには、明日は今日という大事な日ですから。と言ったって、もう今日の出来事でしたけど（笑）。とにかく寝ないことにはしようがねぇと思ってね、一生懸命目ぇつぶるんですが、なかなか寝られない。で、やっと寝かけたかなと思った途端に、プ〜〜〜ンって音が聞こえましてね。つまり、蚊の野郎だったんですね。

これは何匹もいるわけじゃないんです。一匹しかいないんです。大山鳴動してねずみ一匹なんてぇ言葉がありますが、あの眠りを妨げるたった一匹の蚊のために、大の男がどうしようもなくなってしまうってのは情けない。

以前ならね、あたくしはもう若いころから目のコンクールに出たいと思ってるぐらいよく見えましたから、蚊の一匹や二匹なに逃すものかってんですがね、このごろはなぜかね、なぜかいけないんです。遠いものはよく見えんですよ（笑）。遠いものの目のコンクールがあったらまだ出たいと思うぐらいで。近いもののコンクールはまず予選落ちです。いけません。

で、プ～ンって音はするんですけどね、ンー、どうすることもできない。我慢して寝ようかなと思ったけど、また違うところ喰われてでこぼこになっちゃった日にはえらいことになると思いましてね。それで、また起き出しましてね。

そのころにはもうすっかり目が冴えてますよ。

ま、お客さまは信じられないでしょうけどね、やっぱりこういう独演会ってのはね、普段の日と違いまして、どうしても何かきっかけがあると気が高ぶるんです。

つまり、ダービー前の馬にですね、なんか怒鳴りつけたりひっぱたいたりしちゃいけない。ダービー前の馬、虫刺したりなんかすっと、とんでもないことになるんです。それとおんなじです。

で、結局どうなったかといいますと……ちっとも話が進みませんが、どうなったかといいますとね、殺虫剤をまきましてね。くやしいですよ、ときどき音はするんですが、見えないんですからどうすることもできない。部屋中まんべんなくスプレーだよ。そんなところへ横になるってえと、自分も殺虫剤になっちまうから（笑）、隣の部屋で、しようがねえから深呼吸したりなんかしてね。ええ。

このごろあたくしね、これも近況報告ですが、またタバコを吸うようになりましてね。これが十年ぐらいやめていたんですが、何かのきっかけで吸うようになりまして。ですから、殺虫剤がおさまる間、隣の部屋でタバコを一服吸って。

そういえばこのあいだ台湾に行ったときに買ってきた樟脳油《しょうのうゆ》というのがありましてね。えー、落語にも樟脳玉とかそんなものが出てきますが、われわれあまり普段なじみがありません、樟脳ってえのは。

むかし小さなセルロイドのこんなちっぽけな、手の平に載るような舟を樟脳のかけらをケツにくっつけて水に浮かべるってえと、その舟が前へ進むってオモチャがありましたが、そのぐらい久しく「樟脳」ってえ言葉になじみがなかったんで、むこうで樟脳油ってのを大道で売ってましたから、それを買ってきました。

ふっと思いついたのが、樟脳油ってのは防虫になるんですね。ええ。

それから手の甲から腕、二の腕にかけてこう塗りましてね。ええ、首のうしろから耳。顔はむくんじゃったりするってえと、とんでもないことになりますから、顎《あご》の輪郭ぐらいまでにしておきまして、それからおもむろに横になったんですがね。

ところが、樟脳というのはただ防虫だけじゃないんですね。相当のにおいがしますね（笑）、目が冴え渡ってね（笑）。どうすることもできないんですよ。弱りましたねぇ。

早い話が、蚊一匹のために相当な打撃を、ンー、夕べはそういう七転八倒をいたしました。

台湾は何のために行ったのかってぇと、先日、俳句会が香港、台湾でありまして。何もそんなとこまで出かけていかなくたってよさそうなもんですが、何しろ俳句会といったってわれわれの俳句会はクリョク、句の力のほうは別にどうってことないんですから、景色を変えて違ったものを詠《よ》んで、その場をごまかそうという、ただそれだけのことなんですがね。

香港と、それから台湾。台北《タイペイ》です。台北でもって、落語と講演会というのがありました。これは出演者が、毎度申し上げておりますが、噺家はあたくしとわれわれやなぎ句会の宗匠でございます入船亭扇橋さん。この二人が噺家で、大阪の桂米朝さんは今回は不参加でしたので、噺家はこの二人。

そのご案内役はというと、もうおなじみの永六輔さんと小沢昭一さんという、ご案内役なんだか主役なんだかよくわからない方なんですが（笑）、えー、うっかりするってえと、こちらのほうが霞んでしまうんで、大変苦労をいたしますが。

ンー、それでも、香港のほうも、えー、場内、あれどのぐらい入りましたかね。入りましたね。千人、もっとかな。大きくできましたアイランド・シャングリラという新しいホテルなんですが、これのボールルームってんでしょうかね、ええ。あーらもう天井に豆電球が星の数より多いんじゃねえかと思うほど並んだ大ホールでもって、ここで「講演と落語の夕べ」。豪華でしたねぇ。

何しろ句会の同人が多いですから。あの人を立ててこの人を立てないってわけにいきません。同人がだれかってえと、いま言った二人と、それとか今回行ったのは、演芸の評や何かをやっておりますす矢野誠一という不思議な人と、それから日大で教授をしている永《なが》井《い》啓夫《ひろお》先生という方と、まだいましたね、ええ。もともとは俳句を知らなかったんですが、俳句会を始めたために俳句の世界を少し聞きかじりまして、本を書いてみたら売れちゃったという江國滋《えくにしげる》という人とか（笑）。

それから、何ですね、大阪のほうから三田純市《みたじゅんいち》という大阪文化賞を受けた作家とかね。まだおりましたよ。文学座の加藤武なんてね、警察署長の格好をしてよく出てくる人です（笑）。「わかったぁ！」なんてなことを言ってね。全然わかってないですよ、あの方（笑）。ンー、そういう方とかね。

とにかくね、そういう方々に恥をかかしちゃいけないってえんで、一人五分から七分ぐらいの時間で、自分の仕事と何かかかわりのある、しかもお客さまが興味を持てるような話をしろってんですがね。

なかなか難しいですよ。噺家だって五分でね、お客さんが納得するような話をしろなんてえのは、こらぁ無理な話ですから。でもまあ、そういうのがぞろぞろぞろぞろと次々に、で、その間々に、永六輔さんとか小沢昭一さんが出てきて、またこれがね、司会のはずなんですがね、どうかするってぇとこのつなぎが、五、六分以上ずつあるんです(笑)。つい、ウケないわけにはいかないってんでね、ウケるまでやりますからね。

どうしてもあの会は延々と長くなるんでございますが。

それで最後に、扇橋さんとあたくしが落語をやってお別れをすると。

えー、これはね、メンバーと、「講演と落語の夕べ」ってタイトルを見ると、こらぁなにかすごいらしいぞ、これはって、つい思っちゃうらしいんですね。出てる人も相当な人だし、じゃ行ってみようじゃねえか、ってんでお客さまはおいでになるんですがね。

ですからね、香港は初回でしたから、お客さまはふくれ上がる程いっぱいでしたよ。

台湾は二度目でした。お客さんのほうも前回おいでになっていますからね、そうそういつまでもダマされちゃいません(笑)。やや少なめでございましたね。ややというよりは、相当、かなり、大幅に、少なめでございました(笑)。

まあ、そんなことはおかまいなしに俳句会をやるんでございますが。

でもあの香港でもって……香港てえのは、なんでしょう、皆さんもご承知のとおり以前はあそこは買い物の街と言われておりましたが、このごろはどうもあんまり買い物の街でもないようですね。日本で輸入品のブランド物がずいぶん安く手に入るってことも常識になってきましたから。

そうですねえ。こうざっと見渡しましたところ、いくらか安いかなあ。でも、何も重い思いをしていっぱい買って税金を取られたりなんかするんだったらば、日本の安売りの直輸入の店で買ったほうがずっと安いんじゃないかしらというぐらい、お値段のほうは、そんな具合になっておりますよ。だからわざわざあそこへ行って買うほどのこともない。もっとも高いものになればなるほど差はあるようですがね。

たとえばロレックスの時計の金無垢《きんむく》のダイヤモンドが十二個入っているなんというようなのは、そういうのはね。でもそういうのはまず買わないんですよ、行っても。

そういうのを買うような人は、ああいうところでウロチョロしてね、「どこが安いかしら」なんていう目つきしない（笑）。

香港まで行かなくたって、日本のデパートでね、

「ロレックスの時計持ってきたまえ」

と言うと、えー、社長から三番目に偉いような人がね、時計を五つぐらい持ってきて、

「えー、どれにいたしましょう？」

「ン、どれでもいいよ。一番高いのをもらっとこう」

って、こういう人がロレックスなんてえものははめるんでしょ？　本来は。

それがそうでないんですよ、行く人は。ええ。自分も金持ちになりたいというささやかな願いで行くんですね。それで、金持ちは絶対しないような、あっちへウロウロ、こっちへウロウロ（笑）。そいで、売場のカウンター行っちゃあ必ず言うことが、

「ディスカウント、プリーズ」

って、これしか言わないんですから（笑）。

それで相変わらず、あのルイ・ヴィトンとかグッチとか、そういうお店へ行くとね、いますねえ。まず日本人のね、男の人はあまりいません、日本人は女性の方のほうがお金持ちなんでしょうかね。ああいう店は店ん中に入るだけぎっしり詰め込んだりしないんですね。もったいつけて四、五人ぐらいずつしか入れない。もっと入りたい人はどうするかってえと、表へ行列をつくって待ってる。これがぜんぶニッポン人です。

この様子を見るとね、たいがいだれでも「いやあね、ああいうの」なんて言うんですよ。で、人がいなくなると、そおっと並んだりなんかするんです（笑）。

やることはみんなおんなじです。ええ。

そうしちゃあね、ああいうカバンや何かを買ってきて、ええ、何が面白いんですかねえ。自分が引っ立つと思っててんですかね、あれ。カバンのほうが引っ立っててんのを知らねえんですかね（笑）。

まあ、でも人間は自由でございますから、とやかく言うつもりはありませんがね、でも多少はとやかく言いたくなります（笑）。

えー、お酒なんぞもね、以前はあたくし外国へまいりますってぇと、三本まで無税で持ち込み可能でしたから必ず何か買いましたよ。もう買いません。お酒はデパートのほうが安いと言ってもいいかもしれない。

えー、ジョニーウォーカーっていうウイスキーがありますね。あれの黒がね、空港の免税店で三千幾らぐらいだったでしょうかね。えー、この間、デパートの直輸入バーゲンセールなんていうのをやっていまして。デパートですよ。デパートで、同じものが三千八百円で売ってましたからね。そうすると三百円か五百円の差のために、わざわざ重い思いをしてぶら下げて、どうだッ、ってなことはね、とても。考える気にもなりません。

ですから、世の中がだいぶ変わってまいりましたね。

しくじったのはね、あたくしもうっかりしておりました。タバコを長いこと買って帰るってことがなかったでしょ。外国タバコっていうのは2カートンまでいいのかと思ったんです。そしたら1カートンなんですね、あれ。外国タバコ1カートンに日本タバコを1カートンなら2カートン持ち込めるんだそうです。あたくしは知らないから2カートン外国タバコを買ってね、ほいで持ってきたんですよ。

　税関でもって、「何も申告するものはありませんか?」って言うから、「ありませんよ」「ああ、そうですか。タバコなんかお持ちですか?」「ええ、ええ、タバコだって洋モク2カートンしかありませんよ」ってたら、「2カートン、ダメですよ、2カートン」(笑)。そしたらね、「どうすんです?」って聞いたら、千円税金がかかるって言うんですよ。

　千円税金がかかるってんですよ。1カートン十箱です。飛行機の中であたくし千二百円で買ったんです。日本で買うと二百四十円のタバコですよ。それを千円払ったら、早い話が一箱二百二十円じゃありませんか。くやしいから捨てちゃおうかと思ったんです、あたし(笑)。でも、ここまで持ってきて捨てちゃって、ほいで税関の人がみんなパコパコ吸っちゃうんじゃ面白くねえからね(笑)。

　それから泣く泣く千円払いました。払うにも、まあ大仰なんですよ。住所から名前からね、すっかり、パスポートの番号から全部書いて。

　それで、つまり、十箱二百円儲《もう》けて帰ってきたという。

ただね、ありがたいのは、あの買ってきたタバコには、「吸い過ぎに気をつけましょう」

ってのが無いんですよ。日本で買うと、日本語で「吸い過ぎに気をつけましょう」って、書いてありますよね。日本タバコでも海外で買ったものには書いてないのです。

あたくしね、今回気がつきました。「吸い過ぎに気をつけましょう」というあの言葉が入ってないってぇと、タバコってのはおいしいもんですね（笑）。

考えてみりゃ大きなお世話ですよ。タバコが体によくないぐらいのことはだれだってわかってるんです。わかって吸ってるんですよ。そういうやつに追い打ちをかけるように言うことはないんです（笑）。

じゃ売らなきゃいいじゃない、売らなきゃ（笑）。

腹立ちましたね。

それよりもあたくしね、今回、香港、台湾、買い物旅行を見聞してまいりましてね、そんなところに書くぐらいなら日本のお札の一枚一枚にね、「使い過ぎに気をつけましょう」ってなぜ書かないんだ（笑）。このほうが切実に、切実に感じたことでございましたよ。

ほんとにね、書かなくてもいいようなとこに書きやがってね。どうでもいいとこはほっとくんですよ。ええ。

で、またそういうことを書かれるってぇと、あ、そうかなってんで、タバコやめるやつがいるってんだからね。ええ。それも情けない話といえば情けない話でございますよ。

いやならいやでやめりゃいいし、吸いたきゃ吸うで、吸やいいんです。ねえ。大きなお世話です。

だから、ルイ・ヴィトンのカバンでも何でも買って、カバン引き立たせて歩いてりゃそれでいいんです。人間は自由でございますからね。

えー、お酒なんぞもほんとは、「飲み過ぎに気をつけましょう」と書けば、ずいぶん飲み過ぎに気をつける方もいるかもわかりません。どうしても飲み過ぎます。ええ。いけないいけないと思いながら、ついつい、まあもうちょっと、もうちょっと、ってんで飲み過ぎる。これがいけないやつです。ええ。

えー、お医者さんからよく止められている人があります。「あなたね、よしなさいよ。命にかかわりますよ」なんて言われるってぇと、少し驚きますよ。「この調子で飲んでるっていうと、あなた三年もちませんよ」なんてぇと、ドキッとしますね。「三月《みつき》かなぁ」なんて言われるってぇと、必ずやめますからね、これは。

そいで、三月たって、四月《よつき》たって、五月《いつつき》たって、六月《むつき》たってくるってぇと、少しぐらいなら大丈夫だろってんで、これが間違いのもとです。ふっと気がつくってぇと、また飲んでる。ああ、どうしてこうおれは意志が弱いのかな、何とかやめたいんだ、本心は。どうしたらいいかしら？

小さいときから信心をしている神様に酒を断とう、神様に酒を断てば、恐らくは罰が当たってえらい目にあうから、これはもう自分で酒を口にするようなことはあるまいってんで、さあやめた、なーんて思ったその日に、また酒飲みの友達が誘いに来たりなんかしますから。
「どうしたの、おまえ。え？　顔色がよくないよ、おまえ。酒やめた？　やめたってどうやめたんだよ。むこう一年？　よしなよ、おまえ。今までずっとその塩梅《あんばい》で飲んできたやつが一年やめてごらん。体がかえっておかしくなっちゃうんだよ、おまえ。顔色がよくないじゃないか。ダメだよ、そんな顔色悪くなるようなことしてちゃ。え？　いや、だからね、急にやめちゃうって、それがいけないんだよ。体に無理がいっちゃうんだよ。だから狂っちゃうんだよ。ね？　だからね、そこんとこね、こうしてごらんよ。もう一年延ばしてよ、二年にするんだよ。ね？　二年にしたかわりに、晩酌だけやらしてもらうって。どうだい、これ」
「あー、なるほど、二年にして晩酌ね。うんうんうん。じゃどうだろうね、三年にして朝晩飲むってのはどう？」（笑）
これじゃあ何にもなりゃしませんよ（笑）。まあ、ほどほどに召し上がれ。だから、五合飲んでる人は三合ぐらいにする。三合ぐらいの人は一合にする。一合の人は五勺。五勺の人はなしでもいいんですがね。えー、ほどほどに召し上がるってえのが一番よろしいんじゃないかと思いますが、なかなかどこも難しいようでございます。

「生酔い本性違《たが》わず」なんて言葉があります。いま自分が酔ってて何をしているかわからないってことは決してないんだそうですね。えー、明くる日になってから、「あれ？ 夕べはだれと一緒だったんだろう？ あれー？ どうしたのかな。どうやって帰ってきたんだろう。タクシーに乗ったのかな。電車かな。歩いちゃったのかな。何だろう？」って、これ考えることありますよ。

だけども、いま自分が酔ってて何をしているかわからないってぇことは、たとえどんなグデングデンになってもないんだそうです。酔っぱらったのをいいことにして、いるでしよ、よく。

「ウ〜酔っぱらっちゃたあ。酔っぱらっちゃったよ、何にもわからないよ、おら。ア〜ハハ〜、おねーちゃん、いいおしり〜」

なんて、おしりをなぜるんです、これは。おしりはなぜますが、あんまりブルドッグなんかはなぜない（笑）。

年末年始、このころになるってぇと、よく宴会の帰りが遅くなって、ありますよね、ネクタイなんざこっちのほうへはだけっちゃって。ええ、カミさんの言い訳の折か何か指にぶら下げたつもりが、さっき塀にぶつかった途端に折はずっこけてヒモだけになっちゃって（笑）、ヒモぶら下げて帰ってくる人が。

「おい見てごらん。え？　むこうから来る酔っぱらい。すごいね、グデングデンだよ。あっちへ寄ったりこっちへ寄ったり。締めてはったり歩きってんだ、ああいうのは。ね？　道いっぱいにしてつかって来るんだよ。あのね、もう少しこっち来るってえとね、どぶ板がなくなっちゃうんだ。いま落ちるから見ててごらん、あそこへ落っこっちゃうから。あのドブ深いんだよ、あれは。ああ。落ちたらなかなかはい上がれない。面白いから見てろ。ほら。ほらほらほら、ほら来た、ほらドーンとぶつかったろ？　こんどこんどこんど、ほらほらほらほら、ほーら来た来た、ほらほらほらほら、ウ～ラウ～ラ……なーんだ、落ちねえな」なんてがっかりしたりなんかして（笑）。

こりゃ落ちるわけがない。ちゃあんとわかってんですよ。水たまっりなんかあるってぇと、ピョーンと飛び越えてね。何か落ちてると、拾ったりなんかします（笑）。大きな声で歌を歌ってても、交番の前へ来るってぇと、べつに何か悪いことをしたおぼえはないんだけど、なんとなく気がひけてピタッとやめて、先の横町を曲がる途端に、さっきの続きから歌ったりなんかしますから（笑）。

なんでもみんな心得てるんですね、これは。まあ、それだけに酔っぱらいってえのはかわいげがあります。

いろいろ癖がありますね、ええ。笑い上戸だ、泣き上戸だなんて。始末がいいのは寝上戸ってやつ。酒が入るってえと、だれに迷惑をかけるわけでもなく、そこへそのまんまゴロッと横になって寝てしまう。こらあ一番いいですよ、穏やかで。

もっとも寝方もありますよ。寝りゃ何でもいいのかと思うってえとね、ハッと気がつくってぇと、おとなしく寝てたなと思ったら、自分の前へ小間物店広げちまって、そん中へ首つっこんで寝てるなんてのは、どうも汚くていけませんやね、こりゃ。ええ。

始末によくないのが酒乱というのがあります。酒乱はいけません。大体、酒乱てえのはね、普段おとなしい人が多いですよ。それが酒が入るってぇと、途端に、あらっ、人が変わったんじゃないかしらと思うぐらい、ほんとに変わっちまう。だれかれ見境なくケンカを吹っかける。果ては刃物三昧。

こういう人は昔からいます。ええ。こんなにいやがられてる癖はないんですがね。酒を飲むと酒乱になる人が、しらふのときに酒乱を見るといやがりますから。そのくらいいやなもんです、あれは。

（鈴本独演会　１９９１・５・31）

『禁酒番屋』　枕

初めてのハワイ

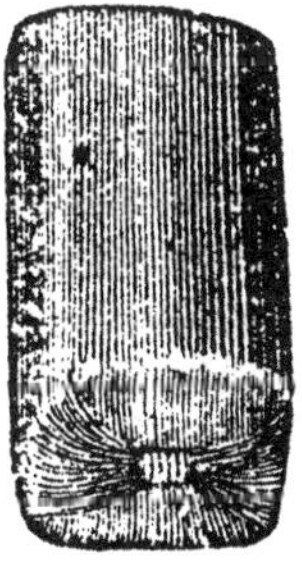

えー、お早いうちから大勢お集まりをいただきまして、まことにありがとうございます。

えー、考えてみるってぇと、一月の三十一日が前回でしたから、二月、三月、四月、五月……四ヵ月ぶりってことになりますかね。えー、どうもしばらくでございました。いかがお過ごしでいらっしゃったでしょうか（笑）。

何しろ冬のさなかから、これから夏へまさに突入しようという、だいぶ季節も変わりました。皆さんのお召し物も替わっておりますし、あたくしの着ておりますものは、今は単衣《ひとえ》もんでございます。

噺家の着る衣装というのは大別して三通りあります。これはまあ、普段、皆さんが洋服や何か着るのとおんなじで、夏服、冬服、それから間着《あいぎ》と。

ですから、われわれのほうも同じように、単衣が夏ですね。で、冬は、ふたえとは言いませんで袷《あわせ》といいます。裏が付きます。で、間は、間着と言わずに単衣もんという言い方をします。今は単衣もんです。これ、裏は付いてません。でも夏物じゃないっていう証拠に、こうやっても向こう側が透けて見えない。

えー、そうかといって、昔ほど、衣更えがいつから始まっていつまでだというようなことは、このごろはあまりうるさく言わなくなりましたし、昔とまた季節の移り変わり方も変わってきました。それに、冷房だ暖房だってえものもどこへ行ってもすっかり、完備してますから、噺家の中には、一年じゅう単衣もんで通すなんていう剛の者もおりますね。確かに通せるんですよ。冬はあったかくしてありますしね、夏は涼しくしてありましょう？　だから、何も夏だからといって夏もんのごく薄い、向こうが透けて見えるようなものを着る必要もないわけで。

ただ、そういうものを着てるってぇと、それらしくは見えます、夏らしく。だけど中には冷房が完備しすぎてね、夏もの着てたんじゃ寒くてふるえちまうなんてえところもありますから。だんだんとそういう季節感っていうのも薄れていきますね。

えー、何のお話ししましょうかね（笑）。何しろまあ、一月の末から二月、三月と越えてくるってぇと、二月はあたくしはほとんど東京におりませんでしたので、中には「びあ」だとか、「かわら版」だとか、ああいうものをもとに……中にはおいでになるんですよ、そういう方が。ああいうものをもとに小三治を聴いてやろうなんて殊勝な方がね。ええ。そういう方からときどき抗議の電話が入ったりハガキが着いたりなんかするんです。「二月はちっとも出ないじゃないか。殺してやる」なんてなことをね（笑）。

恐いですよ、これは。

二月はほとんど東京におりませんで、ま、どこへ行ったかっていうのはね。ン、秘密でございます（笑）。もう少し寒いほうへ出かけておりましたがね。

えー、その後はと言いますってえと、そうですね、変わったところ、ハワイへ行ったとぐらいでしょうかね。「ぐらい」と言ってますがね、あたくしにとってハワイというのは、初めてのハワイでございます。外国は多少方々へ出かけましたが、ハワイ行ってないのと言うとみんな驚き、

「ハワイ行ってないの？　まだ。あんなとこ行ってないの？　だってハワイだよ」

なんて、とってもバカにされましたね。でも今度が初めてなんでございますよ。

腹ん中ではどっかでバカにしてました、ハワイなんてぇところをね、わざわざ行くなん

てぇやつの料簡が知れねぇ、ってなことを言ってね。ええ。

でも、バカにしてましたが、いつかは行ってみたいと、期待はしておりましたよ。で、内々期待をして行ってまいりました。

えー、で、結論から申し上げますとですね、自分から進んでもう行かなくともいいですね。ええ。えー、ま、行っても悪くはないですけど、わざわざ行くこともないんじゃないかという気が……。相性の問題でしょうか。

中には、もうハワイがなんてったってやっぱり一番いいよ、ってんでそこばっかり行っておいでになる方もいますしね。

ンー、ま、ほとんど毎日曇りの空模様で、ときどき晴れて海がきれいに見えたとき、そういうときは確かに気持ちがいいですが、雨が降ってばかりで表へ余り出られなかったとか、まあいろいろほかにも事情がありましたがね。

時差ですね。時差、困りました。あそこはね、五時間なんです、時差が。正確には十九時間かな。ま、いいや五時間なんです。

今、約、夜の七時でござんしょ。そうするとむこうは確かね、こっちから見ると足すんです（笑）。いや違うかもしれませんけど、ま、たとえばの話ですから（笑）。

そうするとね、約十二時なんですよ。五時間の時差ならば大したことないじゃないかと、こう思いました。

あたくし初めてロンドンへ行ったときはね、ほとんど向こうっかわですから、こっちとまるきり反対でほんとに辟易《へきえき》しましたがね。はっきり辟易っていうことが、むこうは答えが出てくるんですが、ハワイの五時間の時差というものは、じわじわきて、とても困りましたね。

それであたくしが日本においてまともな生活をしていれば、五時間は五時間で済むんですが、あたくしは日本人としては日本に住んでいながら時差を持って生活をしておりますから（笑）、それとその五時間が足すんだか引くんだかよくわからない（笑）。

とにかく眠れない。困りました。とても困った。

毎日二時間から三時間しか寝られない。で、こっちにいるときから多少、不眠症気味ではありましたので、むこうではもうとっても困りましたね。ハワイへ行って暖かい日差しを浴びて、のんびり朝から晩までね、砂浜でもって海を見ながら砂にまみれて、なんてね、いろいろ頭に描いていたんですよ。

描けませんでしたね。

目が醒めると、もう夕方でしたね。頑張ってやっと起きても、やはり夕方でした。

だから、ハワイへ来たんだか、東京にいるんだかよくわからない。表を見るってえと、ただ夕日のビルディングが並んでるだけですから。

ですからね、ま、早い話が面白くなかったですよ(笑)。面白くなかったって言うんなら、なにもそんなに時間かけて話することはないんですが(笑)。

とにかくハワイってのは眠いとこでよくないです、あそこは。

で、最後の日にね……あ、それ何で行ったかというと、俳句会で行ったんです(笑)。俳句会で、えー、何もハワイへ行って俳句なんかこしらえることはねえだろうと思うんですが(笑)。とにかく、ときどき行くんです、ハワイとかどっか、インドネシアとかね、そういうとこへ行くんです。で、今回、ハワイでした。

むこうで「講演と落語の夕べ」というのをやりましてね。私と扇橋さんが落語をやって、あと小沢昭一さんとか永六輔さん、今回は神吉《かんき》拓郎《たくろう》さんが物書き、作家として講演をいたしました。

そのときそのときでそれぞれ特徴がありまして、今回はだれが目立つようにしようかってなことになって、今回はそういうことでハワイはあれでしたね、神吉拓郎さんと、いま言ったようなメンバーが舞台の上にあがりました。

それもさして報告するようなことはないいんです(笑)。

ただ、ハワイの印象として、海岸へ出てぐるっと一回りしたのが帰る前の日でしたが、それまでそっちのほうへ、何しろ眠いのと天気が悪いので行きませんでしたので、あと少し買い物や何かには出かけましたが。

海岸をぐるっと回ってその日は薄曇りという感じでしたが、もちろん大勢、浜辺には出てましたし、サーフィンなんかして遊んでる人もいましたが。

あたしはもっと広いのかと思いましたよ。何しろ有名なワイキキですから、めちゃめちゃに広いのかと思いましたよ。そしたらまあ、大磯ロングビーチを二つ合わせたぐらいの(笑)、大したことなかったですね。ええ。

何よりもかによりも、日本人が多いってことはわかってんですが、まあ、若い人が多いですからね。その間をすり抜けて歩いてると、みんながみんな親不孝に見えてね。この野郎も親不孝だな、この野郎な。あ、こいつも親不孝だって、ただ親不孝ばっかりゴロゴロしてるという印象だったので、「しようがねぇな、こう親不孝ばかり多くて」なんて思ったんですが、その子供たちの一人がひょいっと顔を上げて、「おじさんはどうなんだい？」ってもし聞かれるってえと、あたくしも同じような身の上なので、一緒に寝っ転ぶよりしようがねぇなとは思ったんですが(笑)。

ただ、ハワイってえとこは親不孝が大勢集まってただゴロゴロしてるっていう、それだけのとこですね。

人の暮らしがなにか感じられねえってのは、あたくしは根っからやっぱりモノを楽しめない性分なんでしょうかね。

人が暮らして、ここにいる人は、朝こういうふうに起きて、こんな生活をして、こんなもんを食って、こういう会話、習慣をもって、ってそういうのが面白いんですが、そういうのは感じられなかったですね。ええ。

ただ親不孝の若いやつと、もと親不孝ばっかりがゴロゴロゴロゴロしてるだけですから(笑)。

さっき買い物っていいましたが、あたくしは外国で何を買うかってえと、洋服で着るものを……。

あたくしはね、異常体型の一人と言ってもいいんです。腕が大変に長い。ですから、この着物でもですね、これあのー、普通の呉服屋さんにある反物ではあたくし着物つくれません。普通にある呉服屋さんで買った反物や何かいただくことがあります。寸法が合わないからといって捨てるわけにいきませんから、そういうときには腕が長い分、肩の腕のつけ根のところにハギを入れましてね、つまり足すんですな、布を。そうじゃないってぇと、つんつるてんでこんなんなっちゃうんです。のべつ腕まくりして喧嘩腰で話ししてるようになっちゃう(笑)。

それじゃ穏やかじゃないからってんで、私はこれをどっから求めてくるかってえと、出入りの呉服屋さんがいまして、これが両国界隈《かいわい》へ行きまして、お相撲さん専門の呉服屋さんから買ってきてくれます。それで腕の長さをカバーして。

相当長いです。普通の人より。目安として、そうですね、十センチは長いですね、片腕。ですから、まず日本製では、Lでもダメです。LLでどうにか間に合うものもあります。

ところが、腕はLLなんですが、胴はMですから、何着ても、雪だるまの空気抜いたみたいになっちゃう。これは情けない。そこでもって、大体、外国へ行くってえと、洋服はむこうのものを買いますね。あちら製は腕が長いですから。

今回もハワイへ行って幾つか買いました。むこうじゃね、あたくしの腕の長いのは自慢になりません。ラルフ ローレンなんかSを買っても私は負ける程長いですから。

ただ、お断りしときますけど、上だけですよ、これは（笑）。

ズボンとかジーパンとか、そういう類《たぐい》はダメです。

日本のジーパン屋さんは下、カットしてないでしょ。その場ですぐミシンで裾上げしてくれますよね。むこうはやりません。そのかわりいろんな股下サイズがそろってます。

で、むこうでジーパン買いますと、いっちばん短いサイズのジーパンを買って、で、二

回折り返してやっとあたくしの脚のサイズになります（笑）。

ですから、ズボンは日本で、シャツは外国でというのが、これがあたくしのサイズでございます。

むこうで体に合うものを買うってのは難しいですよね。よく頼まれることがあるでしょ。外国へ行くからってえとね。こんなシャツ買ってきてくれとか、こんな洋服買ってきてくれとか、靴買ってくれとかね。靴だって、あの、むこうのサイズと日本のサイズは違いますし、それからなんてんですか、同じサイズでも足型によってワンサイズ上だったり下だったりいろいろしますから、やっぱり靴とか着るものってのはご本人じゃないと、とてもなんですね、合いませんね。

うっかり頼まれちゃいけません。

小沢昭一さんがね、今回頼まれましてね、デパートへ行って買ったんですよ。だれに頼まれたかってぇと、まあ、おカミさんですから、おカミさんだからそう恨みもつらみもあとひかないでしょうけれども。

で、むこうへ行きますってぇとね、ご婦人がみんな大きいですから。と、自分のカミさんがそんなに小さいとはとても信じられないんですね。むこうへ行って、うちのカミさんどのぐらいの大きさだったかなあ、なんて考えてみるってぇと、どうしてもサイズをオー

バーして買いますよ。日本人てのはかなり小さいんです。

小沢さんとこのおカミさんもね、大きいほうじゃありません、小さいほうです。デパートへ行きましてね、やっぱり何だかシャツみたいなものを頼まれて。で、柄のこれだっていうのはあったそうなんですよ。で、サイズは幾つかなと思ったんですけど、これがね、どうもよくわからない。自分の背よりこのくらいかなこのくらいかなっていうんですけど、あそこへ行って大勢大きい人がいる中にいるってえと、頭がカーッとしてなかなか自分のカミさんのサイズってえのは、はっきり思い出せない。

ああ、この人ぐらいだな、っていう小さい人がいたんだそうです。その人が買ってるんでね、話しかけようと思ったんですが、英語ですからわからないんでね、すぐ後ろからくっついてって、カウンターへ行って。カウンターの人は、ほら、むこうは日本語ができるでしょ、ハワイの売り場の人はね。

で、いま買った人、サイズいくつですか？　と聞いたら、これこれですっていうから、ああ、そうかってんでそれ買ってね、帰っておカミさんに着せたらね、こ〜んな大きくてね、ダブダブでどうにもしようがないんです（笑）。

あとで考えてみたら、どうもあの人も人に頼まれて……（笑）。らしい（笑）。

で、小沢さんは知らねえから、とんでもねぇ、三人分入るようなのを買っちまって、大

変おカミさんをしくじったてぇ話を後日聞きましたが（笑）。

またいろいろ外国へ行くってぇとね、そういうことがありますよ。

ま、変わった話といったってね、そんなにないんですよ。ま、そんなことがあって、今回に至ったと。それぞれ皆さんもっと面白い話お持ちでしょ。ほんとは代わる代わるこへ上がってきてね（笑）。

今度はそういうことをするだけの会ってのをやりましょうかね（笑）。

えー、だんだんこの会の遊びの要素が増えてまいりまして、まことに結構なことで。何が結構なんですかね、よくわかりませんけど（笑）。

（鈴本独演会　1992・5・31）

『馬の田楽』枕

蛍

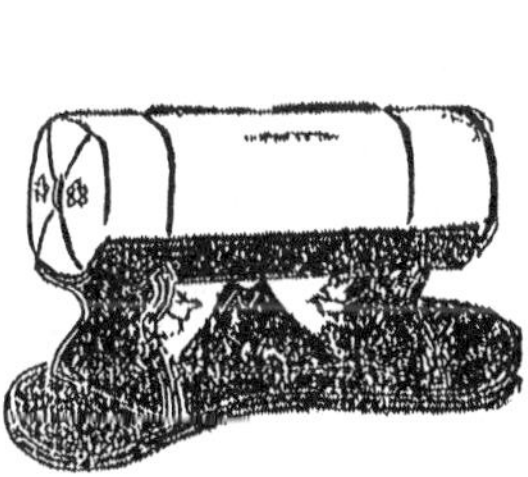

永六輔さんと（入船亭）扇橋さんとあたくしと六月にですね、毎年、郡上八幡《ぐじょうはちまん》の辺りから飛騨を抜けまして、ンー、富山、アー、宇奈月《うなづき》、エー、あるいは能登半島といったような日本レントウ、レントウじゃない日本列島の真ん中を横切る、まっぷたつにする形で横切る旅がもう二十年にもなろうとしているという、そんなことがございます。

内容は、落語会。といっても引き回し役は永六輔さんですから、一つの〝永六輔ショー落語バージョン〟というような感じでございますが、その中に、えー、少し前から岐阜の、あれは正式に言うと可児《かに》市というところですが、いわゆる美濃焼の本場、こんどエクスポがというような、お馴染みのところでいうと瀬戸・多治見というような、その近くなんですが、山荘といいますから山の中です。

　六月にその山荘にお客さまがおいでになって、手短く落語会があって、そのあと一斉に明かりを消して、庭といいますか、これは言ってみれば借景で、自然の、辺りにある山、あるいは手前にある、はるか下のほうにある谷川、そういうものを借りた自然の庭ですね、それがその山荘の庭から自然の庭へとつながっていく風光明媚《めいび》なところでございます。そこに蛍を二千匹放つという、なんとも今としてはぜいたくな遊びなんでございますが。

　そこでですね、作ったことのない蛍の句を作ったというお話を、時間の許す限り、許されない限りやってみたいと思うんでございます。

　アノー、蛍というものは今はあんまり見ることがないんですけれども、あたくしも子供のころ見たっきりで、とんとご無沙汰でございました。

　久しぶりに見る蛍、しかも二千匹が一斉に放たれて闇の中へと散っていくというそのさまはなんとも見事なもので、電気を消しておりますから、なおさらのことです。

　で、いつもあたくしはね……俳人ではないのです、あたくしは。俳句を詠《よ》んでいる人ではないんです。毎月十七日にやなぎ句会という句会があるときだけに俳人になるという、言ってみればハイジン同様という俳人でございますが（笑）、そのときばかりは、詠んでみたいなと思いました。

　あたくしの詠み方は、いろんな人の詠み方はそれぞれおありだと思いますが、あたくしは、まず、たとえば「蛍」ってえ言葉があれば、そのときに何を感じる、何を思い出すかっていうその景色をまず思い出して、それをいくつかの言葉に、で、これを五七五にだんだん詰めていくというような作り方ですね。

　そのときに感じたのはね、こう見てるとですね、蛍が方々へ光を引きながら、ひょっとすると、発想の転換でね、蛍は光ってるんじゃないんじゃないか。

　闇の向こうにひろーい光の世界があって、それをちょっと闇という薄い膜が覆《おお》っているために、あたくしからは闇に見える。それを蛍がひっかいていくために、すこうしそこから光が漏《も》れてくるのではないかなという、この発想にね、自分で惚れこみましてね（笑）、これを詠んでみたいと思ったんですがね。

　まあご承知のとおり、今日会場においでになるお客さまがたは、皆さんおやりになる方ですからおわかりかと思いますが、えー、まずたくさんの情景を思い浮かべて、それを五七五にまで詰めていくという、それはとても無理なんです、それは。

　何か一点を詠んでそこからもろもろを想像させるというのが、まあ基本的な俳句の世界だろうと思うんですが、でもあたしはそれだけたくさんのこと……なんかないかな、なんかない、詠めない。

ずっと、東京へ帰ってきてからもそのことを考えてました。

それでね、ま、時間もありませんから先を急ぐことにいたしますが、全然急いでいませんけどね（笑）。

最初、こしらえ上げましたのが、

やわらかく闇を切り裂く蛍かな

今まであたくしが説明したことをお聞きになった方は、「なるほど、〃切り裂く〃か」と納得していただけるんですが、元来、俳句には説明はつかないものですから。ついちゃいけないんです。句を見てそれだけのことが想像できるかできないかのことです。どう考えても「やわらかく闇を切り裂く蛍かな」という句からは、闇の向こうに明るい世界があるというようなことは、とても思いもつかない。

うまくいかないなあと思って、あたくしの師匠でございます入船亭扇橋。

エー、俳句では師匠ですけど、落語ではただの仲間ですから。楽屋でもってね、こういう発想でさ、こんなふうにさと、いま言ったようなことをみんないいまして、つまり、蛍がひっかいたあと、そこから漏れてくるってえんで、「やわらかく闇を切り裂く蛍かな」って作ったんだけど、どうもうまくいかない。なんとかなんないかな。相談を持ちかけました。
そしたら扇橋宗匠、しばらくじっと考えておりました。
「それは蛍一つのことを言ってるわけ？　一匹のことを言ってるわけだろ？」
「そらそうだ。あんとき二千匹いるけど、全員追いかけて言ってるわけじゃない。一つじーっと見つめて、それが切り裂いていくなっていう詠み方」
「ああ、そうだろ？　じゃね、いっそのことね、字余りだけどね、〝ほたるひとつ〟としてはどうだ？」
「うんうん、〝ほたるひとつ〟。それから？」
「〝やみのふかさをわすれゐし〟」
もう一ぺん言いますと、
　蛍ひとつ闇の深さを忘れゐし
あたしが作った句は、
　やわらかく闇を切り裂く蛍かな
ご承知かと思いますが、俳句の世界は、たとえばあたくしが作った句を、一茶が直そうが芭蕉が直そうが、そのためにとんでもなくいい句になろうが、それはあたしの句なんです。直したのはだれであろうと、原作が重んじられる。そういう世界です。これはご承知かと思います。

ですが、です。さっきの二句比べるとですね、これ、直したと言えない（笑）。まるっきり作り変えてしまった。

蛍ひとつ闇の深さを忘れゐし
これはなかなか、それだけ詠める……これは言ってみればプロフェッショナルな句ですよ。「蛍ひとつ」。そんなね、「切り行く」とか「ひかり裂く」とかそんなこと全然ゆってない。だけど、「蛍ひとつ」とゆっといて、ポッと突き放しといて、「闇の深さを忘れゐし」という、「忘れゐし」っていう「ゐし」なんて言葉はね、並大抵の俳諧師じゃ言えません、これは。

つまりそこに、ずっと闇に対峙《たいじ》している自分の時間的長さまで、「ゐし」という……。これはでもね、いくらあたしがここでこんなことを言ったって、読み取る力がない方にはわからないんですよ、これ（笑）。

でね、

「これはいくらなんでも直したうちに入らない」

「いや、だけどおまえの句を聞いて、発想を聞いて、おれがそうやったんだから、それは小三治、おまえの句だ」

と扇橋は言うんですけど、それはね、「やわらかく闇を切り裂く蛍かな」はね、色紙お願いしますなんて言ったときに書いても、これ自分の句ですからいいですけど、まさかですね、

蛍ひとつ闇の深さを忘れゐし

蛍がひとつスーッと横切ったために、ああ、闇ってこんなに深かったんだな、ということをずっと忘れてここに座り続けていたことよ——ということでございましょう？（笑）ぜーんぜん違うじゃないですか。

だいいち、共通してんのは「蛍」って一字だけなんです（笑）。

こりゃダメだよと思っているところへ、大変に素晴らしい大先生、大家、われわれやなぎ句会には、近年ご縁の深い鷹羽狩行《たかはしゆぎょう》先生という方が句集を出したというので、あたくしにわざわざ送ってくださいました。その礼状がてら、今の扇橋とあたくしの顚末《てんまつ》を鷹羽先生に、葉書に、少ない文字に詰めて、で、わかるようにお知らせしました。ま、笑い話として聞いてくださいと。

そうしたらですね、あの先生は、もうとっても忙しい方なんですよ。お弟子さんだって何万というお弟子さんがいて、それを毎日毎日投稿されるのを直して返事出したりなんかして、とてもあたしの相手なんかしてられないのにね、すぐ返事が来ましたよ。

確かに扇橋さんの句では別の句になります、と。

そんなこと言われなくたってわかってます（笑）。

今日、鷹羽先生いらっしゃらないでしょうね？（笑）

そんなこと言われなくたってわかってる。それでですね……あ、そう、その前にね、こういうことがありましたっけ、そう。

扇橋さんが言うにはね、「切り裂く」という言葉が強いっていうんですよ、蛍にとって。それはちらっと聞いてましたから、鷹羽先生のところに送ったときには、「切り裂く」は「切り行く」に変わっていました（笑）。

いや、そらまあいいでしょう、これ自分からそうしたんですから。ですから、鷹羽先生に送ったときの最終案は、えー、もう一ぺんおさらいいたしますと、

やわらかく闇を切り行く蛍かな

これもいいでしょう？「切り裂く」よりは「切り行く」というところでもって、点滅しながら同じ線でたどっていけるという、それは追えますわ。「闇の深さを忘れゐし」にはかなわないけれども。

で、それを鷹羽先生のところに送りました。

そしたらその返事で、あの方はまたご自分でお作りになるのを、そらすばらしい大名人

ですがね、直すのがまたね、まさるとも劣らぬ……な、な、なんだ？　これは。とにかくすごいんですよ、ちょっと直しただけですごい句になっちゃうんです。そのときにです。その先生がちらっと書いてくだすったの。

「やわらかく」の「く」を、ほかは全部そのとおりでいい、「切り行く」でいいと。「やわらかく」の「く」を「き」に直す、「やわらかき」に直す。「く」を「き」に直すだけで、句が百倍よくなりますと、こう言うんですよ。

ああいうものに二倍三倍、十倍、百倍っていうのがあるかどうかそれはわかりませんけれども（笑）、もののたとえとしてそうおっしゃってくだすった。

さて皆さん、その鷹羽先生のおっしゃったとおりの句を今もう一ぺん、復唱してみましょう。

やわらかき闇を切り行く蛍かな

あたくしのは、

やわらかく闇を切り行く蛍かな

アノ、両方おんなじじゃないかと思う方は、この先の話、聞かなくても結構でございます（笑）。

どうです？「く」を「き」に直しただけで百倍、確かに……ね、違うでしょ？　違うんです、違うんです。よくなったんですよ。「やわらかき闇」という表現の見事さ。深さ。恐れ入りましたねぇ。これは。

でもね、考えてみると、少しはあたしのことも考えてくれってんです（笑）。いいですか？　これ中学のときの文法を思い出していただくとわかりいいかと思いますが、「やわらかく」という場合には、「切る」にかかるのです。〝やわらかく切る〟のです。「やわらかき」というときには「闇」にかかるのです。

つまり、〝闇がやわらかい〟という表現は、一生あたくしにはできない表現なんです（笑）。

早い話が、あたしの句は原型をとどめぬほどに、みんなでよってたかってズタズタにされてしまった（笑）。

ですからあたしは俳句に向かないと言っているのです。

皆さんの前ですが、あたくしはね、ハイクに向いておりません。バイクに向いております（笑・拍手）。

（東京やなぎ句会　第一回　日本橋三越本店吟行　大句会　1997・7・17）

初高座

えー、というような塩梅《あんばい》でございます。
しかしまあ、なかなか楽しみでございますね。どういうふうになりますかね。まだ前座と申しますってぇと、われわれのほうでは芸人とは認められないというね。
前座といやぁ虫ケラ同然なんて言う人がいるぐらいなもんでございますから、いろんな虫ケラがおりますんで。
もちろんあたくしの……。今出ましたのは手前どもの弟子でございますが、もっともっとたくさん、若い噺家の卵がおります。テレビやなんかでもって出てきて、面白おかしくやるのとは違いましてね、なかなかこのォ、地道な努力の積み重ねってものがどうしてもどっかで必要になります。ま、ひとつそういうところをくんでいただいて。テレビはテレビで、あれも面白いですけどもね。ええ。でも、まあ、あれでございますから、つまり（笑）。

まあ、ほんとにどういうふうになりますかねぇ。不思議なもんでございますよ。最初の小いもにしたって、入ってきたときには、ほんとに落語知らないんですね。だから、セリフをしゃべらせても落語にならないんです。

（棒読みで）

「ご隠居さん、こんにちは」

「だれだと思ったら八っつあんかい。こっちぃお上がりよ」（笑）

「どうもしばらくです」

なんてね（笑）。

これでほんとにどうなんのかなと思いましたがね。ですから、今日あたり聞いてるってぇと、まあ、それから比べるってぇと、二段階、三段階なんてもんじゃありませんね。五段階特進というような感じでございます。

それでもあの程度でございますけど（爆笑）。

しかしまあ、そうやって、まだ嘴《くちばし》の黄色いうちからご覧いただくってぇと、先が長くなります。

今にですね、そう昔ね、こう偉くなった。こいつは横浜でもってね、小三治の前に出てきたんだよ。ああ。どうってことなかったけどさ、ああ。今あれだよ。あんときからおれ、贔屓《ひいき》にしてんだよ、おれ（笑）。あんとき小遣いやったんだよ、なんてね（笑）。

言いたい方はどうぞ楽屋のほうへひとつ（笑）、お出かけいただいて。決してお断りは申し上げませんので。

しかし、弟子だけに持ってくるというわけいきませんでしょうからね（爆笑・拍手）。えー、ほんとに有り難いことでございます（笑）。

いやぁ、今もあたくしね、袖でもってやっぱり聴いておりました。うー、正直言いましてね、やっぱり自分の弟子となりますってぇと心配なもんでね。間違えやしねえかとか、あんなとこでつっかかりやがってとか、あ、あそこで訛《なま》ったなとか、いろんなこと。

まあ何てんでしょう。人さまのお弟子さんたちってぇと、そんなに細かいことまで気にはしないんですが、自分の子供と同じでございますね、そういうところは。

あの～、よくお子さんをお持ちの方はこん中にも大勢おいでかと思いますが、人さまの子がちょっと変わってたりしてて……、

「なんかしょうがないんですよ、ほんとに。うちの子は腕白で。困っちゃうんですよ、先

生に怒られてね。ええー、困るんですよ、ほんとにねぇ。学校のプールにカエル投げ込んだりなんかしてね。ええ。それでもって一緒に泳いでたんですよ。自分はいいんですけど、カエルが好きですからね。女の子がキャーキャー言って、先生に怒られた。ほんとに困るんです」

とかね。

そういうのは、ひとの子だと、「いいねえ。珍しいよ、今どき（笑）。奔放でいいよ、そういうのは。末が楽しみだよ」なんてね。

ひとの子だと楽しみなんでございますよ（笑）。

だけど、自分んところにそんな子供ができてごらんなさいよ。もう先生に呼びつけられて小言言われっと、顔から火が出るような……。

それ、実はね、うちの子なんですけど（笑）。

ほんとに困るんでございますよ。

そういったもんですね。ですから、人さまの子っていうのはちょっと変わってるてぇと、「ああいいよー、元気なほうがいいよ」とかね、「今のうちから変に完成してねえほうがいいよ」、なんてことを言われますけど、さあ自分の子、いいえ、自分の弟子になりますってえと、いろいろと心配になるもんでございます。

そう、遠い日を思い出してみますってぇと、あたくしが初めて寄席へ上がりましたのは、ここのお隣のあの川崎でございましたよ。

川崎の川崎演芸場ってのが駅前にございました。

私が入りました年ですから、今から何年前になりましょうか。昭和三十四年でございますからね。足掛け十、あっ二十三年になりますかね。サバ読んじゃいけませんね（笑）。ビルの三階にありましたよ。ビルの三階つったってね、別に表に「寄席」って看板が出てるわけでもなんでもないんですよ。変な寄席でしたねぇ。

三階建てなんですが、屋上がローラースケート場でね（笑）、その三階にあるわけです。三階が全部寄席かと思うてぇとそうじゃない。そのビルは一階、二階、三階、全部パチンコ屋です。

三階のパチンコの機械のいちばーん奥のほうに、見えないように入口があるんです（笑）。ですから、なかなかおいでいただけませんでしたよ。

あたくしが初めて高座に上がりましたときは、お客さま一人でございました（笑）。

そらそうでしょう。なかなか入ってきませんよ。

そこ行くには、まずエレベーターに乗って三階で降りますってぇと、目の前にパチンコの台が、チーンジャラジャラジャラ。

そのころの台ってぇのは、今と違いまして、チンジャラ、チンジャラ、うるさかったんですよ。その後、公害だとか何だとか騒がれまして、後ろのあのチーンて、チリチリン、ジャラジャランって音がしないようにってんで、条令ができまして、で、その後、あのチンチンジャラジャラ言わなくなりました。それでもうるさいですがね。そのころは遠慮なくやってましたからね。

その寄席へ行くには、パチンコをしている人の間をすり抜けるんですがね。これがなかなか難しいんです。何とか台数をたくさん置こうと思うから、今のように椅子へ腰掛けてのパチンコの台なんてそのころありません。全部立つんです。立って、両側立つってぇと、背中と背中がくっ付いてね。その間すり抜けるなんて大変ですよ。

それに、パチンコやる方はご存じかと思いますが、自分の姿勢とか、出ているときの姿勢というのは形変えたくないんですね（笑）。微妙な……姿勢、ちょっとね、ちょっと動かしただけでダメ、玉が出なくなっちまうんですから。それ、背中押されたりなんかしてね（笑）。

コノヤロー、おめぇのおかげで入んなくなっちゃったじゃないか、なんていう、つまりそういうことになりますんで、たいへんいやがったもんでございます。

ですから、後ろすり抜けようと思うと、「うるせえな、コノヤロー」なんて、そういうとこをすり抜けて、やっと辿《たど》り着くんでございますよ、その寄席へ。

ですから、お客はなかなか入りませんでしたよ。それに、屋上がローラースケート場でしょう。

ちょうど寄席の客席の上がローラースケート場（笑）。コンクリートの板一枚通してローラースケートの音がゴロゴロ、ゴロゴロ聞こえてくる（笑）。

ですから、こうやって寄席の天井見てると、音だけ追っ掛けてると、今どこを滑ってるってのわかる（爆笑）。

噺なんかやっちゃいられませんよ、そら。

お客さま一人で。お客さまのほうも、幕が開いて、まさか自分が一人だと思わなかったんですね（笑）。入ってきたときは、そら一人だってのはわかってるでしょうけど、だいぶ、開演三十分ぐらい前に入ってきてぼんやりしてたんですね。

突然、テケテンテンテンテンテン……。ベルも何も鳴りませんから、寄席の場合には。

いきなりテケテンテンテンテンッ、ドドンっていうと、シャーッて幕が開いちゃうんです（笑）。

あ、開いた、と思って、周り見たら誰もいないんです（笑）。

あ、こりゃいけねぇ、帰ろうってんでね、帰ろうと思ったところへあたしがすーっと出ていっちゃった（笑）。

こっちも帰られちゃいけませんから、その人の目をじっと見ながら（笑）、こうやって座ったわけですね。かわいそうだったですよ、その方は（笑）。立ち上がりかけてしばらく固まったまんま、渋々座りましてね。

また一人と一人ってぇのはいたたまれないんですよ（笑）。

皆さま方だって、そうやって味方が周りにいるから平気で座ってられますが、だあれもいなくて自分一人だと思ってごらんなさい。その人に集中的に語り込むわけですから（笑）。たまったもんじゃありませんよ、これは。ええ。

しかし、こっちだって必死でございますよ、一人しかいないんですから。その人、もう耐え兼ねて、しばらくもじもじ、もじもじしてましたが、まさか帰るわけにいかないってんでね、このまま立つってぇと追っ掛けられるような気がしたんでございましょうね（笑）。それで、持ってた紙袋の中から週刊誌を取り出しましてね。これ広げまして。読んでないのはわかるんです（爆笑）。

ただむやみにパラパラパラ、パラパラパラパラ……（笑）。

こっちだって一生懸命ですよ。初めての高座ですから、間違えちゃいけないと思うからね。あたくしが一席やり終わって、頭ぁ深々と下げた途端に、その人も顔を上げて、ハアーッ（笑）。溜め息。そんな思いをして落語なんか聴かなくてもいいんですが……。

それがあたくしの初高座でございました。

この〝初〟というのが付くというのは、たいへんに思い出深いもんですねぇ。これが前座の修業が終わりまして、今度は二ツ目という、まあ少し出世をするわけでございます。昔流で言いますと、丁稚奉公が済むといいますかね、何とか、まあまあ一人前として認められると。噺家として、えー認定されるとでもいいますかね。

これがまたうれしかったですねぇ。前座ってのは自分が一席しゃべるんじゃなくて、楽屋でお手伝いをするという、これが大きな、それが主なるお仕事でございますね。ついでに時どき高座に上げさせてもらえると。

ですから、高座に上がりたいもんですよ。楽屋に五人前座がいるといたしましょう。そうすっと、順番に上がったって、十日のうち二日しか上がれないんですよ。それも前座ですから。寄席の場合ですってぇとね、五分とか六分位しかやらせてもらえないんですがね。ところが、なかなか初めのうちは短くできないんです。どうしてもおそわった通りになっちゃいますから、十五分とか二十分。

そうすと、楽屋でもっていろいろ意地悪されるんですよ。

意地悪されるってよりも、営業上、あとどんどん出演者がいるんですから。一番前でみっちり長くやられたんじゃたまったもんじゃないってんでね、太鼓の縁をカンカラカンカラ、カンカラたたかれたりね（笑）、もうそれでも気がつかねぇってぇと、出入口のドアをガタガタ、ガタガタ揺すられたりね、やっちゃいられませんよ、もう（笑）。

そうすと、間違えて元のところへ戻っちゃったりなんかする（笑）。グルグル、グルグル回っちゃってね（笑）。

それがまあだいたい前座の生活でございますが、これが二ツ目になるってぇと、そういう苦しかった、言うならば人間扱いされなかった前座を終えて二ツ目になる。これがいちばん、噺家になって、今まであたくし真打ちになったこともありましたが（笑）、いちばんうれしかったですね、二ツ目になったときが。うれしかったすねぇ。

あれでしょ。噺家が出たり入ったりするたんびに、その合間にチョコチョコッと出てきて、座蒲団引っ繰り返すあの小僧っこがいるでしょ、あれがつまり前座の役でございますよ。

それまで前座のときは、自分が一席終わりまして、頭下げるってぇと、すぐに布団を引っ繰り返して、で、あとの人に譲ったもんでございます。今度はもうそれしなくていいんですよ。

ところが、長い間の習慣てのは恐ろしいもんです（笑）。だから、寄席へおいでになって、ご覧になりまして、初めのほう……。前座の次かその次あたりに出てくる二ツ目が、一席終わったあと、汗だくになって頭下げた途端に座蒲団引っ繰り返したりなんかしたら、ああ、まだあいつ新米だなと思って間違いないんでございますから（笑）。

そらそうですよ。ええ、二ツ目になって、一人前だって、とにかく周りからも言われます。間違えちゃいけない。なんとかお客さんにウケてもらいたい。どういう目でこっちを見てくれるかななんて、そういうことでもって胸ン中いっぱい。やっとのことでサゲを言い終わって、頭を下げるってぇと、もうほっとしましてね。

で、途端に座蒲団引っ繰り返しちゃうんですね（笑）。よほど度胸のあるやつでも大概やりますね。ええ。あたくしもやりましたから。

あたくし、やったといいますか、あたくしは、七分ン目までやりましたよ。こうやって、パッとここまできて、ああ、おれは二ツ目だと思ってね、また元へ戻した（爆笑）。

まあ、そんなことがあったもんでございます。

まあ、なにしろ今日はなんかやんなくちゃいけないもんですからね（笑）。

よくおまえ、高座へ出てきてから考えるってるけど、ほんとに考えるんじゃないだろう、もう前もって決まってんだろう、なんて言う方がいますよ。そういうときもあります。前もって決まってるってぇときもありますねぇ。大概決まらないですよ。

もうこの横浜のお客さまってえのは、あたくしもこの会場はもうおなじみになった会場でございますし、それから、まあ労音のお客さまも今日初めてじゃございませんので、またあたくしのこの会をご覧にいただくのは初めての方もなかにはおいでになりますが、この前も見たよ、なんて人がずいぶんおいでになりますね。

ですから、雰囲気ってものは知ってますが、やっぱりその雰囲気だけじゃなくてね。なんてんでしょうね。一つのお客さまの出会いとでも言いますかね、ウーン、そこから話ができていくんで、これはまああたくしよく申し上げるんですが、映画やなんかと違いますよ。映画ってぇのは、フィルムの機械にかけてね、スクリーンに光が写っているだけでございましょ。ですから、お客さんがいようといまいと、寝てようと起きてようと、やることはやるんですよ、映画の場合には。あら生きてないんですから。

われわれ生きもんですからね。これ、生身でございますよ（笑）。

ですから、お客さんが聴いててくださるなっと思うと、すぐバカぁ調子に乗っちゃってね、その気になっちゃうもんでございます。

あべこべに、あ、ダメだな、こりゃ。蹴《け》られてるなとか、あ、今日のお客さまはおれと肌合いが合わねぇな、なんて思ったりすると、不思議なもんでね、自分じゃ三十分やったつもりが、終わってみたら七分しかなかったなんて（爆笑）。

いえ、これ、ほんとにあったんでございます（笑）。

自分でも驚きましたよ。つらいなぁ、この三十分は、というその砂を嚙《か》むような思いで三十分やりました。どういうお客さまだったかというと、聴いてなかったといいますかね。

まあ、こういう落語の会じゃございませんでしたが、忘年会というようなところへ呼ばれまして、行きました。

そう、あれは某大学の医学部の同窓会。ですから、今、開業しているお医者さんとか、あるいは大学病院にもうお入りになってるお医者さまばかり。もう二十年も前に卒業したって、そういう方ばっかりでしたよ。

赤坂の料亭でやったんですが、同窓会なんてぇといっぺんに来ませんから。遅れてくる人もいる。

「今、落語始まってるから挨拶はまた後でゆっくりしましょう」

てなことになりますがね（笑）。

そこへ恩師の先生が入ってきた。これは大変でした（笑）。

あたしが始めて、ほんとにすぐ入ってきちゃったんですよ。二、三分で入ってきちゃったんですね。

そしたら、

「あ、先生だ、先生だ」

って言った途端に（笑）、こっち聴いてた目が、全部そっち行っちゃった（笑）。あたくし中断するわけにいきませんよ。この噺をやってもらいたいって、また幹事の人に落語好きな人がいまして、その方に頼まれてうかがったんですけど。演題まで注文されてましてね。そいつだけは何とか聴こうとして頑張ってるんですが、大勢は如何《いかん》ともしがたい。ほんと困ったもんです。

目の前を挨拶は飛び交うね。

「まあまあ一杯」

なんてね。

そこへ、とっくり引っ繰り返したりなんかして、

「雑巾ーっ」

なんていう、もう（笑）。

あたくし、ほんとに針の筵《むしろ》でございました。どうやったって三十五分、三十分以内にはならないって噺が、終わったら七分しかなかったんですからね（笑）。どこを抜いたのか、どこをやったのかね、もう自分じゃわからないんですよ（笑）。

そういうもんでございますよ。つまり、それがやっぱり生の強みといいますか、弱みといいますか、不思議なもんでございます。

しかし、世の中変わるなんてえますがね。変わるなったってぇ、変わるんです、これは（笑）。仕方がないですね、これは。

女性の美しさってぇものもずいぶん変わりましたよ。だいいち今はあれでしょ。だいたいきれいになりましたよ（笑）。だいたいきれいですから（笑）。でございましょ。

あたくしが、まだおっ母さんの手に連れられて、表ぇはいずり回ってるころは、だいたいきれいじゃないですよ（笑）。

なかには美しい、すごく、うわーぁきれいだッて人もいました。子供心にあとくっ付いていきたくなるような、後光が射すよな、そういう人もいました。

だけど、汚い人もいましたよ（笑）。

今はだいたい、その汚い人がいませんね。だいたいきれいですよ（笑）。

世の中根みっこなしでございます、これは（笑）。

昔は、美人てのがあって、あとそれ以外は全部ブスでございました（笑）。今、あまりブスっていう言い方はしませんね。ちょっと変だなと思うと、うん、かわいいじゃない、なんて、それで済んじゃうんでしょう。いい言葉ですな、かわいいってのはね。チンコロだって何だって、みんなかわいいんですから（笑）。

それに昔と違いますのは何と言ってもお化粧でございます。その人に合ったお化粧の仕方、これがみんなうまくなりましたよ。油断も隙もありませんよ、本当に（笑）。うまいですよ。

いや、初めはうまくありませんね。女性の方、経験ある方ずいぶん大勢おいでになりましょう。学校を出て、それから初めてお勤め人になったときに、お化粧するってえと、女学校なんかですってぇと、学校に化粧品会社の方が教えに来るそうですね。資生堂とか、それからあれでございましょ、ああいうとこ（笑）。何かあるんでございましょ。ね、カネボウとか（笑）、えー、そういうとこね。どんどん来るんだそうでございますよ。それでお化粧の仕方教えてくれるわけです。

ところが、本格的にお化粧するってえと、あれ大変なんですねぇ。まずお化粧ののりをよくするために産毛すったりなんかしてね。それからまず下塗りでございましょ。下塗りの前に、何かしみこましておくお薬とかね。それからデコボコとか目詰まりさせる（笑）、なんかいろんなのあるんですよ。その上へ下塗り、中塗り、上塗りと（笑）、その上仕上げなんてのがあるんですよ（笑）。

ところが、これ全部やれってんじゃないんですよ。その中から、人によってこれだけをって。

ところが、教える人はそうはなかなか言いません。こういうものがございます。全過程を全部やるんです（笑）。そうすと、初めは何とかきれいになりたいと思うから、おそわった通り全部やるわけですよ。それは無様《ぶざま》なもんでございますよ（笑）。

一人前のおすし見てるようですよ（爆笑）。

それはねぇ、もう勘弁してって言いたくなるのが新入女子社員。それが半年、一年ぐらいたつってぇと、やっぱり周りを見ながら、あるいは友だちと牽制《けんせい》し合うんでしょうか。あの人素敵ね、なんて思うってぇと、その通りに真似してみるんでしょうか。いつとはなしにお化粧ってものを感じなくなります。そうなったころ、だいたいその人に合った、だいたいきれいという形になりますね。

（場内見回して）だいたいきれいでございますよ。（笑）

お化粧しないで美しい方って、ほんとにいませんですねぇ（笑）。いや、なんかやってますね。この人化粧っけないななんて思うとね、ちゃんとなんかやってますよ。すっとこのへん眉尻に剃刀《かみそり》当ててみたりね。なんかやってますよ。そのまんまって方はなかなかいもんでございます。

しかし、人間は顔じゃないよ、心だよ、という言葉がございます。いい言葉です。あたくし大好きでございます（笑）。

人間は顔じゃないよ、心だよ。ねえ。救いの言葉でございます（笑）。そらねぇ、だれでもね、そうは言いますけどね、そら、心がよくなくちゃいけませんよ。そらそうですよ。顔だけで心がなくちゃ困るんですからね。だけど、あれ、高校の合格ラインじゃありませんけどね、合格ラインすれすれにいる人は、あの内申書やなんかでもって当落するわけでございましょ。

ですから、そのあたりにうろうろしている人は、器量のいいのと悪いのとどっちが得かということを考えてみれば、そら当然、答えがもう出てくるわけでございますよ（笑）。でも今はいいです、ほんとに。

（ハマ音県民ホール寄席　1981・7・23）

『猿後家』枕

Which is my way?

えー、しかしこのニッポンという国はずいぶん広いなと思いますね。
ここへ来る前、新宿の「末広亭」……今、「末広亭」の、実は昼の部の、あたくしが一応トリということに……。
トリというのは、ご承知のない方のために申し上げますと、別に、英語で言うとバードというわけじゃなくてですね（笑）、何てんでしょうかね。いちばんケツに上がるんです、汚い言葉で言うてぇと。
ケツですから大したもんじゃないんですが、なぜかトリと言いまして、一応その、昼の部の責任者といいますか、「末広亭」のポスターを見ますと、昼の主任なんて書いてありますね（笑）。主任ですから、大したことはないですね。せめて係長ぐらいのことにしといたほうがいいと思うんですけども（笑）、なぜか主任でございます。

今日はここがありますんで。主任を務めていたのでは、こちらが間に合わなくなっちゃいけないってんで、少し早く上がってまいりました。ここへ、そうですね、一時間ぐらい前に着きました。

向こうはたいへんに蒸し暑かったですよ、新宿辺りは。ああ、何て蒸し暑いんだろうっていう。ほんとにムシムシって感じで、客席、もちろんまだ冷房なんて入りませんよ。ですから、お客さま方、なかには何かね、今から扇子持ってる人はいませんけど、噺家ぐらいです、そんなやつはね（笑）。ですから、新聞紙でこんなことしたりね、なかにはハンケチで鼻の脇を押さえたりなんていう人がいたという、そういうあれでしたよ。

で、今ここへ来たら、

「今日蒸し暑かったでしょう？」

って言ったら、

「いえ、そんなことありませんよ。風がありましたから」

なんて言われて。今、控室にストーブが運ばれてきましてね（笑）。

どうなってんだろうな。不思議なとこでございますね、日本てぇのは。

さっき、だいぶひどかったんです、雨が。新宿のときに。で、こちらへ来るにしたがって……。ああ、今日は実はオートバイで来たもんですからね。だんだん雨が小降りになってきたってのがわかりまして、こっちへ着いたら、こちらもさっさはひどかったんです、なんて話を聞きましたですがね。

ちょうど新宿の寄席の裏に、「楽屋」という喫茶店があります。これは新宿の「末広亭」の席亭が北村銀太郎さんという、今年九十何歳という、まだまだという方なんでございますがね（笑）。ええ。この方がやってる、つったって、その人が別にマスターで、カウンターの中に入ってるわけじゃありませんよ。

だいいち九十何歳がカウンターの中にいた日には、来る客来る客、みんなで面倒見なきゃならないですからね（笑）。そういう人にいられちゃ困りますが、まあそういう喫茶店でね。

そこであたくしはちょっと雨用のバイクのレインコートを着たりなんかするんで、ちょっと場所を借りるんで入ってったら、ちょうどほら、あれやってましたよ、巨人・ヤクルト戦をね。そしたらその中で、野球はともかくとしてですね、聞いたら、北海道じゃ雪が降ってるつって言ってましたよ、その放送の中で。

だから日本てなぁ広いですね。北海道は雪ですよ。東京は蒸し暑いんです（笑）。鎌倉は涼しいんです（笑）。沖縄はもう秋です（笑）。まあ何て日本てぇ国は四季とりどりなんでしょうねぇ。まあこれも、素晴らしいなと思いますね。

今は正蔵師匠の随談で。

えー、ずいぶん世話になりました、あたくしも。

ぼくにとって正蔵師匠、彦六になりました。どうして彦六なんて名前変えたんですかね（笑）。あのへんがどうもね、神経がまともじゃないところがあったようですけどね（笑）。いや、でもわかりますよ、そらぁよくわかります。けれども……。

ウーン、こういうことがありましてね。例えば、落語の中に『厄払い』という噺があります。『厄払い』。これは、つまり与太郎がおじさんに呼ばれてね。

「おまえは何もしなくちゃしょうがないから、ひとつ元手のかからない商売やってみろ」

「何だい、おじさん、元手のかからない商売って」

「厄払い」

「何だい、厄払いってのは」

「つまりな、厄を払って、豆とおあしをもらうんだ」

っていう、そういうんですね。

で、おじさんに厄払いの口上をおそわります。

「『あァーら、めでたいな、めでたいな。今晩、今宵のご祝儀に、めでたきことにて払おうなら、まず一夜明ければ元朝《がんちょう》の門に松竹注連飾《まつたけしめかざ》り、床に橙《だいだい》、鏡餅、蓬萊山《ほうらいさん》に舞い遊ぶ、鶴は千年亀は万年、東方朔《とうぼうさく》は八千歳《ざい》、浦島太郎が三千年、三浦の大介《おおすけ》百六つ、この三長年《ちょうねん》が集まりて、酒盛りいたす折からに、悪魔・外道《げどう》が飛んで出て、妨げなさんとするところを、この厄払いが掻いつかみ、西の海へと思えども、蓬萊山のことなれば、須弥山《しゅみせん》の方へさらーり、さらーり』って、これを言って豆とおあしをもらう」

「おじさん、だれが言うの」

「おまえが言うの」

「それいっぺんに憶えらんない」

「憶えらんなきゃおじさんが紙に書いてやる」

って、紙に書いてもらう。で、行くんですね。

で、与太郎はもともとが頭が少し足りませんから、一生懸命うちで稽古をすりゃあよかったんですが、稽古をしないもんですから、おじさんに、夕方になったら出かけろと言われたのが、少し遅くなって、真っ暗になっちゃった。

あら、少し遅くなっちゃったな。ずいぶん大勢人が通るな、やっぱりな。年越しだから、みんな忙しいんだな。うん、これがイヌなら嚙み合っちゃうね。なんていう、そういうくすぐりがあるんです。

別にこれ、一席やるつもりじゃないですから（笑）、ご安心ください。

つまり、そういうくすぐりがあるんです。年越しでもって、こう人がごそごそ、ごそごそ、うわあ大勢いるな、これがイヌなら嚙み合っちゃうなっていう、そういうくすぐりなんですね、一つのね。

ところが、あんまりね。それができたところは面白かったんでしょうね。これがイヌなら嚙み合っちゃうなってのは。でも、ほんとは面白いんですよ。何ともユーモアのあるいいくすぐりなんです。ひとは笑う笑わないはともかくとして。

落語の場合には、笑うからやる、笑わないからやらないっていう問題じゃなくて、そういうことがあるんですね。たとえ笑わなくても一つの、何てんですか、思いをどんどんどんどん盛り上げてくれるようなくすぐりってのは、たとえそのときウケなくても、雰囲気づくりに必要なね。だから、これがイヌなら嚙み合っちゃうな、なんて、お客さん笑わなくてもいいんです。笑わなくても、そこをやると、何となくそういう年の瀬の慌《あわ》ただしさっていうか、出てくるでしょ、ね。

それほら、こっちはまた実験好きなもんですからね。これはイヌじゃないことにしてやってみようかなと思ってね。これがライオンなら食い合いになっちゃう、って言ったんですよ。ウケませんでしたけどね、別に（笑）。

ウケなかったけども。そうしたら、たまたまそれを楽屋でもって正蔵師匠が聴いてました。それで小言ですよ。めったにそういうことで小言言わない。

どういう小言だったかっていうと、

（正蔵師匠のもの真似で）「そんなところにライオンが出てくるわけがない」（笑）ってんですよ。そらそうかもしれないけどね。こっちは出てくるわけのないもんが出てくるから面白いと思ってやったんですがね。

でもね、そういう小言を言われたことによって、ああそうか、節度ってぇのがどっかに必要なんだなっていうことを、ウケりゃ何でも、でたらめやっていいっていうもんじゃないなっていうことを、いろんな方からたくさんおそわりましたね。

それから、楽屋で聴かれたってことで、今また思い出したんですがね。『蒟蒻問答《こんにゃくもんどう》』ですね。あれは忘れられないですね。人形町の「末広」で。

人形町の「末広」ってのは、ご承知のように、客席は全部畳でございますね。両側が桟《さ》敷《じき》です。椅子席じゃない昔ながらの寄席でございました。

ここは、マイクとかそういうものも一切使わずに、そのころでもです。ほかの寄席は皆マイクを使っておりました。そのころに……。

肉声でもってかなり広い場所だったですが、立派に声の通る、きちんとした発声法をすれば、きちんと、どんなにお客さんが満員でも、声が通るっていう、いい小屋だったんです。

で、そこで、つなぎといいまして、あとが入ってこない。そうですね、あたくしを、そろそろ真打ちにさせようじゃないかって声がかかり始めたころだったと思います。で、まだ真打ちにならない二ツ目ですから、二ツ目のわりにはすこーし深いところへ上げられて、あいつは深いとこへ——深いってのは、つまり時間の遅いとこへ上げても少しは役に立つだろうってなことを期待されて……。

たまたまあとの出演者が来ない。いつ入ってくるかわからない。こういうときには誰か楽屋に入ってくるまでつながなくちゃいけないんです。その代わり、あと来たら、すぐパッと下りられるような、そういう支度もしなくちゃいけない。

『蒟蒻問答』をそのときやりましてね。これはみっちりやりました。知らせがないんです（笑）。あとが入ったぞ、っていう知らせがないんです。ですから、そうですね、そのころ寄席の高座ってのは、いくらなんでも長くっても二十分ていうのは長いほうだったですがね。普通われわれに許されてるのは十分とか、長くても十五分ぐらいだった。

そのときにつなぎでもって四十五分ぐらいやりました（笑）。

それでね、それはいいんですが、いちばんおしまいのところへきて、ほら、仕方噺になってこんなことやったりこんなことやったりいろんな仕草をする噺でしょう。そんとき、楽屋をひょっとこう見たら、そこは障子越しに楽屋の中の様子が見えるんですよ。そうしたら、火鉢をこう囲みましてね、円生師匠と、それから正蔵師匠と、あたくしの師匠小さんと、三人が火鉢につかまってこうやって聴いてるんです（笑）。

聴いてるのは、こらまあいいですよ、別に、聴かれちゃうのはね。まずいなっと思ったのは、あたくしが教わったのは円生師匠なんです、『蒟蒻問答』。それを正蔵師匠と一緒に旅に行ったときに、やり方、そこは違うよっておそわった。

「でも円生師匠にはこういうふうにおそわりました」

ったら、

（正蔵師匠の真似で）「円生さんが違ってるんだよ」

ってておせえてくれた（笑）。ね。

それで、その通りやってたら、今度、円生師匠と旅行ったときにね、

（円生師匠のもの真似で）「おまえさん、あそこはあたしがおせえた通りじゃありません」

てなことを言うわけです（笑）。あそこは違いますってんで。

で、今度、師匠（小さん）のうちでもって「道場の会」ってのがありました。剣道の道

場ですね。そこでもって、弟子に、あたくしと扇橋と、それから今の（柳家）つば女と、三人でもって、毎月勉強会を師匠がもってくれました。そのときは師匠がいちばん後ろで聴いていて、終わったあと、あそこはこうだ、あそこはああだって言ってくれるんですね。そのときに、同じ個所を、「そこが違うぞ」って言われたんですよ。

例えばそれは、坊さんのお辞儀の仕方だったりするんですが。例えば、円生師匠がお辞儀するときには両袖を前で合わせて反対側の袖に両腕を入れて、つまり肘《ひじ》を前に伸ばしたまま腕組みをするというんでしょうか。しかもその腕組みをおでこに持ち上げくっ付ける、つまりこういうふうにやってお辞儀をしろってこうおそわったですね。

それから、同じ場所を林家がやると、深々とお辞儀をして床についた肘を返して手の平を上に向け、こうやってお辞儀すんです。そういうとこ違うぞって言われるわけですよ。それから如意棒《にょいぼう》ってのを持ってまして、これを上へ持って上がってくるのはおかしいっていう説と、上まで上がってきてもここに置けばいいとか、手に持ったまんまにしろとか、いろいろ説があるわけです。

それ、つまり、うちの師匠と林家と三遊亭と三者三様、全部違うんです（笑）。だから、教えてくれた師匠が楽屋にいればそれぞれのその形でやってた（笑）。ところが、三人いっぺんにこうやって見てる（笑）。

弱りましたね、これは。誰の顔を立てたらいいのか。どういうふうにやったのかちっとも憶えてませんがね、何だか訳わからなくて、うふぁーとやって、さよならって帰ってきちゃった記憶がありますが（笑）。

でもね、このごろそうやって楽屋で聴いてても、あそこはああだよ、こうだよって、教えてくれる師匠が少なくなりました。ウーン、あんまり、あいつはうるせえおやじだって言われるのがヤなんですかねえ。

あるいはゆっても聞かねえと思うから言わないのかなんか知りませんけども（笑）。なかなか面と向かってゆってくれるっていうことは有り難いことなんですね。ええ。ところが、なかにはイヤがっちゃう人もいるもんですからね、ついつい言わなくなっちゃうのか。それと、昔は噺家がホラ、暇だったでしょ。みんな貧乏だったんですね。そうすと、やることとありませんから、楽屋にゴロゴロ、ゴロゴロしてるわけです。ね。

今はもう楽屋になんかめったにいませんよ。ねぇ。落語終わったなっと思うと、すぐ永谷園の撮影に行っちゃったりなんかしますからね（爆笑）。

正蔵師匠ってのは、あのとんがりで有名だったというのも有名な話ですがね。ご承知かと思いますが。それがね、訳もなくとんがるんです。少しここがおかしいんじゃないかなっと思うぐらいとんがることもあったようですね。一つの意地っ張りってぇか、自分のスタイルがあったんでしょうね。

あんなにとんがらなくてもいいのになって思った話は、噺家ってぇのは、朝遅いですからね。朝、七時か八時から起きて、勤勉に働こうなんて人はあんまりいないんです（笑）。せめて、早くたって九時十時まで寝てますよ。

そしたら表でもって、小学校上がる前の子供がワイワイ、ワイワイうるさいんだって。林家のうちの前の、稲荷《いなり》町の露地でもってね。

で、もう寝てらんなくてね。だんだんだんだん……。よほど虫のいどころが悪かったんでしょう。我慢してたんですが、とうとう我慢できなくなっちゃって、二階の窓をガラッと開けるってぇと、手すり、欄干《らんかん》のところに片足かけといて、

「てめえらうるせえ。おれは天下の林家正蔵だあーっ」

歌舞伎のように目ェむいていいかたちで見得を切ったん。子供はわかんないから、

「へんなおじさーん」（笑）

そらダメですよ。子供に「林家正蔵だあーっ」たって、ダメです、それは。

妙にツッパルところがあったんですね。面白かったですね。

逆手使ってうまくいったことがありますよ。あたしがまだ前座のときですね。労音というのがあります。鑑賞団体でね。これ、ずーっとね、あっちのほうの、九州のほうへ行っ

たときです。

そのころ、まだ労音つったって、落語をやるっていう体制はあんまり整ってなかったときですからね。小さい労音の例会みたいなとこへ行くと、どうかしたら、明日は次の場所へ行くっていう、つまり旅から旅への興行というような、そういう形でですね。

そしたら、明日やる場所が急になくなっちゃったんですよ。どうしてなくなっちゃったかというと、お客が来ないんだってんですよ。「客が来ないから、ちょっとできません」て言うんだ。昔のドサ回りならともかくね。労音てぇ組織があって、明日急に……。それだったら最初っから声かけなきゃいいのにと思ってね。

そしたら案の定、林家が苦虫かみつぶしたような顔してるわけです(笑)。これはね、大変だと。そのままストレートにいったら、また欄干に足かけて、「おれは天下の……」(笑)、それが始まっちゃうと思うからね、しょうがないからそこは芝居打ちましてね。で、正蔵師匠の目の前の電話機とって、次の場所てぇところへ電話したんです。

「さっき聞いたら何だって。なくなっちゃうって? 冗談じゃねえ。今日になってそんなこと言いやがって、それならそうと早く言え。何だと思ってるんだ。コノヤロー。そんなこと言ってやがると、風の強い日にてめえんちの縁の下で焚き火するぞ!」

って(笑)、そういうふうに言ったんです、ぼくが。

そしたらね、
（正蔵師匠の真似で）「そんなに手荒なことを言っちゃいけないよ」
ってんで（笑）、そこはたいへん丸く収まりました（笑）。
つまり、ひとが右と言やぁ左ね、左と言やぁ右ってぇとこがどうもあったんですね。

ほんとに人間の一生なんてぇのは長くないなっと思いますね。

今はね、そら昔と違って、死んでからだってのんびりできますからね。今だってあれでしょ、死んでもちゃんと、みんな棺桶に入れてもらえるでしょう。昔は棺桶なんかなかなか入れてもらえなかったんですよ。

カネのない人はその辺へボーンと放られちゃったりね。いきなり穴に埋められちゃったりね。やっと棺桶に入れてもらえた人だって寝棺じゃないですよ、今みたいに。今もうどんな子供だってみんな寝棺でしょ。死んでからだってのんびり横になって、で死んでられるわけです。ね。以前はね、ほとんどの人は座棺です。

そんなに古いことじゃないらしいですよ。座棺というのを使っていたのは。少なくとも、終戦のちょい前ぐらいまではね、田舎のほうへ行くってぇと座棺。これはどういうのかってぇと、つまり、菜漬けの樽の大きいみたいなやつですね。少し大きめの、ね。

ですから、死ぬってぇと仏様はアグラをかいた形にさせられて、中に入れられる。頭、蓋《ふた》でもってギュッと押さえ付けられるわけです。

少し大きめの人なんか、頭が少し飛び出してたりなんかするでしょ、このくらい。それでも、かまわず上から蓋でウンッて無理矢理押し込められる。ボン、中で仏様が、カクッ！　こうなったりなんかするんですね（笑）。

そういう思いをして死んだもんですよ。

あの座棺てのは、別名早桶《はやおけ》ってぇ名前がありましてね。これはどういう訳で早桶かってぇと、そのころ早桶屋っていう商売があるわけですけど、今で言う葬儀社ですね。これはやっぱり縁起もんですから、お客様が来て、「ああそうですか、そらどうもどうもとんだことでしたね」てな話をしながらですね、体つきはどういう人でしたか、お歳は、どんな病気で、てなことを聞きながら、こっちでもって職人がそれを聞いてて、それに合わしてこしらえるわけです。待たして、世間話している、慰め話しているうちに、すぐできてくる。早くできるってんで早桶という呼び方が出来たんでしょう。

いくら体に合わせるったって、だいたいの目安ってものはありますよ。型といいますか、並一、並二、なんて型取りがありました。今で言うってぇと、MとSというような（笑）、そういう型でございましょう。

並一ってぇと男の人が入ります。並二ってぇとご婦人が入ります。なかには、体の少し大きい人がいます。そういう人のためには、大一番という、つまりLサイズですかね。ええ。中にはLサイズでも入らないって人がいるでしょ。ね、お相撲さんのように大きい、バカげて大きい人。そういう人のためには図抜け大一番という、バカでかい型もあったんだそうですね（笑）。

この早桶を昔つくっていたというお職人に、銭湯で話しかけられましてね。おまえ、噺家なら、おれが死んじゃうってぇとこういうことも今に知られなくなっちゃうからおせえてやるけど、なんて、得意そうに教えてくれたおじいさんがいました。

いや、うちにもお風呂ありますけどね。お風呂ぐらいうちにだってありますよ（笑）。あるけど、時どき銭湯へ行くんです。いいですね、銭湯ってぇのは。うちみたいにね、水道料気にしないで、どんどんどんどん使えますから（笑）。ガス代も気にしないですからね。何とか元とってそれ以上のことしてやろうと思うからね、ふんだんでございますよ。ですからいいです。天井は高いしね。

そうしたら、湯船ん中でもって入ってたら、そおーっとそのおじいさんが近づいてきましてね。本寸法でしたね。頭にタオルをこうのせましてね。手拭いじゃないってぇとこがやはり時代だなと思いました。もうタオルでしたね。

こうやって、ひとの顔を見ずに、あたしも、洗い場のほうを見て、そのおじいさんも洗い場のほう見ながら、昔はこうだったよ、なんて話をしてくれました。

難しかったそうです。つくり方、コツってぇのがあった。つまり、いい職人とそうでない職人の差がちゃんとあったそうです。

どういう差が出たかっていうと、まずなんつったって丈夫じゃなくちゃそら困る。ねぇ(笑)。丈夫じゃなくちゃ困ります。そら、昔のことですから、そんな霊柩車《れいきゅうしゃ》なんて立派なものに乗せられていくとは限らない。馬車みたいなクッションの無い車でガッタンゴットン、ガッタンゴットン、ガッタンゴットン引っ張って行かれたりなんかする。道悪《みちわる》にガッタンと飛び込んだ途端に、突然、タガが弾けてバラバラになっちゃった。なんてんじゃ困っちまう。ねえ、仏様がいちいち道の上に転がり出してきた日にゃ穏やかじゃありませんから。ですから、ごく丈夫じゃなくちゃいけません。

ただ、やたら丈夫じゃいけないんだそうです。焼場へ持ってって、カマドん中へくべるときに、係の人が、胴っ腹のとこをパーンと一つどやす。その気合い一つでもって一瞬でバラバラッと崩れる。それが本当のいい腕の職人だったそうですね。

「おら、それは得意でな」

なんて。

でもまあ、なんてったって人間は生きてるうちですよね。生きてるうちに、何が楽しいですかね。男として、正直なとこ言って、何がいちばん面白いか（笑）。やーっぱりご婦人じゃないでしょうかねぇ。向かい合ってね、こんなことして突っついたりなんかしてね、イチャイチャしてるなんていうのはいいもんですよ、それは。いくら差し向かいつったって、おとっつぁんと回り将棋してるよりはずっと面白いです（笑）。

やっぱり差し向かいは女の子に限りますね。

今は、ご承知のように、いわゆる吉原というようなものがすっかり、まあすっかりと言い切れないところもありますけども、ああいう廓《くるわ》というものがなくなりました。

さて……

（かまくら落語会　1982・4・3）

『付き馬』枕

黒門町の『癇癪』

えー、お集まりをいただきまして、本当にありがとうございます。

このごろ、素直に、高座の上から、お客さまに来ていただいて、ホントにありがたいなという気持ちを持てるようになりました。

じゃ、前はありがたくなかったのかってえとそんなことはないんですが。ありがたいんですけれども、ありがたいという前に、どうしてお客さんが来ちゃうんだろう？　という、そういう疑問が、正直に言ってありましてねぇ（笑）。

ンー、あたくしには、まあべつに、あたくしだからという、ま、気持ちもありますけれども（笑）、あたくしだからというわけじゃなくてですね、だれの会でも、そのまあ、落

語によらず、あるいは音楽会によらず、人が出かけていくってぇことがどうも不思議でしようがない。大変なことですよ。ねえ。自分の時間を割《さ》いて、で、電車賃なりバス代なり使って、その上、入場料なんという、どういう算定の仕方で弾き出したかわからないような（笑）、この値段を出してですね、で、この噺を聴く、あるいは音楽を聴く。

そりゃ中にはね、えー、何が何でも聴きたい！　というのがありますけれどもね。なんとなくそれが習慣になって出かけちゃうって人もいるでしょうし、まあ、いろいろ含めて、何はともあれ来ていただけるってことがね、不思議な気がいたしましたよ。

だって、たしかこれはね、この会が始まった第一回目のときにもそんなお話を申し上げたんじゃないかと思いますが、なんでこんな話になったかってえと、その第一回目のことを今ちらっと思い出しましてね。

と申しますのが、おかげさまをもちまして、この博多における小三治独演会、これがなんと、今日が十回目という、おめでたい日なんでございますよ（拍手）。

えー、始めたときは、まさかこんなに続くとは思いませんでね。続くとは思わないってのは、そのうちお客さまがだーんだんだんだん来なくなっちゃうんじゃないかと思ったら、えー、不思議にね、だーんだんだんだん増えまし……？

（花束が——）

ア……（拍手）。ちょっと待って。（立ち上がって）なんか、まるで予定していたみたいな（笑）。（花束を受け取って）どうもありがとうございます（拍手）。これ抱えてはやりにくいので、ちょっとこれ置いてまいりますんで（笑）。えー、ま、そういうわけでございましてね（と言いつつ高座に戻る）（笑）。いやしかし、考えてみたら、高座やってる間に花束が来ちゃって、それ取りにまた立ったなんてことも、あたし、噺家になって初めてのことでございました（笑）。今びっくりして取りに立ち上がりましたけれども、こういうときは一体どうしたらいいんでしょうねぇ。まさかほっとくわけにいきませんしね（笑）。「あとで、あとでっ」なんてわけにはいかないから（笑）。やっぱりその気持ちでございますから、ほんとにありがたいことで、今いただいたお花は大事に東京まで持って帰って、自分の部屋に飾ることにいたしましょう。えー、たいがいね、飾らないんですよ（笑）。いや、いつもは、ですよ。今度は飾ります（笑）。ええ。そうやってお約束したんですから。

どうして飾らないかってえとね、あのー、ま、どこへ行ってもそうですが、花束をいただくと……必ずいただくってことはありませんよ、われわれは。噺家のほうはね。まあ、滅多にないことですね。ときどき、間違えたのかな、なんて思うくらいにお花を持ってきていただくことがありますが、そういうのもね、たとえば新幹線だとか、あるいは飛行機の中でね、花束なんか持って、そりゃ、ちょいとオツな女かなんかが花束を持って歩くっていや、あら、なんて、こう、いいですけどもね。

えー、「なんだい？　あいつは。ええ？　花なんか持っちゃって」なーんてね、言われるってえと、なんかきまりが悪いですから。

ンー、たいがいはー、ンー、手伝ってくれた裏方の人とか、あるいはお茶を出してくれた女の子が二人いるとすれば、かわいいほうのコへとかね、まあ、いろいろ（笑）。そういうようなふうになるんでございますが。

アー、ありがとうございます。ほんとに、今のタイミング、とてもうれしく頂戴いたしました。

えー、十回目なんですね。一回目にやったときには、どうふうにやったらいいのかそれもわかりませんでしたし、とにかくこの会は、ご承知のように、あるいは、初めての方はお聞きください、決してネタを始めに、前もって、お知らせしておくといったこともございません。

それはあたしのむかしっからの習性といいますか、好みでね。その日行って、お客さまの顔を拝見しながら、あるいはその日の雰囲気で、こう、あ、これにしようかな、あれにしようかな、って決める。それが楽しみなんですね。

ですから、なるべくぶつからないようにとは思ってやっているんですが、ンー、この十回の間に重なった話が一つありました。

これは何かってぇますと、『癇癪《かんしゃく》』という噺だったんですが、まあ、ぜんぶ皆勤賞の方はなかなかおいでくださらないとは思いますけれども、中に何人かおいでいただいているようですが、その方はおわかりでしょう？　これもね、あまり間があかないうちにやっちゃったことがある。それを気がつかなかったんですねぇ。

どうふうに気がつかないかっといいますと、必ず今までやったものを見るんですがね、二度目にやったときはね、この『癇癪』という噺は、亡くなりました文楽師匠が得意にしてた噺で、初めて文楽師匠の噺を聴いたときには、ああ面白い噺だなぁ、いつかああいう噺ができたらいいなぁ、落語らしくない噺だな、というような、そんな感じがありまして、で、おぼえましして、しばらくやってたんです。ところが、どうしてもうまくいかない。

どうもその、文楽師匠、いわゆる黒門町といってた昭和の名人とも言われる人ですね、志ん生と並んで天下を二分したという、その桂文楽という師匠の噺が頭からついて離れない。

うまくいかないんです。離れようと思えば、なおさらくっついちゃう。くっついてやろうと思うと、なおさらくっついちゃう（笑）。

このー、落語ってものは、あれですね、よく古典芸能とか古典落語とか言われますけれども、古典というと、なんかお客さまの中には、古典というぐらいだから、もとになるお手本、あるいは教科書、原本、そういったものがあるんだろうと、こうお思いでございましょう？

ところが、ないんです。どこにもないんです。本はあります。ただし、その本というものは、速記術とか印刷術っていうものが発達してから、たまたまそのときにですね、ある人がこういうふうにやっていましたよという、ある日あるときの出来事、それにすぎないんです。決してそれは教科書でも原本でもない。

これが長唄だとか、それから小唄だとかっていう、もちろん民謡なんかでもそうですけれども、いわゆる原本がありますね。音楽にしたって、音符ってものがあります。落語には音符もなきゃ、原本もなんにもない。ただただ、そのときそのときやろうかなと思ったときに、先輩から教えてもらう。

先輩というのは、兄弟子、それから自分の師匠も含めて、あるいは自分の師匠じゃなくてもほかの師匠でも、わざわざお願いして出かけていって噺を教えてもらう。そういうことがありますね。

ですから、それだけなんです。おおもとってものがない。明治時代、あるいは昭和にかけて、いろいろ本が出ました。『文芸倶楽部』だとか『百花園』なんていう。まあ、お古いことがお好きな方はご承知かと思いますが。

そういう本を見ますってえとね、「何とかでげす」とか、「そうでげす」とか、「そうでげしょう?」なんて。「げす」「げしょう」なんて、いやにゲゲゲゲ、ゲゲゲゲ言ってんですよ。そのころはやっぱりそうふうに言ってたんですね。今は言いませんよ。ねえ。

われわれのほうはでげすね、なんてなことは言わない。それはやっぱり時代なんです。もしそれが原本だとしたら、そのとおりやらなくっちゃいけない。あたくしはやらないですから。

やっぱりそのときそのとき、自分が面白いな、あるいは今はこうふうにやらなくっちゃお客さまに喜んでもらえないな、でもただ喜んでもらうばっかりじゃなくて、やっぱりもとにある噺の味わいってのをどっかに残しとかなくちゃいけないな、っていうことも考え合わせながら、ま、少しずつ変わっていくんですね。

えー、ところが、『痾癪』の場合には、どうやったって変えることができない。あまりにも見事だった。総じて文楽師匠の噺がそういう噺が多いんですけれど。

志ん生師匠の噺はね、けっこう、あの、直しやすいですよ。

第一、本人が何ゆってってっかわかんないんですから（笑）。（志ん生師匠の真似で）「ンェ～でやんしたァ、ン～、そうです」なんて、何がそうだかちっともわからない（笑）。

そこへいくってえと、文楽師匠のほうはまことに理路整然として、何が何してどうなって、どうなってこうなるからこうなる、って、なるほどそれは納得させられます。話術も見事なもんでございました。あまり見事にやられますってえと、そこから離れるということがむずかしくなります。

そンでその『痛痍』っていうのが、とうとうやりにくくて、しばらくやめてしまった。最後にやめた時期にここで『痛痍』をやりました。しばらくの間ほっといたんだ。ほっといたらね、何かのときにふわっと、自分で、あ、そうか、こうふうにやってみようって、ひらめいたことがありましてね。ひらめいて、つまり自分なりのものができると、それをどっかで試したくってしようがない。そういうときはけっこうノッてますから、ンー、もうやる機会がありゃ何とかやっちゃいたい。

で、たまたま、ネタ帳は見たはずなのに、そのことを忘れて、ただただ、そのときやりたいっていう気持ちがあって、それをバッとここでやったんですね。

それで楽屋へ戻ったら弟子が、「師匠、これたしか前々々回に出ておりますが」って。

前々々回ってえと、今は年に二度になりましたが、そのころは年に四回やってるときもありましたしね、けっこう間が詰まった。アラララ、じゃこの間やったばっかりかよ、おい。そらぁ申し訳ないことしちゃったな、なんて。

で、お客さまは、お馴染みのお客さまが見えてましたから、

「いやぁこの前やっちゃったのを知らないでやっちゃって、ほんとに申し訳ないことしました」

って。

「いやいや、そんなことはありませんでしたよ。そうでした？　気がつきませんでしたよ」

なんてなこと言われてね。

してみるってえと、お客さんは前なにやったか、なに聴いたか、そんなことはどうでもいいのかなと思ってね（笑）。そんなら毎回おんなじ噺にしようじゃないかと（笑）、そのほうが楽でいいや、なんてなことをね、ま、考えたりするんですけれども、なんとなくそれは噺家の、今までの習慣ってんでしょうか、良心といいますか、どっかに恥じらいがありましてね、なるべくなら自分の持ってる噺を、できるだけ違うものを聴いていただきたいという。

お客さんはまた違うところがあるんです。それはあたくしもわかります。

「おまえのあの噺が好きなんだから、あれをやっとくれよ」

ってなことをね、よく言われるんです。言われるんですけども、そうですかっつって、バカみたいにそれ毎回やってるってえと、

「あいつはバカだねえ、言われるとすぐそのとおりになっちゃうよ」

なんて言われるのもくやしいしね（笑）。

えー、そこなんでございますね、難しいところは。

で、今日が十回目で、いろんな噺が出ておりました。なに話ししようかなって。

まあ、ですから、ここへ上がってきたときに、正直言いまして、何もない状態ではないんです。何もない状態じゃありません。

というのは、ハラん中に、今日はこれとこれとこれとこれとこれと……って、幾つか候補があがってまして、で、その中からたいがい選ぶときもあれば、突然それ蹴《け》っ散《ち》らかして、違う噺になることもあるんです。

その程度のことですね。その日の気持ちによってといっても。

で、一席目にやる噺は、今日はもう決めました。で、それを終わりまして、仲入りのあとまたべつの噺をさせていただきますが、そのときにですね、えー、なにかこんな噺を聴

きたいなというものを、今お客さまがお持ちの、ハラん中に何かお持ちでしたら、ちょっとおっしゃってみて……。

（「もう半分」「芝浜、芝浜！」）

『もう半分』『芝浜』ですか。

（「大工調べ」「やかん」）

『大工調べ』『やかん』。

（「野ざらし！」）

これ全部はできませんよ（笑）。

（「宿屋の仇討！」「芝浜！」）

ありがとうございます。ほんとはもう、今晩じゅう語り明かしたいぐらいでございます（笑・拍手）。

いや、でもほんとにありがとうございます。そうやっておぼえててくださるっていうだけでもね。中にはあたしがやらない噺も一つ混じってましたけど、ハハハッ（笑）。

それを、このね、ええ、知らんぷりして、「ああー、そうですか」なんて請けるところがまたね、だいぶあたくしも世馴れてきましたよ、ほんとに（笑）。

前は丸みのないやつだとかね、いろいろ言われてたんですけどね、だいぶ変わってまいりますよ。

そうですか、ありがたいことで。

実は、今おっしゃった中に、このあとやろうと決めた噺が一つ入っておりました。で、それをやります。仲入りを挟んでのあとは、いくつか出た中から考えさせていただきますが、どういうもんでしょうか、われわれ、やっぱり、たとえば、今、中に「芝浜！」って声がいくつかありましたが、そういうのをやっぱりなにか暮れの近くとか、せめて冬の寒いときにとかって、つい思うもんですからね（笑）。

この会をやっていただいている世話役がですね、実は九州総合企画というところの高橋さんという方なんですが、この人が大体物好きな人で、ほんとは儲《もう》かる仕事をやればいいのに、自分が落語が好きだから師匠の会やりたいんだけど、っていう話が最初ありまして、ま、それ程まで言って下さるなら、それじゃやろうかっていうような、うまく両方の気持ちがまとまってできた会なんですけれども。

その方とさっきちょっと相談をしまして、前やってた年に四回というのは、ちょっといろんな面できついので二度にしたわけですけれども、じゃあ二度にするにしても、今、六ヵ月おきに、というか、六ヵ月ぶり、半年ずつやっていますが、そうするとね、四月と十月なんだ、いつも。季節が変わらない。のべつ春と秋の噺（笑）。あるいは春でも、多少、初夏とか、あるいは、少し戻った噺。

ところが噺家ってえのは、ちょっと先の噺、これからの噺はまあまあやりやすいんです。といっても、今の時期に真夏の噺ってえのもまことにやりにくいんで、で、今まであまり真夏の噺は出ておりません。

ンー、年に四回やってたころに真夏の噺やったことがありましたけども、それ以後はそういう季節的にめぐまれませんので、これからは少しっつずらして、ハンパですけど、五ヵ月おきにやろうじゃねえかなんて。

そうするとですね、たとえば四月にやると今度九月でしょ、少しずつこう、ズッズッズッと、時差じゃありませんけど、ずれていきますね。ですから、どうしても時期の噺を聴きたいって方も毎回来るよりしようがない、こういう感じですね（笑）。

えー、まあ、そんなこんなで今ご注文をいただきましたので、その中から……。またね、自分がせっかく注文したのにやってもらえないっていうのもくやしいんですよね。ええ。このヤロおぼえてろ、なんて思ったりなんか、あたくしもしたこともありますけれども。

まあ、そういう、今日は私利私欲を捨ててですね、まあぜひひとつ、最後まで、ああそうか、こんな噺になったのか、じゃあ今度んとき、とかね。

でも、今の出た噺は全部今まで出てる噺でございます。出てなかった噺も一つございました。えー、『宿屋の仇討』というのはたしか出てなかったんじゃないかと。それから、『もう半分』は前回かその前かに出てるんでございますね。とは言うもののお客さまだってそうちょいちょい、毎回来てる方ばかりじゃありませんしね。ええ。今日初めて来たお客さまが注文したら、「この前出たじゃねえか」なんて言われると、なんか肩身の狭い思いをするかもしれませんけど（笑）、だからそういうことのないように毎回おいでになったほうがいいという話なんです（笑）。

へヘッ、ヘッ、そりゃまあ冗談ですけれどもね。

どうぞお手すきのときに、来ていただけるときに、ぶらりっと来ていただければ、ほんとにこんなうれしいことはありませんよ。

えー、江戸っ子なんてぇことを言います。なんといっても落語ってものは、もともとはご承知のように大阪と江戸でもって、えー、ほぼ同時に生まれた芸能だと、こう言われております。

ンー、ま、初めはなんでしょうね、今のように長い噺ができたわけじゃなくて、それこそ一分線香即席噺と言われるぐらいで、線香が一分点《とも》る間ちょいと考えて、で、そこで小噺を披露する。そんなところから始まったもんでございましょう。

ですから、初期の頃は「むこうのうちに囲いができたよ。へエ〜」っつっただけで、お客さま方はウワァーッ、てんで大変だったンす。やっぱり世の中ってのは慣れはいけませんね、慣れは（笑）。今はそれじゃあ、もう満足しませんから。

「むこうのうちに囲いができたね」なんていうと、お客さんのはうが一斉に「ヘエー」なんっつったりなんかしてね（笑）。やっぱりその時代時代によって変わっていくもんでございましょう。これから先どうふうに変わっていくのか、楽しみは楽しみですけれども。

えー、その江戸で生まれたものはやはり、どうしても江戸っ子てえものが中心になって噺をしてまいります。江戸っ子。

一口に江戸っ子ってぇますが、なかなか江戸っ子といってもね、本当の江戸っ子ってのはいませんよ。ね。どうなんですか、博多のほうは。「博多っ子」ってえ言葉があるでしょう。大阪は「浪花っ子」ってのがありますね。北海道へ行くってぇと「道産子」なんてね。道産子ってのはラーメンの名前かと思ったら、そうじゃないんですね。あれはやっぱり北海道で生まれたっていう、一つの心意気です、道産子。ね。

江戸の場合には、親子三代続かないと江戸っ子と言えないなんてぇます。親子三代続くってぇのはこらぁ大変なことで、なかなかね、三代続くってぇのは今はありませんよ。むかしっからないんです、ほんとのことを言うってえと。

なぜかってえと、東京ってえところはいうなれば地方の掃き溜めみてえなところで、えー、首都だなんて偉そうなことを言ってますがね、早い話がそれだけ歴史がないわけです。そりゃそうでしょう。太田道灌以後なんですから。詳しく言えば太田道灌じゃないんですね。徳川以後です。それ以前の歴史ってのはないんです。ただの野原だったわけですからね。

武蔵野、なんてカッコよく言ってますが、なんにもない、早い話が野っぱらです。

ですから、三代続くといったって、もともとの土地っ子がいないんですから、なんかこう、それぞれの土地で、おめえ邪魔だから出てけー、って言われたのが東京へ出てきて、ゴロッチャラゴロッチャラしてるんですね。で、たまたま居ついたやつは居つくんですけど、もともと流れてきたやつですから、ここは住みよくねーや、っつってどっかいなくなっちゃうんですね。ですから、なかなか三代続くってのは大変なことです。

あたくしだって、よく、あいつは江戸前の味があるってなことを言ってくれる方がありますがね、ンー、そんなことを言われるってえと、おれは江戸っ子かなと思いますけど、そうじゃないんですよ。

あたくしの親父とおふくろは仙台の出です。宮城県です。でー、あたくし、生まれは東京です。だから江戸っ子じゃありません。三代続かなくちゃいけない。たとえ親がセンダイから出てきても（笑）。

なかなか、ムフッ難しいもんでございます（笑）。

どうも、三代続かないんじゃおめえ江戸っ子じゃねえってのは、ちょいっとしどいじゃないか、なんて話になりましてね。先ごろ規約が改正になりまして（笑）、なにも三代続かなくてもいい、東京へ出てきて三月《みつき》たつと江戸っ子だってんですね（笑）。

ですから三月たって、せっかく晴れて江戸っ子にはなるんですけども、言葉のほうまではすぐ直りませんから。「なにいってやんでびらぼーみ」なんて、どうもだらしがないんですが（笑）。

この江戸っ子がつかう「べらぼう」という言葉ですが、アーいかにも江戸っ子らしいですね。「べらぼうめっ」ってなことを言ってね。ええ。

えー、ところがこの「べらぼう」、どういう棒だろうと思って伺ってみましたらば、べら棒という棒はないんです。正しいのは「へら棒」ってんだそうですね。どういうわけでへら棒がここへ出てくるかっていうと、むかし、おまんま粒をつぶして続飯《そくい》という糊《のり》をこしらえました。これは一粒一粒、丹念につぶしていかないってえと、糊にならないんです。

むかし、アノー、弁慶が、おまえ続飯をつくれって言われて、おれは力があるから、自慢だから、ってんで、大きな棒でもってカァーッとかき回して一ぺんにこしらえてやろうと思ったけど、とうとうできなかった。義経は片っ端から一粒一粒つぶしてったら、そのほうがいい糊がたくさんできたなんていうような話も、むかしの修身の本にあったようでございますけれども。

あたくしは修身を習った年代じゃありませんから、そういう人の話を聞いたというだけでございます。

えー、その続飯ですね、糊です。いい糊ができるんだそうです。そのつぶす棒、これをへら棒と言った。おまえは飯粒を食いつぶす以外なんにも能がないやつだ、おまえはごくつぶしだ、へら棒みたいな野郎だ、なんにも役に立たねえ野郎だ、それでへら棒ってんですが、ところが喧嘩ンときにね、「へら棒」じゃどうも役に立たない。「なにいってやんだいべらぼうめっ」なんてえと、オ、すごいな、なんて思いますけどね、「なにいってやんだいへらぼふめぇ……」(笑)。

どーもすいません、って謝ったりなんか。謝っちゃいけませんね、こういうものは。やっぱりおどかしがききませんから、どうしても「べらぼう」です。

えー、そのころ江戸の名物がと申しますと、武士、鰹《かつお》、大名小路、広小路、茶見世、紫、火《し》消し、錦絵、火事に喧嘩に中っ腹、伊勢屋稲荷に犬の糞《くそ》、って汚いものが名物のトリをつとめておりました。犬の糞が多かったそうですよ。ちょいと曲がるってぇと犬の糞。ま、それだけに野良犬ってぇのもずいぶんたくさんいたんでしょうがね。

これはまあ、犬公方《いぬくぼう》なんていう徳川さんがあるときいたせいかどうか、それはまあよくわかりませんが、それもまんざら関係がないわけじゃあないでしょう。

犬の糞、多かったそうです。

えー、中にまた火事というのがありますが、この火事も大変に多かった。

江戸には大火が多いというお話は、まあ何かでお聞きになったことがあるでしょうが、八百屋お七や振り袖火事なんてえのは、それの代表格でございます。あっという間に焼け野原になる。

そらァそうでしょう。今と違いますよ。なんっつったって、木と紙とそれでできてる。あとはまあ土がところどころ混じってるというだけの、紙細工、木細工みたいなもんですから、それに、乾燥しているときにちょいっと火をつけた日にゃあ、もう〜止められるもんじゃあ、ありません。

で、消防車っつったって、そんなものはありませんよ、そのころじゃ。ポンプがあるわけじゃないんですから。で、どうしたかってえと、いわゆる、ね、あれですよ。背中にくりからもんもんをしたおにいさんが、鳶口《とびぐち》を持ってそのうちをぶっ壊すんです。ぶっ壊して、火《し》が広がらないように、燃えてるうちがあるってえと、周りのうちまでぶっ壊されちゃう。広がらないようにする。山火事になるってえと木を切り倒してとなりへ移らないようにする。あれとおんなじですね。ごく原始的な方法で。

ですから、火事があるってえと、あっという間に焼け野が原ができちまったなんという。そのかわり、焼けた日に頼んどくってぇと、あくる日にはもううちが建っちゃって、夕方になると、いらっしゃーい、なんてんで商売をしてたっていうんです。ま、そんなに早くはないでしょうがね。ま、それだけに大工さんってえものも大変に威勢がよろしゅうございました。

江戸っ子、江戸っ子と一口に言いますが、江戸っ子だあ！　なんて威張ったのは、あれはね、職人に限ってたことで。大工さんだって、なんですね、ええ、ごくお年寄りとか、偉くなっちまったような人はあまり言わない。

それから、大きな商人《あきんど》の旦那衆とか、そういう人も言わない。商人はあまり言わないんですね、自分を江戸っ子とはね。

江戸から一歩離れますってぇと、大きな、お店《たな》のあるじは、かえってへりくだって、「あたくしは江戸ものでございますので」とへりくだったそうです。ですから、江戸ものという言い方は、どっかで、ひょっとするってえと、ちょいと恥ずかしいってぇ思いがあったのかもしれません。それを引っ繰り返すために、「おらぁ江戸っ子だぁ！」なんてってた、空威張りかもしれませんが、その職人の中でも代表格の大工さん。その大工さんの中でも棟梁株《とうりょうかぶ》になりますってぇと、こらぁ大変です。親方ですね、いうなれば。ええ。棟梁。いろいろと子分の面倒を見る。仕手方の世話をする。

あいつは具合が悪いそうだなんてぇ聞くってえと、すぐに見舞いに行きます。自分のふところ都合悪いときは、質においても面倒を見る。

このやせ我慢といいますか、これがまた江戸っ子でね。「いかめしく見えてももろき霰《あられ》かな」なんてことを言います。涙もろい。人情に弱い。そんなところが江戸っ子にはあった。また、そのくせ江戸っ子はへそ曲がりってんで、なんとも不可思議な人種でございますね。ええ、江戸っ子てのは。

ふだんから面倒見ておかないってえとね、

「今度すまねえがひとつおれの顔を立ってやってくれ。え、頼むよ、おう、おめえひとりで悪いけど」

なんてよんどころない頼みごとがあったりするってえと、江戸っ子ってのはへそ曲がりですから、

「冗談じゃありませんよ、棟梁。あっしは今までね、棚こせえるために腕磨いてきたんじゃありませんからね、そういう仕事はほかのもんにやってもらいやしょうか」

なんてんで、鼻も引っかけない。どっちが親分だかわからなくなっちゃう。そんなことがないように、ふだんからの面倒見が大事だったそうです。

（博多独演会　1983・4・22）

『大工調べ』枕

廻し

今日は、東京は朝から雪が降りました。えー、そいで、全く今年の雪ってぇものは、なかなかひょうきんものですから、東京でパラパラッと降った雪が、ひょっとして鎌倉では大雪になって、積雪五、六十センチあったりなんかしますってぇと、あたくしとしても非常にオートバイが乗りにくいわけでございますから（笑）、それで今日はオートバイをやめまして、電車に乗ってまいりました。

係の方に伺ったら、あたしがなかなか着かないんで、オートバイの音を頼りに、オートバイの音が来たら、ああ来たーってんで飛び出そうと思ったら、いつまで経ってもオートバイの音が聴こえない。いきなり入ってきたから、どうかしたのかしらと心配をしたとい

う、そういうお話でございます。

どうもこのー、しかしなんでございますよ。ここで何度かあたくしをお聴きいただいた方はおわかりかと思うんですけれども、なんですねぇ。えー、このー、鎌倉であたしがやるってえと、ろくな天気のときがないですね（笑）。なんかこの前も、その前もなんか、土砂降りん中オートバイで帰ってきたような気がして（笑）、えー、何か鎌倉で恨んでる人がいるんじゃないか（笑）。それほど悪いことをした憶えもないんですけれども。

今日は『五人廻し』というお噺を一席お約束してございまして。本当はなんにもお約束なしで伺いたいところなんでございますが、まあ、どうしても出さなきゃ出さないでも済んだんですけども、今日は一つだけお約束さしていただいた。あとは、そんときの気分次第で（笑）、なんでしたらあとはカラオケ大会にして（笑）。

例によりまして、休憩を真ん中にとるんでございますが、その休憩の真ん中に、今日はちょっと、まあないでしょうけども、何かご質問でもあれば承ろうかなという。小三治には、何か聞いてみようということがありましたら……。といってもなかなか聞くということは、お客さまにとってはとても恥ずかしいことでしょうから（笑）。あってもなかなか聞かないとは思いますけれども（笑）。特に鎌倉の方は遠慮深い方が多いんでございますから。

そういう質問がなければ、その分、今日は早く終わるわけで（笑）、えー、何かございましたらどうぞ考えておいていただいて。別に覚悟を決めて聞くようなことじゃあ困るんですよ、ええ。ふらっと、ちょっと聞いてみようという、そんな程度で結構でございます。どんなことでもよろしいかとは思いますが……。

どうぞ休憩をお楽しみに、こんちの会をお過ごしいただいてということでございますね。

えー、さてその『五人廻し』でございますが、この『五人廻し』という噺は、本当にやる者がいっときなくなりまして、このところも決してやる機会が多いという噺ではございません。えー、それが、なにしろ廓《くるわ》ってものがなくなりまして、廓の遊びがわからないってぇと、こういう噺は恐らくなくなっちまう噺だろうと、誰もが大方予想していたんでございますが……。

もちろんあたくしなんぞは廓ってものを知りません。知らなくとも、聴いてみて面白いんですね、ええ。

これ、あのー、別に昔の人にゴマをするわけでもヨイショするわけでもなくて、噺としてあたしは面白い。ほかの人は面白くないかどうか知りませんけども。

このまあ、あたくしが噺をやる場合、あるいは新しい噺を憶えていく場合に、どうふうにして憶えていくかってぇと、昔からある噺だから大事にしなきゃいけないと思って覚えるなんてことは、これっぱかりもないんでございます（笑）。

よく伝統芸、伝統芸なんてことを言いますが、あたしは落語なんてぇものは伝統芸ってほどのもんじゃないと思ってますよ。

ま、筋書きぐらいは残ってはいますが、それにまあ登場人物の絡みとかね、そういうものはありますが、決して伝統を守ろうなんていうね、そんな気構えはいささかもないんでございましてね、なくなるもんならすぐにもなくなっちまえばいいわけです。面白いうちは、ひとが面白いと思って聴くわけですから。

で、あたくしなんぞ面白いと思うからやるんでね。ええ。面白くないと思ったら、いかに歴史的実績があるような噺でも、あるいは考古学的な価値があるか。そんなものが落語にあるわけありませんけど（笑）、なかにはそう思ってる人もいるんでねぇ。

落語を聴くと江戸時代がわかるなんて、とんでもないですよ（笑）。わかるわけがないんですよ。

亡くなった円生師匠が、あの方の言葉は本当の江戸弁だったとか、江戸時代使われていた江戸弁だった、なんてことを言う人がいますがね、江戸時代生きてた人がいるわけでもありませんしね。だいちあの方は大阪生まれなんですからねぇ（笑）。とても信用性はないわけでございますね。

いんですよ、こんなものは。ただそのときそのとき、ああ面白いなあ、そんな話があったのかな、そうそう、そういう話があるよ。うん、なんだか聴いたような話だねぇ、昔もそういう人がいたのかいと、そんなことであたくしはいいんじゃないかと思うんでございますがね。

ま、ひとつ、肩の力抜いて、ぼーっとして聴きましょう、ぼーっとしてね（笑）。

このー、〝廻し〟というもんでございますが、これは上方といいますか、もう静岡の向こうのほう、どのへんが境になるかわかりませんが、恐らく糸魚川《いといがわ》、大井川、そんな地理的なことはどうでもいいんですけれども、ま、どこか知りませんよ、そら。どっか西のほう、とにかく関東、東京近辺ということで、この〝廻し〟というのがあった。

向こうはないんです、名古屋行っても、大阪行っても九州へ行ってもありません、廻してぇものは。

廻しをご存じの方は、ああそうだったのかと思いますけど。また廻しを知らない人は、なんだろうなあ。何だろ、廻しってなぁ。タワシの親戚かしら（笑）。

つまりこれは、一人のご婦人が一晩のうちに複数の殿方をお相手するとゆうことなんでございます。

商売ででございますよ、あくまでも（笑）。商売での。

趣味で、というのは（笑）、これはこの際まるでかかわりのないことでございますから、こっちへ置いといていただきまして、いわゆる、えー、つまり体を張って生きるご婦人が、一晩のうちに大勢の殿方を相手にする。それを廻しというふうに言ったんでございます。

えー、こらまあ、廻しを取るというような女郎屋さんは、恐らくいい女郎屋じゃないだろうということは見当がつくんでしょうけれども、お客さまはそんなことをご存じなくてもよろしいんですけども、あたしももともと知りませんから、この噺をするに当たって、なるべくたくさんの人の話を聞いてみたり、あるいは国会図書館へ、行くほどのことはなかったけれども（笑）、まあまあいろいろね、なにしてみましたが、もともとこの廻しというのは、決して安い女郎屋さんから始まったことではなくて、吉原やなんかでも、一流中の一流というところから始まったなどというところは、あたくしなどのように、なまじっか知っていたものにとっては、へぇー、そうだったのかとおどろいたんでございますが、大してお役にも立ちますまいけれども、そのへんのことをちょっと今日はサービスにお話を……（笑）。

なかにはそんなもん余計だな、なんていう人もいるかもわかりませんが、たとえ余計だと思っても、サービスにお話をするんでございますがね（笑）。

ええー、噺家のゆうことですから決して大学受験の足しにしたり、そういうことをなさらないようにどうぞね。

小三治がそう言ったからといって、廻しの語源はこうであるとゆうような（笑）、そんなものがだいいち大学の受験に出るわきゃありませんから、大丈夫でございます。

このー、一人の女性にお客さんが……。今のように電話なんてものはありません。そうすると、一晩のうちに何人かの、つまり殿方、平たく言やぁ野郎が来るわけでございますね。でー、来たときにどうするかといいますと、よいお店、つまり何とか高尾といったような、そういう一流中の一流でございますね。大籬《おおまがき》、大籬の中でも、もう一流の大籬、とゆうような、そういう店では一人のお客さんにしか出なかった。つまり、超一流の花魁《おいらん》と言われる人は。

じゃ、あとのかちあったお客たちはどうしたかっていうと、まあ諦めて帰るかですよ、あるいは、それでも上がったんだそうです。上がったということは、お客になってそのうちへ逗留《とうりゅう》するわけです。まあ、一晩でも上がるわけです。

一人だけ、先着、ま、仮にですね。予約があれば予約があったかもしれませんけど、とにかく一人だけはお相手をする。あとはどうしたかってゆうと、それだけ格式を持ってますから、先程申し上げたように出ない。お目当ての花魁が出てこないとわかってるなら、上がんなきゃよさそうなものなのに……。

ところが、そういういい花魁を買うとゆうだけの人は、やはり自分の見栄ってぇものもありますし、それから、そういう一つの、何ですか、自分の心の中に格というものを持ってますから、ああそうかい、いいんだ、いいんだ、出なくったって。花魁、どうせ忙しいんだ。とにかくあたしはそれを目当てに来たんだから、上がるだけ上がりますよ、ってんで上がるんですね。

それで、玉代《ぎょくだい》から何から全部同じですね。女の子が来ないからといって、半額にまけろとか（笑）、そういうセコイことは言わない。

だいたいそういうセコイ人は一流のとこへは来ない。ね。

でー、そうするとですね、このー、どうしたかってぇと、丸っ切り構わないわけいきません。と、一流の花魁にはいろいろ、番頭新造《しんぞ》であるとか、振袖新造であるとか、いろいろ新造がこうくっ付きます。つまり家来の者、お付きの者、ね。

あるいはそのお付きの者ってのは、つまりこれから花魁になる候補生もおりますし、あるいは一流になれずに、とうとう付き人で終わってしまうという、そういうご婦人もいるわけでございます。そういうのがいわゆる何とか新造といって、身の回りの世話をする。そういう御婦人が花魁の代わりにね、お話し相手に伺うんです、お話し相手に。あくまでもお話し相手でございます。

それ以上のことを許さない。許されないのが原則でございます。

原則というのは原則でございます（笑）。それ、もしお客さんと、ま、今で言いますと、それは買ったんじゃなくて、その場で自由恋愛になっちまったってぇと、これはまあやはり店の暖簾《のれん》に傷がつくというので、時どき、花魁がいっぺんぐらい顔を出して、今日はどうもありがとうございました、というようなことで顔を出す。

これを廻しと言った。

つまり、回って歩いて、いちいちお相手をするという、そういうことじゃなかったんでございますね。ええ。

で、それが、一流中の一流はお相手をしないんでございますが、一流中の中とか下（笑）、あるいは二流以下になるというと、もう、最初っから相手をするつもりで、どんどん取るんです、どんどん（笑）。どんどん取っといて、出たり出なかったりなんかします。

ですから、廻しとわかって上がった客は、うーん、来るんだろうとは思うけれども、来なくってもしょうがない、文句は言えない。

文句言ってもいいんですけどもね。やっぱりそれが男の見栄ってぇいいますか、そういうとこでもってやいのやいの言うってぇと、無粋な客だってんだが、やはり江戸っ子の沽《こ》券《けん》にかかわるってんで。

つまり江戸っ子のやせ我慢といいますか、見栄っぱりといいますか、そういうところがつまりつけめで、廻しというものがあったんでございましょうね。

これは、大阪のほうに行きますってぇと、あっちはね、とにかく我慢しませんから。

「こんだけゼニ出したんや。どないしてくれるんじゃあ」

てなことを言ってね（笑）。

寄席のお客さんなんかでもそうなんですよ、あちらへ行きますってぇと。とにかく笑わしてくれればいいってんですよ。ええ。面白い面白くないは、ともかく。とにかく笑いに来たんやと。笑わしてくれぇっていう。

なんでもいい。脇の下くすぐって、なんでもかんでも（笑）、とにかく笑えば、うわーって、それで満足なんでございますね（笑）。

それは、ですから、やはり廻しというものは、向こうでは、なかったわけでございます。あちらは時間になっていたそうですがね。

ま、そんなことはどうでもいいんです（笑）。例えば六時から十二時、十二時から六時と。朝の六時から十二時までは女の子の時間ですから、そこは一応、居続けのお客さんはいるにしても、あとは昼十二時から夕方の六時まで。こういうセッティングになってましてね。ええ。ですから、例えば夕方の七時ごろ来たお客さまが、この花魁を、というようなときには、上がらない。夜の十二時まで待ってるんですね。そうすりゃツーセット分取られないワンセットで済みますからね。

その点はやはり、大阪のほうが合理的といいますか、そのほうがほんとでしょうねぇ。ええ。

いずれにしろこういった遊廓といわれるものはなくなりましたが、今でもそれに似たものは何かあるという話は伺っておりますがね。それもたしか廻しはないはずでございますね（笑）。ええ。

たしかあれは、一人の女の子が自分のお風呂がありまして、ま、そんなことはどうでもいい（笑）。そんなことはどうでもよろしいんですけれども、そういうところから廻しというものができたというお噺でございますが、ね。

（かまくら落語会　1984・3・10）

『五人廻し』枕

クラリネットと『センチメンタル・ジャーニー』

先程演じた『死神』について、当会の当主の倉田さんの実にマニアックな御質問に対してつい長々とお答えやらお話やらしてしまいましたが、だいたい、あのーなんてんですか、落語が芸術だとか、これは何か生きた文学だとか、なんかそういうことを言われるのがいやなもんですから、しょせん落語は落語だけじゃないかと。それをどうやったって、それは演《や》るものの側の……。いいじゃないかっという……。だから、そうふうに、生きた文学と言われるまで高められたものだから、それを伝承しなくてはならないのではないのかなんていういい方をされますとね、そんなつもりで噺家になったんじゃなかったかっていうことがあれしましてね。だから、誤解を覚悟していうならば、なるべくぼくは人情噺というものをなくしたいと思ってるくらいで、人情噺ができるような噺家にいつかはなって下さいなんていうことを、若い時よくお客さまから言われたもんでしたが、つまり人情噺が難しい高度な噺だとお考えの方が、世の中には多いということでしょうか。ある意味では否定はしませんが、ほんとに難しいのは、世の中の日常よく見かける風景、いわゆる滑稽噺、ほんとに難しいのは滑稽噺だと、あたしは信じて疑いません。

殆んどの人情噺ってのは、お客さんは泣かされる訳で、泣くという恥ずかしいことをさせてくれてしまったという、お客さまの、なんてんですか、心のはけどころといいますか、言い訳っていいますか、泣かされてしまったというと、なんかその演者がとてもすごいように思えてしまうってのは、どうもこの日本人の習性なのか、人間の習性なのかわかりませんが、そういうことがあるような気がいたします。

今だから白状しますけど、ぼくが噺家になったばっかりのときに、いつか人情噺ができるような噺家になりたいって、言ったことがあるんです、師匠の小さんの独演会が人形町「末広」でね。

ぼくが噺家になってからの初めてのうちの師匠の独演会。そのときに新弟子紹介ってんで、ずらっと何人か並びましてね、これからの抱負を述べよってんで、司会の談志さんがね。で、そのときに答えました、いつかぼくも人情噺ができるようになりたい……。そのときは、人情噺こそ最高のものと思ってました。まだ素人だったんですね。

それが、噺家になって月日がたつにつれ、泣かすことより、笑わせるてことのほうがよほど難しいことだと。だって、人間は張り倒しゃ泣きますけどね（笑）、笑えーったって笑いませんよ、なかなか（笑）。ほんとに心から笑うってゆうことは。だから、このほうがあたしはずっと難しいことだというふうに……。

たまたま滑稽噺のと肩書された小さんという人の弟子になったせいも、決してないとは言いませんけど、でも噺家になってからも、円生師匠っていう人情噺の大家に傾倒してまして、ずいぶん稽古にも通いました。けれども、そのうちに、だんだん今申し上げたように思うようになってまいりましてね。

例えば、『芝浜』なんていう噺も、結局は、ぼくの場合には人情噺になってしまいましたけど、あれもどのくらい滑稽噺に変えようと思って、いろいろな角度から再考しずいぶん挑戦もしたんですけど、そいっちゃなんですけどもともとあれはあれだけの噺っていうか、そうふうにがっちりできてたんで、どうしようもありませんでした。

結局、それならばというので大上段に構えた人情噺でなく、市井の中の一断片の人情噺、という形の仕上げにしました。

それよりも、『死神』で言えば、確かに円生師匠の『死神』を聴いてると、その死神のきび悪さとかものすごさってのをこれでもかこれでもかと見事に出してますね。だけど、あんなに死神がすごくなくちゃ人の生命に対する恐怖感というものは出ないもんなんだろうかって、ふっと思いましてね、かえって飄々《ひょうひょう》として、何でもないような死神が出てきたときに人間は怖さを感じるのではないだろうかってふうに。

それが出来たら、それこそ底知れない怖さを感じるんじゃないかなんてね。ハハハ。その方が奥が深いんじゃないかなんてね。ハハハ。

それで、今やってる死神が出来たのよ（笑）。

そこで思い当たった結論が、結論てぇか、差し当たってのですよ、それが極めつきとは言いませんが、少なくとも何か名人っぽく、終わったときに、「うまーい！　すごーい！」なんてふうに、とにかくお客さんには思わせたくないなっていうふうに……（笑）。倉田さんには逆らうようですが、ぼくは、思うのです（笑・拍手）。

倉田　ちょうど『死神』のお話が出ましたから、『死神』についてのサゲで、もうちょっと申し上げますと、たいへん落語は近代性というか、滑稽を売るって、わたしも滑稽を売るっていちばん難しいとは思ってますけど、人情噺より難しいと思ってますけど、『死神』の場合でみたいに感じるのは、クシャミがいいかとか、それから「消えちゃった」というのが悪いとか、そういうことでなくて、噺を聴いてますと、「消えた！」っというのが一つのサゲみたいに聴こえちゃうんですよね。だから、サゲがその、厚い薄いとか、大きい小さいはあっても、ふたぁつすぐに、またクシャミがきて、もう一つサゲっていうようなね、そういう印象は持っちゃう。これがサゲだって感じてないんですけど、「ついた」ってぃうやつね。「ああ、ついた」ってぇのが、既にもうサゲみたいな雰囲気で伺っちゃったわけですよね。その点だけなんです。

小三治　え？「ついた」というのがサゲのようにお聴きになった？

倉田　ええ。その呼吸といいますか、息が、「ついた」ってのが、円生師匠がやっていた伝統的な「あ、消えた」に代わってのサゲかな。と思ったら、「ついた」で終わらずに、そのあとクシャミがあった。ほんとのサゲと。これは……。

小三治　そこのなかなか難しいのは、やっぱりこれまでの既成観念というものがお客さんにありますでしょ。

倉田　それはあります。

小三治　四代目の小さんという人が残した名言のひとつに「お客さんは今日初めて聴くんだと思って噺をしろ」という言葉があります。ですからあたしは、お客さんは今までこの噺をこう聴いてたからこう聴くだろうっていう予想は、立てないことにしてはいるんで、だから、初めて聴いたお客さまはともかく……。倉田さんのように、ずーっともうね、へ

どが出るほど聴いちゃうとね（笑）。だからあんまり、落語はそんなに聴かないほうがい
いですよ（爆笑・拍手）。
　ぼくがいつも言ってるのに、たかが落語なんですから、時どき聴いて、ああ、そんなも
のもあったっけなあ、ぐらいでいんです。だから、もうせめてかまくら落語会聴いてれ
ば、もうそれで十分なんですから（笑）。
　ええ。ただ……そうですね。ですから、確かにご指摘のこともあるでしょう。確かにあ
るでしょう。で、さき程あたしが演じたあれが万全なものとは思っておりませんけれど
も、これから先もいろいろ変わっていくことでしょう。
　たぶん円生師匠は円生師匠でよかったんです。ああいうほんとに物凄く見せる……。ぼ
で、あの方は、やっぱり自分が名人になりたかった文化勲章の欲しかった方ですから。ぼ
くらそれ以後の、やっぱり近代人なんでしょうか、名人なんてぇ、そんなのちょっと勘弁
してよっていう中に生きてきましたからね。ええ。楽しきゃいいんじゃなぁいの？って、
こういう……（笑・拍手）。
　ただ、楽しきゃいいんじゃないの、は、お客さま側からのことで、演者側からしてみれ
ば、さっきも言ったように、どんなお客さまが聴いてるかわかりませんから、口から出
た、つまり表面に表れた噺の部分は、氷山の一角で、水面下には心を大きく、広く間口を

開けていろんなことを備えておかないといけないなって思うんですね。

話がちょっと難しくなっちゃいましたね（笑）。倉田さんは落語をよく知ってるんですから、もう、あなたは質問しちゃいけません（爆笑）。

倉田　大変きついです、もう。ですからね。風当たりが強い。

小三治　うーん。ぼくは期待されんのがほんといやなんですよね（笑）。期待されないで、ひとが忘れたころ時どき駆け出したりね。で、期待すると休みたくなるんですね（笑）。ほんとに困ったもんですね。

何かほかにご質問ありますか。だいぶ時間も長くなってきた。

倉田　この機会ですから、どうぞ。

Aさん　落語の話でなくてよろしゅうございますか。

小三治　ええ、いんですよ。オートバイですか（笑）。

Aさん　クラシックに精通していらっしゃいますけども、前にNHKにお出になりましたね、クラシックの時間に。

小三治　ええ。

Aさん　ちょっとNHKの方から伺ったら、ものすごい評判がよかったそうでございますけど、ああいう番組はお出になるっていう予定はございますか。

小三治　あちらから話があれば出ますけども。今のところは……。これは自分から売り込んでくような（笑）、あれじゃないもんで、でー。

Aさん　わたくしは、あの番組をテープに取ってございます。楽しんで聴いております。

小三治　そうですか。あたし持ってないんですよ、テープ（笑）。ああー、そらどうもありがとうございます。まあ、お聴きにならない方大半だと思いますけど、あれはたいへんに評判がよろしゅうございました。で、自分でもびっくりしまして、例えば『五人廻し』をネタ下ろししたり、それから、あるいはＴＢＳの放送の夜の落語の番組なんかでやったりもしましたけど、これに対してファンレターが来るってことはいっぺんもありませんでした（笑）。でー、あれは、あの番組聴いてとてもよかったっていうお手紙を、うちに十通近くいただきました。どこでどうやってねぇ、住所調べたのか知りませんけれども。ですから、きっとよかったんでしょうねぇ。どうしてですかねぇ（笑）。そうすか、どうもありがとうございました（笑）。テープによろしくおっしゃってください（爆笑）。

　ほかにございませんか。

Bさん　ちょっと伺いますけど、今、銀座で、二、三日前ね、お友だちから聞いたんですが、ジャズと落語と兼ねて、どこかでやってるとかって……。

小三治　あ、やったことがありますね。ぼくの話でしょ？

Bさん　はい。

小三治　それはね、北村英治さんという、日本のジャズクラリネットの第一人者というよりは、いまや……まあクラリネットって、お好きな方はベニー・グッドマンというのが世界的に有名なんですけど、今はもうベニー・グッドマンは敵じゃないっていうぐらい、センスといい技術といい、まことに素晴らしいジャズマンです。この北村英治さんという方が、とっても落語が好きで、それでー、まあ有り難いことに、北村さんのほうから声を掛けてきて下すったというようなことがありまして、それで「ジャズと落語を聴くゆうべ」ってぇのを、不定期ですけども、今まで三回程やりました。最初やって、二年ぐらい間おいて、またやって、一年、間をおいてとかっていう、そんな感じでしたけれどね。ええ。それはジャズスポットといいますか、ライブハウスっていうんでしょうかね、生でジャズを、ちょっとお酒をこうなにしながら聴こうっていう場所がありましてね。それは銀座のフードセンターとかなんか、あの高速道路の下なんですけど、そこに「スウィング」っていうところがありまして、そこでやりましたすね。

えー、最初やったときはピアノの上に座蒲団しいたんでしたかなぁ（笑）。

Bさん　そのピアノの上にね、座蒲団ひいて（語る）落語を聴いたと。二、三日前にね、地下鉄で一緒……。わたくし、東京ですけど、地下鉄で一緒になってね、伺ったんです。

だから、それは定期的にしょっちゅうおやりになって……。
小三治　いや、全然。定期的ってほどのもんじゃないですね。ええ。それをやったのは去年の話ですから。ええ。で、今年はやろうなんて話はまだ全然ありませんし（笑）、えー、ピアノの上でやると、やっぱりね、落語の響きがいいですね（爆笑）。
Bさん　今度やるときはぜひ……。
Cさん　師匠、北村さんから直接伺ったんですけど……。
小三治　あ、そうですか。これはいけませんね、そういう……。
Cさん　師匠はクラリネットを北村さんから習われてる……。
小三治　へへへへ（笑）。ええ、習ったってぇば習ったんですけど、それはね、元々の話の起こりはこうなんです。円生師匠のお弟子さんで、円龍《えんりゅう》さんという方ですが。なかなか渋くっていい噺家さんです。

彼が噺家になったのはだいぶ遅かったです。証券会社の係長だか課長だかになってたのを辞めて噺家になったって人で、その人は証券会社のときに何してたかってぇと、証券のことよりはブラスバンドをやってたんですね。それで、ブラスバンドが潰《つぶ》れたときに、えー、壊れた楽器がありまして、それを自分の家へたまたま預かって持ってたのが、結局は引き取り手がないままに自分のものになってしまったという。

それで、ぼくは最初、トランペットってのをいっぺん吹いてみたいなと、こう思ったんですよ。そうしたら、うちにあるっててんですね。それで、トランペットを千円で買ったんです（笑）。うー、トランペットってのは、ご承知のように、押さえるとこがピストンが三本ありますね。千円だけど、その代わり一本壊れてるってんで（笑）。

ですから、壊れてんですからダメなんですよ、やっぱりね。でも、とにかくププッていう、プーッて……。あれは、なんか吹き方によって幾つか音が出るらしいんですが、うん。で、そんとき初めてトランペットってのは、上下の唇でププッてやる音が増幅管を経てああいう音になるんだってことを知ったりしました。それだけで千円の価値があったってぇばあったんですけど。ただ、なんせ壊れてるってのはね（笑）。

じゃ何でもいいから、ほかの楽器でもいいから、サックスでも何でもいいから、とにかく壊れてないのを（笑）、やっとでもいいから壊れてないやつを何かないかっつったら、あるってんです。それが何だったらクラリネットだったんですね。壊れてないけど、吹く……。クラリネットってやつは、幾つかに分かれるようになってましてね、なんてんですかね、歌口ってんですかね、歌口じゃないな、何だ、吸い口じゃないな（笑）、まあまあ、哺乳瓶じゃないんだから吸い口ってぇのは……（笑）。

こう、いちばん口に近いところと、次のタルのところの間で空気が漏れるから（笑）、そこをよくビニールテープで巻いて（笑）、これ、七百五十円で売る（笑）。で、それで吹いてたんですよ。で、たまたま北村さんと会ったときに、おれ、クラリネット持ってるぞって、じゃ、見せてみなってんで、あるとき持ってって見せたらね、つまりもとのところはとてもいいんだそうです、フランスの何とかっていうね。いいんだけどね、まるでこれね、つまり後家だってんですよ。残りの部分と全然違うんだってんだ（笑）。これ、どうやったって合うわけないよ（笑）。で、じゃあ一ついいのがあるからってんでね、北村さんがぼくにプレゼントしてくれた。

それはね、日本の日管っていうところの、日本管楽器って、今はなくなったんですかね、あるかもしれませんが、そこで北村さん用に試しにつくってみたやつで、英治モデルって彫刻の入ってる、ちゃんとしたやつなんですね。それまでぼくは七百五十円のしか知りませんでしたから、クラリネットってのはベークライトでできてるのかとばっかり思ってたんですが、そしたら、あれは木管なんですね、あれは。その北村さんからもらったやつは木でできてましたから、ええ。ベークライトじゃないですね、あれは（笑）。

それはちゃんと吹けば音が出るはずだってんで、もらってやりはじめたんですが、クラリネットってのは、あとでジャズマンの渡辺貞夫さんに会う機会があって、「北村さんに時どき習ってんだ」なんて言ったら、「あのクラリネットはいちばん難しいんですよ。楽器の中で」（笑）。渡辺貞夫さん自身も最初クラリネットをやってたんだけど、あんまり難しいからサックスになったっていうくらい難しいんだそうです。でも、しょうがないですね、たまたま七百五十円だから（笑）。

　そんなことがありましてね。どうやら……。あれはなかなか出ないですよ。プピーッ！って音がすんですよ、どうやったって。プピーッ！　つって。それがどうやら時どきプピーッが混じりながらもドレミファができるようになって、北村さんのとこへ行ったら、音譜見るのは無理だろうからつって、押さえる音譜をね、なんてんですかね。つまり一音一音ね、音譜の位置じゃなくて、指を押さえるとこは黒く塗る。だから、こう、たてに○がたくさん並んでましてね。こことここを押さえるってときは、押さえるところが黒丸になってるわけですよね。次の音はここと一つおいてここを黒丸で……。だから、その黒白の丸通りに指を置けば曲になってしまうっていう（笑）。

　それで、二曲、ぼくはレパートリーがあります（笑）。一つは『聖者が街へやってくる』、それからね、えー、もう一つなんですがね、曲の名前も忘れちゃった（笑）。♪ティーラリーラ、リーラリーラリーラってんですけどね。

Cさん　『センチメンタル・ジャーニー』。

小三治　あ、そうそう（笑）。これはね、いちばんやさしいんです。いちばんやさしいのは、今も聴いておわかりかと思いますけど、音が三つぐらいしか出てこない（笑）。だって、ほら、♪ティーラリーラ、リーラリーラリーラ（笑）。あと二つぐらいありますけどね。ティーラリーラ、リーララーっていうんだから、ちょっと少し違うのも出てきます（笑）。でも、そこの危ない橋を渡れば、すぐまた元の♪ティーラリーラ、リーラリーラ……。そこばっかりなんですよ（笑）。それなもんですから、ええ、やさしくできたという、そういうことがありました。

さあ、ほんとはそろそろ終わる時間じゃないんですか（笑）。

ここは何時までなんですか。だいじょぶですか。

今日はほんとに申し訳ありません。ねえ、質問以外のことまでべらべらしゃべって、余計なことを言いましたために、だいぶ時間がなくなっ……。これだけはどうしても聞きたかった、あとで心残りだって思うような質問の方、ありますか（笑）。

そいじゃ、ちょっと間をおいて、またあと一つお噺をさしていただきます（拍手）。

（かまくら落語会　1984・3・10）

『死神』『五人廻し』間の質疑応答

夫婦の〝えん〟

今日はいっぱいのお運びさまでほんとに有り難いことでございますな。今日はもう超満員ということでございまして。

えー、あれですね。今、隣の大ホールでは荒井由実なんていう人がね。松任谷由実ってんですか、ま、どっちでもいいんですけどね。やってましたが、なにしろこっちにみんなお客さんが来ちゃったんで（笑）、向こうじゃいま閑古鳥が鳴いとりますよ（笑）。

向こうも考えりゃいいんですよね。

小ホールのほうで、いったいだれがやるかってぇのを（笑）。

あ、小三治か、あいつにはかなわねえからやめとこうとかね（笑）。何か手はあるんだろうと思うんですが。今日はひとつそんなつもりで、落語ですから肩の力を抜いて、ぼんやりとお過ごしいただこうと。

これがよろしいんです。落語っていうもの、そういうものだと思いますよ。肩の力を抜いていただきます。ええ、なんならみんなでもって一斉に深呼吸を一つ（笑）、なんてのもいいかもわかりませんがね。まあ、別にそれほどのことはしませんが。

縁なんということをよく言います。縁、どこにでも縁てのはありますね。袖すり合うも他生の縁、つまずく石も縁の端なんてって。石につまずいて、イテッなんて、生爪はがす。コンチキショウと思っちゃいけないですね。ええ、あ、縁だと思って喜ばなくちゃいけないんですね（笑）。

ですから、縁ていうのはどこにあるかわかりません。

まあ、何と言ってもしかし、縁というのは男女の中、とりわけ夫婦。これは縁ですよ。縁というよりほかに解釈のしようがないですな、あれは（笑）。

そらね、今でこそ夫婦だ、夫婦だと当たり前のような顔をしてますがね。あれはだってもともと何も知らないんですよ。赤の他人同士なんですから。生まれたときは、どっかでね。どっかにいるわけなんですよ。これから生まれてくる人を気長に待つってぇ人もいるかもわからないけれども（笑）、うーん、だいたいどっかにいるわけです。だれになるかわからないんですよ。もしかしたら隣のケンちゃんかもわからないんです。

まさかあんなのと、なんと思うのが一緒になったりなんかするんですからね（笑）、これぱっかりはわかりませんよ。

これがまた長続きする人があるかと思うてぇと、あんなに仲ぁよかったのに、バッと別れちまうなんていう人もおりますしね。

あんところは何でああケンカばかりしてやがってなあ。もうすぐ別れるぞ、もうすぐ別れるぞ、と思うってぇと、これがけっこうおしまいまでグズグズ、グズグズくっついてたりなんかするという、これがだいたい多いですね、しかしね、ええ。

だいたいああいうものはね、まあ、何で一緒になったかって聞かれると、わからないもんですね。なんでなんですかね、ああいうのは。

いや、別にあたしばかりの話じゃないんですけどね（笑）。みーんな縁なんですねぇ。ところが若いうちは、われわれは縁なんてそんなもんじゃないんだ、なんてんで、なかには手に手をとってお互いの目と目の奥をのぞき込んで二人は生まれた時から今日《こんにち》の約束があったのだよねぇ、なんて（笑）。

よくああいうことがしらふで言えたもんだよ（笑）。

で、三月《みつき》もすると、あ、違ったかな、なんてね（笑）。

みんな縁なんですよ、でしょ（笑）。

あれは、古くは出雲《いずも》の神様が縁結びをすると言われたもんです。ですから、惚れたはれたじゃない、出雲の神様の胸三寸。

出雲の神様縁結びどうするか知ってますか。

大きなザルが二つあるんです。神様大勢集まって、周り、輪になって。取り囲んで。こっちのザルは男の名前、こっちのザルは女の名前。ほいで、適当にこうやって手え突込んで両方のザルから一つずつつまみ出して、きゅっと捻《ひね》って一つにして、「ハイよ、一丁出来上り（笑）。はいよー、はいよー」

もう簡単（笑）。

忙しいそうですよ。人の数は増えてくる。神様のなり手は少ないてんでね。ですからどうかすると夜なべ仕事になったりなんかしてね。コックリコックリ居眠りしながら、こんなんなって結んだりなんかしてね。三ついっぺんに結んじゃったとかね（笑）。

これがつまり三角関係なんだそうで。なかにはひどい神様がいて、面倒くせえてんで男のほうからだけ二つつまんで結んじゃったなんて（笑）。

現実にそういう人も世間にいるでしょ。あれはみんな神様のなせる技でございますから、ひとつ大目に見てやっていただきたいもので（笑）。

で、このごろ神前結婚式場いっぱいありますねえ。ね、神前結婚。神前結婚てぇから、神社でやるのかと思ったら、そうじゃない。ちょっと大きなホテルの三階とかね。どういうわけか三階が多いですね、あれ（笑）。女三界《さんがい》に家なしってぇぐらいで、それで三階なのかどうか、それはわかりませんけれども。

ちょいと大きな中華料理屋の二階とかね。

そういうとこへ行くってぇと、ちゃんと神前結婚式場というのがあるんですよ。中華料理屋でも。中華料理屋だから中華の神主か何か出てくるのかと思ったら、そうじゃない（笑）。

やっぱり日本の神主ですね、あれ（笑）。

変ですよー、あれは。だってずいぶんあるんですから、世の中に。幾つありますか。おたくの近所にだってずいぶんあるでしょう。大都会じゃなくたって、ね。ちょっと小都会にしたってですよ（笑）。武蔵小杉の隣の駅にしたって（笑）。

ああ、そこからきてる人、いないでしょうね（笑）。

どういう場所かわかりませんけど、例えばの話ですよ。そういうところにもあるんです。

で、必ずそこに神主がいるってぇのが、それが不思議でしょ。なかには、ほんとの神主が、今日は自分ちが暇だからって出張するのもあるかもしれませんけど、そんなに世の中に神主がいるんですかねぇ。毎日あるんですから、結婚式ってぇのは。

あれ、全部が全部、本当の神主じゃありませんね。昨日まで警備員のおじさんだったとかね（笑）。午前中は配電係をやってたなんてね。そういうおじさんがどんどん神様になるんですよ、神主さんに。ええ。

それらしい形をするってぇと……。

また大げさですからねえ。あんまり表じゃ見ない格好しますから。ヤに糊の突っ張らかっちゃったようなものを着ましてね。

とても駈け出せないようなものを履《は》いてね。手には電車に轢《ひ》かれたおへらみてぇな平ったいものを持って。恥ずかしくて表え歩けないようなものを頭に冠《かむ》ってね。

らしく見えるでしょう。

あと音楽。この音楽てえのがまたひとをバカにしたような音楽ですよ（笑）。テープレコーダーの回転が狂ったような音出して（笑）。

うい〜ん、えええ〜ええ〜ん、ぴや〜、なんてね。

あんなバカにした音楽ありませんよ（笑）。

それでも。前に並んだ二人は、涙すら浮かべてね、庭先の木の枝ぶった切ってきてね

（笑）。あそこに鼻紙を切りこまざいたようなものをぶる下げて（笑）。それでパッパッ、パッパッひっぱたかれる。ひっぱたかれたほうがああ有り難てえってんですからわけがわからねぇ。

その晩から、昨日まで他人だった二人が、何の疑いもなく同じ屋根の下に寝起きを共にするんですよ。

心配ないんですかね（笑）。

なかには戸締りしたりなんかするんですから。危ないですよ、あれは。ほんとに。

それで、同じ釜のメシ食ってね。茶碗取り違えて食ったり、ひどいのになるってぇと一つの歯ブラシ二人で使ったり。

考えてみると夫婦っていうのはきったねぇ仲だなと思います（笑）。

ま、これもみんな縁てぇやつですから、しょうがないっていやぁしょうがないんでしょうけれども。

（ハマ音県民ホール寄席　1982・9・14）

『厩火事』枕

刈りたての頭

えー、毎回のお運びで、まことにありがたいことでございます。

今度は、なんでしたね、五月からですから、えー、いま一年独演会三回やっておりますが、その中ではちょっと間があきやしたね。さぞ皆さんも休養がとれたことだろうと(笑)、ご拝察申し上げますがね。

えー、今日は何からお話をしましょうかね。べつにこれといってないんですけども。

昨日、床屋へ行きましてね(笑)。

そういうアタマは一体何日おきに行くんだということを聞かれます。べつに考えてもいないんですが、ンー、そうですね、こういうアタマに初めて直した……そう、伸ばしたこ

とないんですかっていうことを聞かれることもあります。

ありますす。前座のときにね、どういうアタマがいいだろうってんでいろいろやってみまして、伸ばしたことありました。

あたくしはね、見てくれよりずっと頭の鉢がでかくてね、帽子なんかでも、まず日本の規格は合わないですね（笑）。L、LL。どっちかってえとLLですね。六十から六十二センチ。

ま、こういうこと言ってもおわかりにならないと思いますが、大体は五十六センチから八センチぐらいの間の、たいがい大きく見えてもそうなんですが、あたくしはね、六十センチでもギリギリ。日本では帽子は買えません。日本で買えないものはあと長袖のものですね、あたくしは。腕が長いんです。別に訓練して伸ばしたわけでもないんですけど、いやに長いんです。

片腕、ひとより五、六センチは長いですね。いや。もっと長いかもわからない。十センチぐらい。だから普通の人とね、腕の長さ比べやるでしょ。どうふうにするかってえと、腕をこう水平にお互いに伸ばしましてね、で、相手の方にあたしの腋《わき》の下をくすぐらせるんです。そうするとあたしは相手のアゴの下をくすぐっちゃうんですね。そのぐらい長いですね。

何の話でしたっけね？（笑）たしかアタマの話をしてたと思うんですが。

　で、初めてアタマを伸ばしてはみたんですが、どうもね、鉢がでかいっていうことで、石川五右衛門みたいなアタマになっちゃってね。ええ。

　なんかポマードか何かでべったりくっつけないってえと、アタマどうもカツラかぶって歩ってるような気がしまして。

　あたくしがちょうど、そうですね、髪を伸ばし始めたころ、慎太郎刈りなんてのが流行《はや》り始めて、で、あたくし少しっつ少しっつ短くしてったんですが、慎太郎刈りっていうのはつまりね、すそから刈り上げていって、てっぺんはバサバサッと髪が立つぐらいに少し伸ばすんです。で、前はおでこの上にこう軽くかぶせるんですよ。石原裕次郎がしているようなね、あれがそのころのトレンドだったんですね。

　それであたくしね、全体としては今とほとんど変わらないんですけど、前に軽くかぶせるってところをちょいと真似しましてね。そしたら円生師匠に呼ばれましてね。

「おまえさんの顔はもともと陰気な顔なんでげす。それにそういうことをするとなおさら陰気になりやすから、あたしのように上げなさい」

　と言われましてね（笑）。

　円生師匠はご承知のとおり、生えてる毛を全部後ろへ撫《な》でつけていました。ですから、えー、今はどうですか、円楽さんでも圓窓《えんそう》さんでも、大体そういうアタマつきをしてるでしょう。ま、圓窓さんは少し変わってきましたがね。

あのー、師匠に似るってことはありますね。で、結局はあたくしも師匠のようなアタマになっていくというふうになるわけです。えー……(客席でひとり笑い転げる声)、アハハじゃないんですよ、ほんとに(笑)。

ですから、あー、この髪の毛は、ンー、そうですね、前座になって二年ぐらいたってからはずっとこのアタマで、アタマを刈ってくれる人もずっと変わりません。職人はご婦人の方ですが、そのころはひとりもんでしたが、今はちゃんとお子さんも二人あって、亭主もいます。あたくしもそのころはひとりもんでしたが、今はやっぱり……ね？

なんかそういう一月に一度か二度のお付き合いでもって長いこと続いてるってのは不思議な縁で。

ンー、もうそうなると、昔っから、ほら、よく、職人に口を出しちゃいけないってなことを言うでしょう。特に床屋さんなんかへ行ってね、あそこをこうやってくれ、ここはそうじゃなくこうしてやってくれなんて言うってえと、いやがられたり、意地悪をされたりするってなことを言いますが。いま美容院でもそうですよね。大体、美容院から帰ってきた女の人ってのは、何ともひどいアタマしてますね(笑)。

で、結局その人はどうするかってぇと、その晩、自分でかかって直すんですね。で、あくる日になるってぇと、やっとそれらしくなる。そしたら、はなっからてめえでやったらいいんじゃねぇかと思うんですが。

自分でそんなに直すんだったら文句ゆったら？　ってぇと、そんなこと言ったら先生に大変な目にあうってぇんですよ。ウン。大変な目にあうって、どんな目にあうのか知りませんがね。焼きゴテ当てられたりなんかするんでしょうかね（笑）。

ですから、ああいう職人さんには、ほとんどなにかモノを言えない。

そういう世の中ですよ。

あたくしはね、何しろそういうまだ海のものとも山のものともわからない時分からの付き合いですから。

夕べもね。これ、この頭刈り終わるのに二時間半かかりました。二時間半座ったまんまにいるってのは大変ですよ。もう飽きちゃうどころじゃないですね、体は痛くなるしね。ですからこのごろは、ちょうど真ん中に休憩時間ってのをとりましてね。ええ。インスタントでございますけど、コーヒーを入れてもらって一服をする。

長い映画はよく間に休憩がありましたね。『風と共に去りぬ』とか『アラビアのロレンス』とか、ああいうやたら長い映画は必ず真ん中に休憩っていう時間がありましたよ。

もはやあたくしのアタマもね、『アラビアのロレンス』でございますよ（笑）。休憩を入れます。

しかも、だんだん仕上げの段階になってくるってぇとね、ちょっと間違うってぇと大変なんです。一ヵ所ぺこっと凹むってぇと、凹ましたままにはいかないから、一番凹んだ土地の低いところに合わして全部やり直さなくちゃいけない。ですからどうしたってね、早くっても二時間、二時間半ぐらいかかります。

それでこのアタマでございます。

ところがね、あたくしはこのアタマを始めたころは、一週間に一ぺんから十日に一ぺんぐらい床屋さんに行ってました。そのほうが自分で刈り立ての頭ってのはなにかとても気持ちがいいもんでね。

それがテレビなぞで映すようになりましてね。えー、まずお辞儀をするとね、こういうふうにお辞儀をするとですね、ライトが当たってここ、てっぺんのここが丸く白く見えるんですね（笑）。

よく地方なんかに行きますとね、ひとの頭をこうなぜましてね、

「あれ？　毛が生えてんじゃないですか」

なーんて、人をカッパだと間違えてる人がいるんですよ（笑）。

そら顔つきは多少似てるかもしれませんけどね（笑）。

アタマ毛ぇ生えてるんですよ。

大体、もうそろそろ床屋さんへ行ったほうがいいんじゃないかなというころになるってえと、ちょうどテレビ映りがよくなる。またお客さんのほうから見るってえと、ちょうどそのころになると、いくらか髪形らしくなるというようなことが、少しずつわかってきましたんでね、以前ほど間を詰めて行かなくなりました。

それでもね、二十日もほっとくと、もういけません。ええ。なんかこう締まりがなくなってね、方々デコボコ、デコボコしてきます。これはいけませんからね。

いま大体そのぐらいの間隔で床屋さんには行っておりますよ。

えー、ほかにご質問があれば（笑）、なんでございますが。

でも、床屋さんへ行ったばかりの、特にこういうアタマってのはなかなか、言うに言われぬ、ひとさまにはわからないような心持ちのよさがありましてね。えー、毎月続けている俳句会でもって、

刈りたての頭なでてる夜《よ》寒《さむ》かな

というのをこしらえましたが、だれも評価はしてくれませんでしたね（笑）。

自分なりに、これは佳い句だなと思っています。

刈りたての頭なでてる夜寒かな

これはやはり長髪の方じゃね、そうはいかないでしょう。なんかね、けっこうね、ほら、こうやってなでてるってえと、頭中がブラシになったような気がしてね（笑）。えー、決して悪いもんじゃございませんよ。

もしなんでしたら、お手にとってなでていただいてもよろしゅうございます（笑）。

昔の江戸っ子の言葉に「どうにかなるよ」なんて言葉がございました。どうにかなるよ、どうにかなるよって言ってるてえと、毎日がどうにかなっちまう。ほんとにいい世の中で。どうにかなったんだそうですね。

「メシ食うこともできねえ」

「なーに大丈夫だよ、どうにかなるよ」

なんて。一銭もなくても、メシを食うぐらい何とかなったっていう。そういう世の中があったんだそうですね。今は考えられません。

今は確かに、おカネさえあれば決して不自由する世の中ではありませんが、そのころはカネがなくてもどうにかなったってんですからね。どうしてどうにかなったのか、そこのところがよくわからないんですが、でもほんとにどうにかなったってんですから、どうにかなったんでしょうねえ。

しかし、どうにかなるよどうにかなるよと暮らしていても、どうにもならないときもあったようで、それがいつかってぇますと、一年の大つごもり、大晦日。この日ばかりはどうにもなりません。

何しろ三百六十五日積もり積もって「どうにかなるよ」ってのが山ほどになりますから、この日ばかりはどうにもならなくなっちまう。仕方がねえから夜逃げでもしようかしらなんてのは、そのころはいくらもあったそうです。

そのころの川柳に、

大晦日箱提灯はこわくなし

というのがあります。

箱提灯てのは、当時はお侍が持って歩きました提灯で、こらあ普段は恐くて避けて歩くんですが、この日ばかりはこんなものよりも掛け取りの持って歩く弓張り提灯のほうがずっと恐かったてえんで。ですから、取り立てに行くほうも、

提灯を消す掛け取りの計りごと

なんていう川柳があります。取るほうも取られるほうも必死ってやつですね。

押し入れで息をこらして大晦日

中にはまた、

大晦日鏡見ていて叱られる

なんていうのがあります。

「ちょいとォ、いくら年頃の娘だからってね、のべつ鏡ばかり見てるんじゃないよっ、今日はいつだと思ってんだよっ、大晦日だよっ」

なんてんで八つ当たりをされます。

大晦日猫はとうとう蹴飛ばされ

猫だってうっかり寝ちゃいられない。

「こんなとこに寝てっちゃだめっ、ほんとにっ」。猫はなんにも知りませんよ。

大晦日王手王手王手と来

なんてのがあります。なかなかうまいことを言ったもんです。ほんとにもう逃れるわけにいかない。ちょっと体ずらしても、王手っ、王手っ、王手っ、王手っ、てんでどんどん追い詰められる。中には、

掛け取りの帰ったあとで太いやつ

なんてのがあります。

「あの野郎ふてぇ野郎だっ」なんて、どっちが太いんだかわけわかりませんけどね（笑）。

大晦日もうこれまでと首くくり

こういうのは毎年よく見かける光景でございましたね。中にはまたすごいのがありまして、

元日や今年もあるぞ大晦日

なんてえのがあります（笑）。

（鈴本独演会　1991・10・31）

『睨み返し』枕

病気あれこれ

あたくしは、自慢じゃありませんが、もう体じゅう、なんですね、メスの跡だらけと言ってもいいぐらい、いろいろ病気をやって、今まで生き抜いてまいりましたがね。いろいろあるんですよ。

盲腸でしょ。それから痔《じ》の手術も何回かやりました。もっとも小三ジっていうぐらいですから（笑）。足の血管抜くなんてのもやりましたしね。

ネズミに嚙《か》まれてそこを手術しましたね。あれ、ネズに嚙まれるといけないんですってね。そらだれに嚙まれたっていいわけはないが、ネズミは、なんかネズミ嚙み病ってのがあるんだそうですよ。なんかもっと違う名前の難しい病気でね。

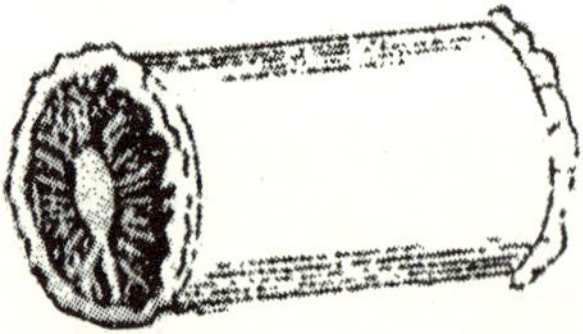

ネズミをね、捕まえようと思いましてね、なんかずっと奥のほうへ入っちゃったんですよ。家具が置いてあって、そのうしろの細長いトンネル状になっている奥のほうへ入っちゃったんです。うちの台所ですがね。みんないやがって、獲ってくれというもんですからね。スキーの手袋をね。スキー用の手袋、分厚いの。これなら大丈夫だろうと思ったら、そんなもんまるでだめ。すごいですねネズミの歯てぇなァ。手袋突き通して指の肉のこっち側からこっち側まで通ったね。

外から見るとただ人差指の先の両側にひとつずつポチッと穴が開いてるだけですけど、これは危ないって医者がいうんです。

結局、切り開いてね、歯の通り道を全部消毒したんですがね。頭も切りましたしね。切ったって頭蓋骨《ずがいこつ》開けるとこまでいってませんけど。頭に縫い傷。いろいろやってます。それから、ほら、声帯の手術っていうのもやってますね。声帯にポリープが出来て声が出なくなっちゃった。職業病だてぇんですがそれが、おとなしく落語だけやってりゃそんなことないんですけどね。まくらで余計なことといろいろ言うもんですからね。どうしても労働量が多くなって（笑）。

まあ、しかし何やってもそうですけど、どこも悪くないときってのは、ほんとに体の悪いやつってのはバカに見えてくる。

ええ？　昔からよく言うでしょう、病《やまい》は気からっていうじゃねぇか。気をしっかり持ってりゃあ病気になんかならねえ、ってなことをね、精神論ってなことを言いますけどね。なかなかね、そうそう精神だけじゃ頑張っちゃいられないもんですよ。その病気になって初めてその身の上がわかる。そういうもんですね。

目の見えない人ってのは杖ついて表歩いてる。あれ、杖のつき方で、いつごろから目が悪くなったのかがわかるっていいますね。

中年といいますか、ある程度物心がついてから目が見えなくなった人ってのは、杖が先へ行くんだそうです。先へ行く。自分の体はなるべくあとからあとから。そうですよ、見えてる頃を知ってますから。

クルマなんてのはいきなり飛び出してくるもんだとか、電信柱とか郵便ポストなんてものは何の断りもなしに立ってるもんだとか、そういうことがわかってますから。あんなもんにぶつかっちゃあ、えらいことに……。だから、杖で確かめといて、そいで安全なところを確保しといて、そこへそこへと体を運んでいく。

それが、幼少とか、生まれたときから目が見えない方っていうのは、見えるということはどういうことかというのを知りませんから。どうなるかっていうとね、そういう方はかえって杖が手元にくるんだそうです。体のほうが前へ前へ出ていくんだそうですね。どういうことなんでしょうかね。あたくしもよくわかりませんが、たぶん、生まれたときから見えないんですから、見える世界を知らない。見えないのが当たり前だというふうになる。そうするとね、杖なんか頼ってないんですね。きっと自分の五感でしょう。五感というのも、五感だけじゃあない、もっとありとあらゆる感覚が研ぎすまされて。

たとえば聴覚にしても、ただむこうのほうからクルマが来るとか来ないとかじゃなくて、それだけじゃなくて、クルマがむこうから来れば、直接聞こえてくる音と、どこか周りのものに反射して遠まわりして自分の耳に入る余計な音を、頭の中のコンピュータが引き算して、あ、このぐらいのスピードだな、今どこまで近づいてきたな、とか、あるいはブワーッという騒音が、ポストのそばへ来るってぇといきなり、ポッと音が影にかくれて変わるとか……あたしはわかりませんけど、そういうことなにかあるんじゃないですか。

つまり潜水艦のソナーみたいなね。ソナーっていう、ほら、潜水艦の映画なんか見ると、パッコン、パッコン、っつって水中音波を出して敵艦からの反射音を読み取る、ね。ああいうような、ありとあらゆる感覚が総動員ですぐれてくるのではないかと思いますが。

まあ、どっちにしてもそれはね、五体満足なほうがいいわけなんですが。

しかし、えてして目の見えない方ってのは、昔から強情な人が多いなんて言いますね。

どういうことか、はっきりはわかりませんが、そういうこともあるかもしれません。それが証拠に昔はよくいたそうですよ。せっかく杖を持っているのに、杖をつかずに肩に担いで、

「なーにおらぁ、おまえ、昨日今日できぼしのめくらじゃねえんだ、ンな杖なんかつかなくたって、おらぁ、どうってことねえんだ」

ってなことで、肩に杖を担いで、あるまいことか、鼻唄歌って。

〽あいたぁ〜あぁ〜　めでみぃ〜て〜ぇ　気を揉むぅ〜よりも〜ぉ　いっそ〜ぉ　めく〜らぁがぁ　ましであ〜ろ〜お〜ぉ　とくらぁ〜　へぇ〜え〜　とくらあ。

（鈴本独演会　1994・5・31）

『景清』枕

野田君のこと

……お運びでまことにありがとうございます。

今日はまだなんとなくわたくしはカルチャーショックというような感じで、何がカルチャーショックかってぇと、今日は博多でしょ。昨日までずっと北海道をうろついておりまして、なんですか、テレビで『ニュースセンター9時』っていうんでしたっけかな、あれでちょっと出たりなんかしてたんで、中にはご覧になった方もあるかもわかりません。私はちょうど、まだオートバイに乗ってたんで番組は見なかったんですが。

なにしろ三週間ほど北海道をずっとうろうろしたんです。広いですね、北海道は。三週間うろついてもまだぜんぶ回ったわけじゃないんですからね、ええ。

去年ですが、北海道に続けて九州を回ったことがありました。

ずっと北海道を回ったあと、そのままフェリーからフェリーへ東京で乗り継いで、日向《ひゅうが》から九州へ上陸をして九州を二週間。鹿児島から熊本、長崎、福岡、湯布院《ゆふいん》と回ったんですが、そのとき感じたのは九州と北海道とを比べるってぇと、時間的には九州のほうが広いですね。距離的には北海道のほうがグンと広いんですが。

九州はどこへ行ってもクルマもいますし、人もいますし、信号もやたらあるし前へなかなか進まないんですね。

たまに突然おまわりさんがいるだけで、北海道はあんまり人がいない。何十キロも信号がないというところばかり。おまわりさんにさえぶつからなきゃ、どんどん時間的にはかがいくもんですから（笑）、北海道ってのは広いですね。

今日は羅臼《らうす》から紋別《もんべつ》まで何キロぐらいだ？　三百二十キロぐらいか、ああ、じゃちょっとかな、なんていう感じで、三百二十キロは〝ちょっと〟なんですからね。百キロ、百五十キロなんていったら隣の家に行くのとおんなじですよ。九州で三百五十キロってぇと突き抜けて海に出ちゃうんですからね。ずいぶん違うんですね。しかもむこうにはこっちのように高速道路ってものがほんの少々しかありませんからね。

今年は一つ目的があって行ったんですけどね、毎年やろうやろうと思っていながら、やってなかったんですよ。

それは何かというと、なんていうんでしょうかね、〝門付け落語〟とでもいいますかね。つまり、お椀を持ってひとの家に入っていっちゃうんですね。よくいるでしょ、虚無僧《こむそう》とか、あと何だかわけのわからねえ人がね、表へ立ってチリーンなんてやってね。十円でも五円でも五十円でももらわねえうちは動かないなんていうのがあるでしょう。あれやってみようかと思ったんですよ。

どういうふうにやったらいいかなと思ってね。所詮は、芸能なんてぇものはああいうものが母胎ですからね。われわれ噺家もお寺のお坊さんのほうから始まったという説もありますが、どっちにしたって人さまから恵んでもらうには変わりはねえわけで、やってみようかと。原点に立ち返ってね。

どういうふうにしてやろうか、いろいろ想像しました。町ン中にしようかな。あるいは、むこうは広々とした牧場がありますからね、そういうところへいきなり、「ごめんくださーい、こんにちはー！」なんてえ声が牧場の納屋に響いたりなんかして。

モォ〜、なんてね、音がして、この家はウシしかいねえのかな、なんて思ってるってぇと、奥のほうから、「なんだねー？」なんて出てくるんだ。

想像ですよ、これ。ほんとにそういうわけじゃないんですけどね。そうなるんじゃないかなと思ってたんですね、ええ。

突然、落語やりだしたほうがいいでしょうね。なるべくなら見破られないほうがいいですね。あ、こいつはどっかで見たようなやつだってことを見破られないで。そのほうが面白味がありますよ。むこうだって驚きますから。

「なっ、なっ、なんなんだ、こいつは。こんなだだっ広い牧場へなんか入ってきて、いきなり、なんかしゃべりだしたぞ、これは。なんだろう？」

ってんでね。

大体、基準を決めとこうかと思いましてね。小噺一つで百円ってぇんですがね（笑）。そうスね、二、三分の小噺ね。十円しかくれなかったとこは、一分線香即席噺ひとつだけというようなね。

「むこうの家に囲いができたよ」

「へぇー」

「サヨナラ～」

って帰ってくる（笑）。しかし難しいんですよ。先におカネもらっちゃうってぇのもなかなか難しいでしょう。だから、ちょっとなんかやっといて、十円分の小噺か何かやっといて……あ、そうだ、それがいいね。

十円分の小噺をやっといて、で、むこうが十円ならば、「サヨウナラ」って出てくるし、百円くれればもう少し長いやつをね。

「カミナリはこわいね、ナルホド」

って、これじゃあんまり変わりはないね。これじゃ。変わりない。また十円しかもらえないよ。

そんなことでですね、おカネをもらうってぇことがどんなに大変なことかってことを体験してみようかと。中には、バカに気に入って、あるいはおカネがふんだんに余っちゃってしようがなかった人は、いきなり一万円札か何か投げてくれる人もあるかもわかりませんからね、やってみようかと思ったんですよ。

東京へ帰ってきて気がついてみたら、結局どこでもやってきませんでした（笑）。やろうかなと思っても、けっこう忙しかったですし。やっぱりなかなかね、きっかけがつかめないんですね。ここでやろうかなと思ってもね、なんだかなぁ、トラクターで追っかけられてくるような気もしますしね（笑）。すごいんですよ、むこうのほうのトラクターは。ただもう牧場ですから。広いんですからね。まあ、広かったですね。

地平線が見えるなんてのは、ちょっと九州じゃ考えられません。北海道だって、どこでね。

もってわけにいきませんよ。いわゆる道東という、皆さんのほうから地図で見ますと北海道の右のほう、あるいは稚内《わっかない》に近い上のほう。広さでいうとちょうど真ん中辺りがうーんと広いように思いますけど、あのへんは大雪山とか十勝岳とかけっこう山がありましてね。

一番下の函館の辺りは、これはもうほとんど日本。って、まあ、全部日本なんですけど、いやそういう気がするんですよ。むこうの人はこっちのことを「内地の人」って呼びますしね。あっちが外地って感じはあんまりしませんけど、われわれ。

函館辺りはけっこう山が迫ってきて、川がそばを流れて、っていうんで、あんまり異国へ来たような感じはしませんですが。それでもやっぱり、たとえ函館界隈《かいわい》でも、トラピスト修道院のある辺りとか、あの辺へ行くってぇと、こうちょっとしたなだらかな丘陵がありましてね、そこの斜面にウシがのんびりと草を食《は》んでいたり、お馴染みのバター飴でしか見たことのないサイロが建ってたりなんかする。あれはもっと貴重品かと思ったら、やたらあるんですね、あのサイロってのは。初め見たときは、

「アーッ、サイロだぁ！ 見てー、サイロほら、ほら、サイロ。あそこにも、アッこっちにも。……あれ？ なんだサイロだらけだ」（笑）

なんてね。そういうとこでしたよ。

広いんですよ。まっすぐな道がどこまでも続いてましてね。あそこはほんとに行けども行けども北海道で。やっと北海道を乗り越えたかなと思うと、また北海道が出てくるんですね。すごいですよ。おいでになった方はおわかりでしょ。

あそこは、つまり人の生活が先にあって、そのあとからその生活と生活を結ぶための道ができたっていう、ンー、できたというよりは造った。そういう……まあ、こっちの、われわれ内地のほうはですね、まず人が住みやすいところへ住んだ。人と人が交流したいために道がだんだんにできた。

ところがむこうはそうじゃないんです。なんか知らないけど、地図の上にやたらまっすぐ線引いてその通り。途中に川があろうが丘があろうが林があろうが穴があろうが、もうまっつぐなんですよ。ずぅっ――――と、ダーッと。

大体土地というものは高く低くとうねってます。それを迂回《うかい》しようなんてことは考えない。ただ、ひたすら一直線。一ぺん下がって、また上がっていく。つまり、丘の谷間を越えてむこうのほうに出てくる。鉄砲でいうと照準にピタッと合ってどこまでもまっすぐなんですね。こんなに意地になってまっすぐにすることないんじゃないかと思うぐらい。

たまにはシャレにちょっとぐにゃぐにゃっとしてみたり、何かしてみたっていいんじゃねえかと思うんですけど、そういうことをしてる暇がないほど、まっすぐなんですね、むこうは。

ダーッ。大きな、むこうが見えない丘がありましてね。そこにダーッと道が登っていくんですよ。そのむこうへ行ったら今の仕返しでこぉーんなカーブがくるんじゃねえかと思うと、行っても行っても、クーッとやたら真っ直ぐ。

地図を買ってご覧になるとわかりますが、大体、道路地図で全国載ってるの見ますと、ほかはみんな二十五万分の一とか、三十万とか四十万とかって、基準がみんな決まってます。本州、四国、九州、みんな決まってます。北海道もおんなじようなつもりで見てるってぇと、とんでもない話。北海道だけは五十万分の一とか六十万分の一とか、縮尺率が激しいんですね。ですから、こっちでこのぐらいは何キロだから、むこうでも同じようなもんだろうっていうと、これがむこうへ行ってみると、とんでもない話。それぐらい広い。

まあ、なんといっても広いというだけですね、あそこは。でもそれがいいんです、外国に行ったようでしたよ。

地球がまぁるく見えるっていうところがあるんですね。開陽台《かいようだい》っていうとこがね。ええ。これは、そうですね、北海道の地図で見ると右手のほう。皆さんのほうから見ると、こうなって、こっちの右のほうですね。道東といわれるほう。開陽台。

まぁるく見えるって、あたりめえじゃねえか、地球はまぁるいんだ、まぁるいのはあたりめえじゃねえか、そう思いましたよ。

あたし、外国行くんで船に乗ったことあるんです。そのときだって地球まぁるく見えましたよ。水平線がね。こう、すこーしまぁるいんですね、こうね。なるほど地球はまぁるいっていうのがわかります。定規で当ててみると、いくらか端がこう……（笑）。

だから開陽台っていうとこ、今年行きました。まぁるく見えるのはあたりまえだ、わざわざ行くことねえじゃねえかと思ったけど、ほうぼう回り尽くしちゃったんで、じゃその開陽台へ行ってみようかということになりまして、行ってみたらね、この「まぁるい」っていうのは、違う「まぁるい」です。自分を取り巻いて、ぐるーっと、まぁるいんですね（笑）。つまり、地平線が自分をまぁるく囲んでいる。こーれは驚きました。

ニッポンじゃないですね、あれは。そうかっつってロシアじゃありませんよ、あれは（笑）。やっぱりニッポンですけどね。

この景色には、あっ、といって驚きましたね。

その景色がもう晴れたり曇ったり、もちろん季節によっては雪が降ったり風が吹いたり、陽の当たる形が変わったり、もう見渡す限りの……。で、台っていうくらいですから高いんですよ。高いところからこういうふうに見渡せるわけです。ですから、平野をこう毎日飽《あ》かず眺めて三月もテントを張って、そこに住み着いちゃってる若者がいーっぱいいるんですよ。驚きましたねぇ。

飽きると思うんですが、なるほどそこに立ってみたら、これは飽きない。それだけ広い。ただただ見渡す限り、こう、ひろーい……。空気はいいですから、こまかーいところまで見えるわけですね。で、その中を望遠鏡でこうしてなにしていたら、もうそらね、とても十日や二十日じゃ見尽くせませんよ。なるほどなあ、と思いました。

あっちのほうへ行くってえとね、そういう、これまで知らなかった、本当の自然と親しもう、原点に帰ろう、という気分に人間はなるんでしょうかね、そういう若者がうようよいます。世の中広いなと思いましたよ。

御当地九州にゆかりがあるっていえば、こんなことがありました。

去年の北海道、九州と続けてまわったときの忘れられないこと。

知床《しれとこ》半島っていうとこがありますね。歌にありますね。

〽しれ〜とこ〜（急に朗々と）のぉみさきにぃ〜

なにも急に声変えることありませんけどね（笑）。

知床半島っていうのは、北海道がこうありますと、皆さんのほうからいうと、えー、右上端のこうとんがってるとこですね。ほんとに、北《きた》・東《ひがし》、北東のいっちばん端っこです。そこの半島の北側の根元にシャリというところがあります。シャリったって、鮨じゃないんですよ。ね？　斜里。そういう町があります。

町なかのガソリンスタンドでもって我々のガソリン給油をしてましたら、一行、北海道は五人でしたかな去年は。給油してましたらね、長く使い込んだっていうか乗りくたびれたような、これでよく走るなあというオンボロの単気筒のオートバイが来ましてね。

荷台から両脇、ハンドルにまで荷物いっぱい付けてんですよ。キャンプ用品、ナベ、ヤカンだとか、それから、なんかわけのわからない風呂敷包みだとか、とにかく花電車みたいにごちゃごちゃくっつけてオートバイの周りにもぶらぶら、いろんなもんがわけのわからないもんがぶらぶら、うわぁ汚いなあ、という感じ。で、釣竿《つりざお》まで荷物の間に刺さってんですね。釣竿の先が天に向かってゆらゆらウキと一緒にゆれてやんだよ。きっと野宿をしちゃあ釣りして食って、その、そういう暮らしをしてるんでしょう。

そいでね、その荷物の一番後ろにね、よくスーパーでくれる、乳白色のポリ袋があるでしょ。あれのね、パンパンにふくれあがったのをふたつこう結わえつけてあってね。なにがそんなにふくれてるのかと思ったら、なんだかね、ミカンの皮だとか、缶詰のカン、コーラのびんだとか、アルミホイルを丸めたやつ、割り箸だとか、なんかつまりゴミです。ゴミを二袋。

何してんだろ、拾って歩いてんのかなと思ったらね、そうじゃなかったんですよ。ツカ

ツカッと入ってきて、

「すみません、ゴミ捨てるところありませんか」

と言うんですよ。ガソリンスタンドのひとが、

「裏のドラム缶に捨ててください」

って。裏のドラム缶に持ってってボーンと捨ててね、カラーンと。

ちょっと声かけてみましたよ。

「なに？　ゴミ捨てるって、なに、これ。こんなにたくさん。どうしてんの？」

「毎日こんなことしてるものですから。昨日はこの先の山の中を歩いて登ってそこで泊まって、自炊して食べたんですけど、ゴミが出たんで持ってきたんです」

それ聞いただけで、もう唖然《あぜん》としましてね。もう汚いんですよ。なんかもう薄汚れてね。不精っぴげ生やしてまだらに日に焼けた汚いヤツなんですよ。あんまりお友だちになりたくないような人なんですよ（笑）。

だけどね、われわれ恥ずかしながらね、ガムなんか嚙んじゃペッ、ってほき出したりなんかして、なーにこれだけ広いんだからいいじゃねえかってなもんでね。ついついやったりもしましたよ。

ところがね、本当に彼らは自然を愛してるんですね。きちんとゴミを片づけて、驚きま

した。急にとっても恥ずかしくなりました。

あ、おれたちは負けたな。一瞬そう思いました。だって、こっちは立派なといえるかどうかしらないけど、みんなきちんとした格好して、お揃いのヘルメットなんかかぶって、むこうはよれよれのホームレスみたいなかたちなんですよ。山の中のゴミを町の中まで捨てに来る人にはとても見えませんよ。

ひょいっと見たらね、オートバイのナンバー、「福」って書いてある。なんだ「福」ってのは？　福島と福岡しかありません。福島は「福島」って書くんです。「福」って書けんのは福岡だけなんです。

「あれ、どこ？　きみ」

「福岡です」

「福岡のどこ？」

「飯塚です」

「え？　飯塚？　どうやって来たの？」

「ええ、三年前にくにを出ました」（笑）

なんかどっかで聞いたような台詞だなと思ったら、浦島太郎がたしかそうだったんですよね。三年たったと思ったら三百年たったって、あの三年前ですよ。そうなんですって。

それでね、流れ流れてオートバイで北海道へ来て、来てみたら北海道があんまり広くてね、自然そのままが素晴らしくってね、ここから離れられなくなっちゃった。ほとんどもう三年ここにいるって。

「で、何してるの？　生活は？」

「ですから、ときどきアルバイトして、冬はスキー場のリフトのアルバイトとか」

おカネができるとまた旅から旅。オートバイばかり乗ってると足腰弱っちまうから、オートバイで出かけていっちゃ、ふもとにオートバイを停めて山登りをするんです。それで、野宿をして、バンガローみたいなキャンプみたいなの張っちゃあ、で、ゴミを集めて、またふもとに持ってきて捨てていく。

もうほんと、後光が射してるような気がしましたね（笑）。

ほいで、飯塚のね、「名前なんていうの？」っつったら、野田っていうんですね。その青年、野田君。

ところがね、縁っていうものは不思議なもので、さきほど申し上げたように、去年は北海道を回ったあと、そのまんまフェリーで東京で乗り継いで、宮崎県の日向へ上陸して、九州をぐるっと回ったわけですが。その行程に飯塚の公演がはいっていたんです。去年の夏。

だからね、

「飯塚？　ああ、そう。あと何日かで、この一団で飯塚へいくんだけど、そのときまでに、くに帰らない？　きみ。帰ったら一緒に会えるんだけど」

「帰らない」

「よし、そうか。そいじゃあ、きみ野田君ね、野田君。うん、わかった。それじゃあね、こういう人に会ったということを飯塚の高座の上で言うから。舞台の上で」

二十日ばかりあとになって飯塚の（舞台の）上で話すことになるんですがね、いま言ったような顚末を。素晴らしい話です。

だってあれからっていうもの、何か捨てようとすっと、

「ああ、ダメだよそんなところへ捨てちゃ。野田君にすまないと思わないかい」

ってなことを（笑）。

ねえ？　これで、噺家が立ち直っちゃったわけですよ（笑）。

野田君のおかげで更生の道がひらけたわけだ（笑）。ねえ。

ほーれで、飯塚の舞台の上からこの話をしまして、

「野田君、三年前に出たオートバイ少年・野田君。歳は大体いま二十一、二ぐらいになってましたけど、野田君元気でしたよ。野田君のお母さん、いますか？　いたら手を挙げて

下さい」

って言ったんだけど、だれも顔を見合わせてね、手ぇ挙げないんですよ。おっ母さん来てなかったのかな、じゃ親戚の人いるかもしれないっていうんで、

「この中で、野田っていう名字の人、手ぇ挙げて下さい」

ったら半分以上、野田なんですね（爆笑）。

これにも驚きましたよ。それじゃなおさら顔見合わしてね、手ぇ挙げないわけなんでね。

だからまあ、そんな縁がありまして、北海道と九州、ほんとに遠いようで、なにか近いような感じもいたしましたですね。

まあ、そんなことがありました。

さて、今年はですねぇ。昨日、北海道にいたんですからね。考えてみると、変ですね。寒かったですよ。ダウン着てましたからね、あたくし。東京へ来たら、いやに生あったかくってね。こっちに来たら、なんです、今日のこの暑さは。日本列島ってそういうとこなんですね、きっと。

北海道は冬で、今ここは夏ですね、沖縄は紅葉でしょうね、今は（笑）。

しいかと。
フフッ、まあ、そんなことはないでしょうけど。でも、一度おいでになってみるとよろ
今年は食べ物のほうでトピックスといいますと、そんなに変わったものはありませんで
した。あっちは。どこへ行ったって、カニとトンモロコシとジャガイモです。……あと、
まあシャケ、スジコ、このたぐい。ところがですね、どこででも出してくれるんですが、
どこでも同じ味かなと思うと、そうじゃないんですよ。バカにうまいとこがあるかと思う
と、もうイヤんなっちゃうぐらいまずいとこがあるんですね。
NHKのテレビで羅臼《らうす》のところをやったんですよ。弱っちゃってね。ま、大半ヤラセが
多いんです、テレビってえのは。あたしはヤラセが嫌いなもんですからね。こっち向いて
こんなことしてください、とか言うんです、むこうが。
でも、あたしは協力しません。取材したきゃ勝手にしていいから、ヤラセをさせるな
と。自然な姿をちゃんと撮って、しかも感動のあるようなものに仕上げる。それがきみた
ちプロの腕じゃないかっていう。それがわたしの考え方ですからね。多いですよテレビ
は。ヤラセばっかりだ。
で、楽屋にいましたらね、放送をご覧になった方は覚えてらっしゃるかもわかりません
けど、土地の人が小三治さんにいろいろね、なんですか、献上の品を持ってきたっていう

んですよ。献上の品。これがね、羅臼昆布なんですね。羅臼昆布。それからこんな大きなエビ。北海エビとか何とかって。こんな大きな皿にね。それで、こんな大きな皿にエビを山盛りとね、こんな大きな皿に羅臼昆布を山盛りにしてね。

高いんですねえ、羅臼昆布ってのは。昆布、今度お買いにおいでになるとわかると思いますけどね、そうですね、有名なのは、日高昆布ってのがあります。それから利尻昆布ってのがあります。それから羅臼昆布ってある。

これは実はですね、羅臼昆布は利尻昆布の倍ぐらいします。利尻昆布は日高昆布の三倍ぐらいの値段で、っていうことは、値段的には羅臼昆布は日高の六倍ぐらい高いんですね。普通、「北海道名産日高昆布！　日高昆布、すごいね！」なんて言ってるのが、実は羅臼昆布の五分の一か六分の一ぐらいの値段なんですね。逆に言うと、そのくらい値打ちがあるんですよ羅臼昆布は。確かにおいしいんです。

今ちょうど採れてる時期ですけどね、こう口ん中へ入れるとね、甘味があって、香りがよくって、フワァッと厚みがでてくるんですね。これはちょっとないんです、ほかの昆布には。それがね。NHKが映すってぇんで、こんなに山盛り持ってきたんですよ。あたしゃ、「あとで返して」って言われるんじゃないかと思いました（笑）。言いませんでしたけど。だって今まで一番たくさん持ってきたときだって、丸ごと一枚だけですよ。

それテレビで映ってるんで六枚も七枚も持ってきた。ハハハ（笑）。素朴な北海道ですからね。マスコミにまだウブなんですね。おかげでうまいもん食えましたからよかったんですけど。それとね、あ、そうそう、今そんな話をしようとしたんじゃないんですよ。

あのときですね、タッパーに入れたイクラのしょうゆ漬けというのを持ってきてくれたんです。羅臼です。それを食べるシーンがあったんです。ご覧になった方は分かるかと思いますが、あたしは、うまい！　って顔ができないんですよ、まずいものは（笑）。うまいものなら「うまいなあ。こらうまいよ！」ってやる。

ところがねぇ、どうしてこう私は正直なんでしょうねぇ。「……ン……ン……ン」ってちょっとうなずくだけ（笑）、これがこの時の精一杯のあたしのお世辞でしたね。しょうゆがききすぎてしょっぱくて、皮が固くてね。

どうしてこんな話を持ち出したかというとですね、最初に羅臼の落語会が開かれた年、われわれがオートバイに乗って北海道を訪ねるようになってから六年目になりますが。その最初の年、われわれ落語二輪集団「轉倒蟲《てんとうむし》」の一行の中で金原亭伯楽《きんげんていはくらく》というのが知床峠でもって崖から二十メートル下に転落しまして。ま、大した怪我じゃなかったんですね、あばら六本と鎖骨一本で（笑）。

で、羅臼で入院をしたというのがきっかけで、明くる年から落語会が始まった。つまり羅臼は二年目から落語会が始まりました。その年に出されたイクラが、これァーうまかった。

ソンときは、ほんとにうまいうまいって、なくなるまであたしゃそれを持って離さなかった。むこうはその印象が強かったんですね。

で、まァ、やっぱり、さっきも言ったように、同じ土地でも同じ時期でも、うまいイクラとまずいイクラがあるんですね。それも天と地ほど違いがある。でもね、そこがまたいいとこなんです。あそこへ行けばいつも同じイクラが食べられるっていうんじゃ、面白くないですから。

今年はハズレちゃったよ、こんな遠くまで来てハズレちゃったよ、っていう、そのくやしさが、明くる年には、アタルかもしれない！

つまり、わたしの落語会と同じようなもんですね、これは（笑）。

たまにはいいことがあるかもしれないいっつって、みんながっかりして帰るわけですね。これがまたこっちの楽しみなんですね、ハイ（笑）。

まあ、そんなことがありましてね。イクラはハズレでしたね。イクラのうまいところはね、結局どこでしたっけね、一ヵ所ありましたね。日高の、それこそ日高の山ン中。どうして山ン中においしいイクラがあったのかよくわかりません。一つの流通機構でしょう。日高ケンタッキーファームという牧場でウマのお稽古をしましてね、そこのごはんが、イクラがうまかったですね。

　稚内でおいしかったというのは実はカニで、それはほんとにおいしかったですね。タラバガニという。缶詰になって高いカニですね。もうほんとに貴重品ですね、今。あのタラバガニの缶詰なんてほんとにね、へたすると万ですよ、万。一個がですよ。カニですよ。カニ缶がですよ。こうなりゃ鎖でも付けて首にぶら下げて歩きたいですよ（笑）。

「なにそれ？　首の、えっ、タラバガニ？　すごいねえ！」

　そのぐらい高いんですよ、あれは。

　このごろ輸入のタラバガニもありますね。なぜか輸入物はおいしくないですね、カナダ産とか。同じタラバガニなのにどうして違うんでしょうかね。やっぱり日本のほうが、そういうおいしいっていう伝統があるんでしょうか。よりおいしく、より選んだものを缶詰にするんでしょうかね。ただしね、カンヅメではうまいんですが、なかなか、姿で出てきたまんまでうまいってことはめったにないんです。お土産に買って帰った方、あるいはもらったことのある方もいらっしゃるかもわかんない。何しろ高いんです。こんな脚が三本ぐらいで一万円ですからね。高いですよ。

それがですね、ドバッと旅館で出てきちゃったんです。それをですね、一行六人で一匹平らげる。うまいですよ。それはほんとにおいしかったですね。身がいっぱい詰まってましたね。いぃっぱい詰まってましたよ。詰まってりゃいいってもんじゃないんですが。それが、こう、張りがあってシコシコしてね。そうですね、脚一本がビール瓶の長さよりもずっと長かったですね。

それをバキッ、っつってね。ガプガプガプッと、こういくんですね。そうするとそれ一本で主食になっちゃうんですね、脚一本で。一本食べておなかいっぱいですよ。おいしかったです。

ジャガイモはまだ少し早いんですね。トウモロコシはおしまいでした。出るには出ますけど、皮が固くて。味はいいんですけど、決してうまいとは言えなかった。ジャガイモですけどね。新ジャガってのを名寄《なよろ》で出されました。まだ出荷はしてないんで、お百姓さんの家にまだある。それを楽屋で出してくれた。もう落語なんかやってる場合じゃなかったですね。うまかったですねぇ。またバターがね、そのゆでたてのホクホクしたところへ溶けてね、ハグッ、クリームみたいだなぁ〜！　なんていう。

おいしいってことはほんとに素晴らしいことだなと思いますけどね。しかし、それにしても広いところでしたよ。

日本は、今はずいぶん、耕うん機だとかトラクターだとかああいうものを動員してますね、田植え機とか稲刈り機だとかね。こんなとこで稲刈り機？　っていうぐらい狭いところでもずいぶん稲刈り機使ってますね。無駄なもんだなと思いますけど、北海道へ行くと、ああいうものがなくっちゃどうにもならない。稲刈り機は広いところのためにできたんだなと思うぐらい広いですから。

また向こうへ行ったら、九州の宣伝もしましょうね。

フグがおいし〜ぃ……北海道はフグないんですよ。フグがおいしいんですよ、九州は。ずいぶん長く食べてないけど（笑）、って、ほんとのことを言います。

高くって食えませんよ、ほーんとに、おいしいフグはね。

フグもいろいろありましたが、ほんとのことを言うと、やっぱりキモがちょっと混ざらないと味が出ませんね。ちょっとセコいフグになるってぇと、目ぇつぶって食わされたら何の魚だかわからないぐらい、味がしないでしょう。そこへあのかけらをちょいっと混ぜるんですよ、キモのかけらをね。大分県しかフグのキモは出せないんですってね。どうしてか知りませんけど。うまいんですよ、あれは……よろしくお願いいたします（笑）。

ずいぶんと広いところですから、町名、町の名前、びっくりしましたね、あたくし。夕張という名前、お聞きになったことありましょう？　炭鉱で有名です。こちらですっていいうとあの辺ですね、つまり飯塚とかあっちのほうのね。こっちは、ほら、ボタ山ってのがありますね。むこうはボタって言わないですね。

「うわ、大きなボタ山だな」っつったら、「なんです？　ボタヤマ」って。

むこうはズリっていうんですね。なんでか知りませんけど、同じことなんですがね。

その夕張。行きました。そしたらね、夕張市っていう土地、広いんです。「ずいぶん広いですね」と言ったら、「ええ、香川県とおんなじ広さです」。腰抜けましたね。そんなに広いと思って言ったんじゃないんです。ちょっとお世辞のつもりで。

「広いんじゃないですか、ここは」「ええ、香川県とおんなじです」ってぇんですから、夕張市が。そら広いですよ。上には上があるもんだなと思いましたね。

東京……東京都より広いんじゃないか、ひょっとすっと。どっちが広いですかね、東京都と香川県と。いろんな人が住んでます。東京へ帰ってきて、電車に乗って、フッと気がついたら、シートに座ってですね、自分のまわり五メートル以内に三十人以上、人がいるわけですね。むこうにいるときは、三十人集めるには十キロ四方ぐらい。そんな感じでしたよ。つまりカルチャーショックってのはそれなんです。


（博多独演会　1987・9・25）

『宿屋の富』枕

パンダ死す!!　円生も

えー、まさに花冷えというような塩梅《あんばい》で、花冷えというには、もうひとつ冷えてもいいんですが、まあ、これもおまけして花冷えということにしておいて。

えー、鎌倉の駅、さすがに土曜日ですね、たいへん人が混み合います。もちろん地元の方もいらっしゃるが、地元じゃない方もずいぶんと、駅前混み合います。（お茶をする）まあ、そううまいってわけじゃないんですけど、やっぱりときどきは食べたくなるものに鳩サブレーってのがあって（笑）。

大体ああいうものは、例えば鎌倉なら鎌倉の落語会とかってぇとこへ来れば、楽屋で、お一ついかが、って出るんだろうとは思っていたんです（笑）。

でもひょっとして出ないとさびしい思いをするので、じゃ自分で買ってこうと思ってね(笑)。駅降りてから改札出て左のほうグルッと回って、あすこで、えー、あれは五枚入りが幾らでしたかかな。四百三十円だったですかね、なんだかそのぐらいのものを二つ買って、楽屋へ入ってきた途端に、これお土産にどうぞ、ってんで、こんな大きな缶をもらいました(笑)。

そんならそうと、早く言ってくれればね(笑)。まあしかし、それはそれでよろしいじゃありませんか。

で、二つ買ったのを一つあげて、お一つ、お手伝いの方に、「いかがです? これおいしいですよ」って出したら、とても困ったような顔を……(笑)。どうして困ったような顔してたんですかね。

ああいうものは、この辺の人はしょっちゅう食ってるから、いらねえや、っていう意味なんでしょうか。それとも地元にありながらめったに食べることのないものを、遠来の方にすすめられたというので、ちょっと困ったような風情だったのかもしれませんが。

まあ、どっちにしても、鎌倉へ降りた途端に、今日はそんな心境でした。

ちょっと気になったことがありましてね。

このごろ年をだんだん重ねてきたせいですか、年寄りは短気だなんてぇことを言いますが、もっともあたしはそう考えてみるってぇと、若いうちからずいぶん短気で、しょっちゅう気になったことがあっちゃあ、つっかかって損をしたことがたくさんあります。

今日は……明日が選挙なんでしょ？　この辺もね。うちのほうも選挙ですからね、この辺も選挙じゃねえかと思うんですが。今日の八時までだってんで、えー、駅のところに陣取っていろんな方が応援をしてましたよ。なんてぇ人だか忘れましたがね。

えー、ただ、最後に、ちょうどサブレー屋さんから出てきて、こっちに回ってきたら、ご本人が登場して、ンー、その中で、選挙運動が始まって以来、今日まで大きな宣伝カーの音やなんかで大変ご迷惑かけたことを一言お詫びをしておきます、という言い方をなすってたんですがね。そばへ行ってちょっと文句言ってやろうかと思ったんですがね。「お詫びをしておきます」という言い方はとても不躾《ぶしつけ》な言い方で、「お詫びをさせていただきます」というのが本当じゃないかと思うんですね。

まあ日本語も知らねえやつが立候補するんですから（笑）。まあ、事ほど左様でね。ええ。

まあ、でもなんか、だれか入れてやってくださいよ（笑）。

だれも入らないってのも困るんですね、これ。

あれ、だってそらア、確かに投票に行かないってのも意思表示だってぇますけどね、全員行かなかったらどうなんですか。議員はだれも生まれないってことになりますよ。そうなるとどうなんですかね、あれは。

じゃんけんですかね（笑）。それともサイコロか何か振るんでしょうかね。

えー、今年あたくしは、ンー、正月のありゃ三日でしたかね、NHKから頼まれて、正月の三日に、あのー、生放送でしたけど、『新春寄席』っていうのがありまして、そこで司会をやってくれってんですよ。

あたしね、司会はダメなんです、司会は。

大体、決まったことを決まったとおりに運ぶっていうのはとてもダメなんです。だからここへ来ても、あたしの場合には、ネタを出しませんよ、何やるっていうのが、決められるということが、とても窮屈でイヤなんです。心が解き放たれない（笑）。

大体こういう会やって、仕事だと思って義務を果たしに来るっていう感じだったら、とてもうれしくないですよね。ええ。鎌倉へのんびり出かけてって、まあお客さんがいなけりゃ帰るし、いればやらなきゃなんねえし、っていう、まあそんなとこから始まって。

あたくしはそんな野郎でございますからね、司会はダメなんですよ。決められたこと、次はだれ、なんて、そんなことだれだっていいんです、そんなものは。あー、出るはずの人が出てっていうしかないんですね、あたくしはね。ええ。

やっぱりそのときも、なんか、大阪と三元中継か何かで、総合司会……ヨンケン、ヨヨ四元中継ですかね、新宿末広亭と、上野の鈴本とね。次は新宿へいくんだか、大阪へいくんだか、よくわからないんです。ただ、そばに松居直美っていう女の子がいて。これがなかなかね、若いくせに頭がいいんですよ。

べつに年寄りだから頭がよくなるってもんじゃない（笑）。いいやつはハナっからいいんだね。ええ。

そういえばずいぶん、あのー、なんですね、無理して国立大学なんか行った人も中にいるでしょうけどね、まあほんとにご苦労さまでしたね（笑）。あんなものね、無理して入るこたないんですよ。何年浪人したってダメなやつはダメでね。ほっといたって、入っちゃうやつは入っちゃうんですから。

この会でもおなじみの桂文朝《かつらぶんちょう》ね。彼のせがれは京都大学でね、京都大学ですよォ。今年は大学院だっつってましたよ。そういうのもいるんですよ。

おとっつぁん噺家でも、せがれが利口ってのね、ハハハハ（笑）。

大学に入ったときに、おめでとうって言いました。ンー。ま、京都大学だからめでたいってわけではないんですが。なんてったって京都大学ですから（笑）。

でもそうなるには、たぶん、いわゆるなんてんですか、教育家庭で、教育パパ、教育マ

マで大変だったんだろうと思って、

「うちんなか大変だったろう。みんなナリをしずめて、え？　息も出来ない。生きた心地がしなかっただろう？」

っつったら、

「いやあ、そうでもないよ。なんかあんまり勉強しないけど入っちゃった」

って言ってましたよ。うん。そういう人が入るとこなんでしょうね、東大とか京都大学とか。

世間じゃねー。む〜りやり体ひきしぼってね、油ってぇ油、知恵ってぇ知恵、ぜんぶしぼり出してね。そういうひとはやっと受かったっても、入ったときは出涸《でが》らしになってますからね（笑）。

でもせっかく入ってねぇ、さあこれからっていうときに、そのー、なんてんですか、今まで勉強、勉強で、勉強のことばかりやってきて、自分が人間だてぇのをすっかり忘れちまって、計算や、頭はいいかもしれねえけど、暮らすっていう頭がよくなくなっちまうてぇとね、結局どっかに利用されちゃうんですよね、そういう人はね。ええ。

あぐらをかけば体が宙に浮きます、とかそういうことを言われてですね（笑）。そっちのほうの勉強ができてねえから、あー、そうなの？　なんてね（笑）。

あぐらかいただけで体が宙に浮くわけないじゃないですか（笑）。ねえ。

こういう宗教の話はね、難しいんですわ。

そりゃお客さんにだっていろいろいらっしゃいますでしょ。えー、いろいろいるはずです、それはね（笑）。だから難しいんですよォ。宗教のことは冗談で済まない場合がありますからね。

大体、世界の戦争の歴史をひもといてみると、なんであんなに戦争するのかと思ったら、宗教なんですよ。腹減ったから、それだけじゃないんですね。みんな宗教が絡《から》むと、こうだって思っちゃうと、もう一途ですから、それは。

これぱかりはね、ひっぱたいても何してもね、自分から気がつかねえうちには……。

いや、それが悪いっていうんじゃないですよ。いいか悪いかそりゃわかんねえけど（笑）、まあ仮にいいとしましても悪いとしましてもですね……ホラ、こういうとこが難しいでしょ、こういうとこが（笑）。

これ、家族で言ってるときは、「あのバカ」なんて言ってりゃいいんですけどね、えー、いろいろ難しいんですよ、これは。

アー、だけど、争いがあると宗教ってものが必ず絡む。

なぜか日本には、仏教と神道という土壌がありながら、あまり信心深い人はいません。だって、でしょう？　むこうの人なんて、何かあるってぇと、すぐ、こんなことして十字を切ったりね。ま、こっちにもいますよね、そういう、なんかっていえば南無阿弥陀仏ってようなことを言う人もいますけれども、さしてまあ、あれですわ、ですからね……。

えー、何の話からこうなったのかと言いますと（笑）、もう忘れてしまいましたが。

実は今日ね、『笑いが一番』というNHKの番組が今年から初めて、あ、初めてじゃない、改めてスタートして、その司会をやらされた。やらされることになったんです。

これはあたくしね、べつにその番組の宣伝してるわけでもありませんしね、どっちかといえば、見ないでくださいと。

どうして見ないでくださいかというと、その正月やった『新春寄席』、あたくしはあとでビデオテープ見てね、ほんとにね、冷や汗が出ましたよ。たどたどしくてね。どうして古舘伊知郎《ふるたちいちろう》みたいな、ああいうふうにいかないんでしょうかね（笑）。

あの、ホントもウソもみんなごちゃ混ぜにして、たーだ、ペラペラペラペラペラペラペラ（笑）。やっぱりああいう人のほうがいいんじゃないスか、司会ってのは。よくわかりませんけど。

えー、今ここでしゃべってるあたしのもたどたどしいですけど、これは自分の考えでしゃべってますから、たどたどしいながらもまだ相当なめらかなほうです、これは（笑）。もう最初っから、「皆さんこんにちは」っていうところから、もう決められてますから。そっから間違えちゃうんですから。

「柳家小三治です」っていう、自分の名前を名乗るってことも忘れちゃうんですね。だから全然ダメなんです、あたくしは。えー、そんなもん出たって出なくたって、名前言わなくたって、テレビの画面に名前出してくれればね、知ってる人は知ってるし、知らねえ人は知らないで、おんなじですから。

で、たどたどしく正月三日が済んだらば、たどたどしくて、とてもよかった、っていうんですよ（笑）。

どーも、ほめられてるような気がしない（笑）。

それで、たどたどしくやってくれってんですがね、こういうものはべつに自分じゃたどたどしいと思ってないんです。一所懸命やった結果がそれなんです（笑）。

で、たどたどしく、たどたどしく、っていうからね、多少どっかにあったんでしょう、そういう頭がね。

で、今日放送分はもちろん撮っちゃいましたけども、たどたどしいやつが、ちょっとたどたどしいほうがいいなと思ってやってますから、ほんとにたどたどしくてね（笑）。

えー、ま、ごらんにならないほうがいいですね、あれはね（笑）。

で、ただね、その正月三日のときに一番おしまいの締めくくりのところで、時間が少し余りました。余るっていうと、自分の考えで何か言わなくちゃいけない。

で、あたり見ながら、ああ、むこうのビルに夕陽がこう光って、夕陽はあたしの後ろからいくんだけど、前のビルにぶつかって光って、何となくこちらも明るく赤い色になっていいもんだね、なんて言いながらつないでいると、まだ時間があるっていうものですから、今年一年始まりましたけど、今年は何かいいことがあるように、一つでも皆さんにいいことがあるように、って。それは本心でしたから、それは自分の考えだから自分のスピードでしゃべりました。ンー、ほんとにそんな気がしたんですね。

あたし、なんかこう予知能力があったんでしょうかね、予感がしたんですかね（笑）。今年はろくなことがありませんね、ほんとに（笑）。

始まった途端にあの大震災でしょう。ンー、あたくしもね、あの当座はどうすることもできませんからね。ンー、湾岸戦争なんかのときには、むこうのほうだっていうんで、なんとなく、まあそう言っちゃ悪いけど、面白半分で見てたっていうところが、そらぁ認めますよ。一種のゲームのような気がしてね、テレビだけでやっていられるってのは。

それで、テレビ見てるうちに、隣のうちに爆弾が落ちたとかっていえば、そらぁ、冗談じゃねえってことになるけれども、それが阪神の場合にはそうなりましたから、行って、たとえ瓦一つでも運びたいって思う気持ちは、皆さんとおんなじようにあるけども、どうすることもできない。なんとかならないかな、なんとかしてあげたいなと思うけど、それを何していいのかもわからない。だけどなんかしてあげたいというのが、これは皆さんとわれわれとおんなじような心持ちで見ておりましたが。

で、毎日毎日、少しずつ少しずつ復興していく、あるいはまた、知られざる被害が見つかって、ああ、こんなことがあったんだっていう。

もっとも、逆に地元の人は、いい加減にしろと。おまえら取材、取材ってどんどん入ってきやがって生活してるおれたちの迷惑をなんだと思ってんのや、なんてテレビカメラに向かって文句言う人もいる。それもそうだな、って思いながら見ている。

で、どうなっていくのかなって思ったら、ある日それがパタッと報道されなくなって。というのは、なぜかというと、つまり地下鉄が出てきちゃったからですよ。

だからあのー、阪神大震災にとって地下鉄はかたきです、あれは(笑)。

大体テレビとか新聞とか、報道物ってのはみんなそうですがね。あれ、大変だからってワーッと放送してるとわれわれはつい思いがちですけど、そうじゃないんですね、あれ。

ほかにやることがねえから。こんなことやっときゃ、まあとりあえずはいいだろうっていう気持ちがなくないんじゃないですか、あれ。

今日、テレビ局の方はいないでしょうね、今日ね（笑）。いれば、その方中心にお話ししたいと思いますが（笑）。

だって、大変なことですよ、あれは。大震災は。今だってまだまだ、もう平気になっちゃったわけじゃないんですよ。雨が降れば降ったでやっぱりわれわれは心配しなくちゃいけないし。ええ。それだってのに今はもう毒ガス一色でしょう。そら毒ガスも大変ですよ、それは。大変だけども、だからっつって、今まではあんなに、一日中かかっていたべタに放送していたものがですね、ほとんどなくなっちゃうというのは、どうなんですか、人間として。モノの価値観じゃないでしょ、それ。

ただ、いま話題かどうかっていう、それだけでしょ。


あ、この帯ね……いろんなこと急に思いつくんで（笑）。話は飛びますがね、この帯はね、実はこれはある方の形見でございます。ある方というのは、まあ、噺家なんですけど、噺家ってのは生きてるときだけのものでね。死んじゃやぁね、なーんだっつったって、えー、そういうもんですよ、ええ（笑）。

つまり人間はそのときそのときですから。今、自分たちが生きててどうかっていうことが、結局は問題なんですな。

これけっこう有名な人なんですよ、この人。まあ、もうみんなね、死んでからだいぶたったから忘れたでしょうけどね、この帯ね、あたしにとっちゃあ、そりゃ宝ですよ。あのー、あれです、三遊亭円生っていうかたですけどね。ええ、ええ、もう今はだれも忘れ去られてね、ただのジジイですよ、考えてみれば（笑）。

でー、なぜそんなこと急に思い出したかっていうと、円生師匠が亡くなりました。われわれにとっては大変なショックでした。大きな柱でしたから。

でー、次の日、新聞に大々的に出るはずだったんです。そしたら同じときにね、べつに死んだ人がいるんですよ。死んだ人と言えるかどうかわかりませんけど。

なにかっていうと、上野動物園のパンダです（笑）。

まずいときに死んじゃったんです、これは。ほんとは一面に相当大きな活字で、「三遊亭円生逝く」とか、なんかそういうふうに出るはずだったんです。

それが次の日、新聞、これ以上大きな活字はないっていうんで、

「パンダ死す!!」

って、こうなんです（笑）。

で、こっちのほうに小さな字で「円生も」って書いてあるんです（笑）。

は。

「円生も」って、パンダのついでに報道されることはないだろうと思いますね、あたくし

だって円生っていう人は、そりゃもう大阪で生まれて、東京へ出てきて養子に出されて、まあほんとに若いうちは面白くもねえ、生意気でどうしようもねえ、シラけた野郎だなんて言われていたらしい人が、五十過ぎてからどんどんどんどん光がこう射してきてって、あれだけの人になったっていう、ねえ、それとパンダとどっちが偉いんだって言いたいんですよ（笑）。

パンダは何の努力も修業もしないで、ただ中国から来て、檻の中に入ってたというだけですよぉ。

どう公平に考えたって、そらぁやっぱりパンダのほうが偉いでしょうね、それは（笑）。

つまりね、えー、そういうもんですね。だから決して大震災は、もう平和にみんな豊かに暮らしてるってことはないんですね。ええ。

ただほら、次々にこう、やっぱり……皆さんもこっから東京へ通ってらっしゃる方もいっぱいいるからおわかりでしょう、今、地下鉄乗るのが、ちょっとイヤな気がしますね。いやもう地下鉄でやったから、この次は地下鉄ってことはないかもしれないけど、でもやっぱりイヤな気がしますね。

今、東京で地下鉄乗るとね、みんな落ち着いて乗ってる人いませんね。座席に座っても、目だけはキョロキョロキョロキョロキョロ（笑）。主に、床と網棚ですね。ええ。で、毎日テレビ見たってね、もううんざりしてますよ。もういい加減にしてくださいよ、もう。おんなじことばっかり、ねぇ。で、なんかもう、ついに発見！　なんていったって、発見したからそれが何だっていうと、何でもないんですよ、昨日と大して状況は変わらないいんですよ。そうしちゃあ、あのー青い服着た栄養失調のおにいさんみたいな人が、あっちの局へ出てきてみたり、こっちの局へ出てきてみたり、そうしちゃあ、それはわたしは係じゃないからわからない、とかね（笑）。それじゃあ、記憶にございませんって言った人と同じになっちゃうでしょ。

だから早い話が、やったのか、やんねえのか、とッ！（ドンッと叩く）はっきりしろッ、はっきり、コノヤロー！　っていう（笑）。

だけどどうですか、ああやって毎日毎日報道されていると、もうすっかり疑《うたぐ》ってかかってるほうが面白いですから、事件としては。だからすっかりその気になって、こっちも、ウーン、ちくしょう、いつまで隠してやんだ、コノヤロー！　って思うかもしんないけど、ほんとはそうではないのかもしれないっていうことも、考えなくちゃいけないっていう番組を、この間ね、NHKでやってましたよ。

このごろNHKが面白い。どう面白いかっていうとね、『笑いが一番』、そんなものはちっとも面白くない（笑）。『NHKスペシャル』とかね、何とか特集とかね、ああいうのが面白いですね、もう。あんな、世界びっくりワールドじゃないけどね、そういう番組よりね、そのほうがずっと面白いですね。

最近見た中でね、面白かったのは、ま、いろいろありますがね、ま、こんな話をし始めるとね、（お茶をすする）また終わらなくなっちゃうもんでね（笑）。

「小三治の会もいいけど、長くてね、あいつの会は。落語聴きてえと思って行ってんのにさ、この前は英語の話聞かされちゃったし」（笑）

だってしようがないんですよ、そういうもんなんだから。あたしは落語家じゃないんですよ、あたしは。噺家なんです、あたしはね（笑）。こうやって話をしてれば、それで済むわけですね。たとえたどたどしくだろうとなんだろうと（笑）。

あ、またね、ちょっとね、話飛びますけどね（笑）。またあとで今の続きはやるとしても、その特集の中でどうしても忘れられないのにね、山谷《さんや》俳句会というのがありました。NHKスペシャル。ごらんになった方もいらっしゃるかもわかんない。

山谷俳句会ってのは、どっかの山や谷で素晴らしい俳句会をやっててんのかなと思ったら、そうじゃねえんです（笑）。ドヤ街の山谷に俳句会があったんですよ。

えー、で、あたくしも下手ながらも三十ぐらいの歳から俳句をときどきひねってますからね。ほんとに好きな人は毎日詠んでますね。あたくしの友達の入船亭扇橋なぞは、もう小さいときから俳句をやって、ああいうのはほんとの俳人ですね。こうやって鎌倉へ降りれば、いきなり鳩サブレー買うとかそういうんじゃなくて（笑）、ちょっとこの空模様を見てペンと手帳を取り出してこんなことしたりなんかする、そういうんですよ。そういうのがほんとの俳人なんです。

あたしは、月に一回俳句会がありまして、その日だけは俳人になります。それ以外はめったに俳句なんかこしらえない。

その山谷俳句会、やっぱり月に一ぺん。二百円出すと、ドヤ街の簡易旅館の一室で、みんな集まって、二百円会費払えばだれでも。もう大学ノートがいっぱい、記録に残ってる。今から二十年前に作ったとか、そんなのまでずっと残ってる。いつの日からかそういうのがあったんですね。

それで十七、八年前に、ある俳句会で、断トツだった句がある。それを作った人は、今はそこへ来てないっていうんですよ。いつの間にか来なくなってしまった。じゃ今いったいどこにその人はいるんだろうってんで、方々調べて、ＮＨＫが突き止めました。

どこにいるんだろうと思ったら、新宿の地下道で、段ボールを周りにめぐらして、そこでゴロッと横になってた、あの中の一人だったんですね。ええ。

で、その人にインタビューするんです。

「この俳句作ったの、おぼえてますか」

っつったら、

「いやぁ、おぼえてねえな」

「今やってますか」

「ま、ときどき考えることもあるけどな。やってねえやね」

「この句はどうやって作ったんですか。どんな状況です？」

「いやぁ、そらおぼえてねえから」

あたくしはね、ときどき、まあ新宿の住人ですから、新宿の地下道はよく見ますし、あの、こう、なんか避けて通りたくなるようなね、いるんですわ。ええ。ところがその中にね、そういう隠れた名人がいるとは思いませんでしたよ。佳い句なんです、この句が。

エー、ちなみにね、先月のあたしが句会で作って、江國滋さんっていう人が天に抜いてくれた、つまり今日作った、いろんな人が作った中で、おれが思うにこの人が一番、この句が一番、っていう、それを天に抜くっていうんですけど、天に抜かれました、あたしの句が。
それが何かっていうとね、
　ふわふわといつのまにやら弥生かな
っていうんですわ。「ふわふわといつのまにやら弥生かな」。でね、山谷で十七年前のこれが一番ってなった句ね、番組をごらんになった方もお忘れだと思いますがね、つまりほら、毎日、日雇いや何かして暮らしてるわけでしょ。で–、仕事もらえた人はいいけども、もらえない人は、区の事務所だか、国の事務所だかに並んで、その日のあぶれ手当ってのをいくらかもらって、で、インスタントラーメンと、なんか、っていう、そんなものを食ってしのぐんですわ。
　そういうような暮らしをしている。それがね、見事に出ていましたね。

　弁当の数だけの土工霜柱

っていうんですよ。こーれはびっくりしちゃってね。「弁当の数だけの土工」っていうところに、そのやっともらえた仕事、しかも弁当がもらえる。なかなか弁当をもらえるなんていう仕事はめったにないかもしれない。だけども、やっぱり弁当の数だけしか土工はいない。土工の数の弁当が並んでいるのが見えます。世知辛さ仕事の厳しさ、そういうものがぜんぶ織り込まれててね。そんな理屈より「弁当の数だけの土工」と言い切った凄さ。本当に体験しているものだけに言い切れる表現。力強いですねぇ。たくましい。

土工でズバッと切っておいて、「霜柱」という二文字をドカッと据えた凄さ。

あたくしも「霜柱」ね、作ったことがありますがね、なかなかそういうのはできません。霜柱を踏んでザクザク音がするとか、そういうような句は作るんですけどね（笑）。

どうですか、「弁当の数だけの土工霜柱」。

まいりました。

ええ？　それにくらべてなんですか、この、「ふわふわといつのまにやら弥生かな」ってね（笑）、そんなもの吹っ飛んじゃいますよ、それは。

それはね、俳句がどうってことより、彼の暮らしをこう、俳句を通して追っかけていくってのがね、これがとてもいい番組だなと思って、とても印象に残りました、あたしは。

ちょうどその直後ぐらいでしたか、NHK特集でもって、『報道と戦争』でしたかな、なんかそういうような題でやってました。戦争に対して映像はどうやって今まで加わってきたか。

ンー、まあ、日本は太平洋戦争の戦争中、ニッポン勝ったニッポン勝った、って言っていながら、ニッポン勝ったはずなのに、突然、空襲があって、攻め込まれて、さっきまで勝った勝ったって言うラジオが、負けましたって突然言うっていう、そういうところも映像と放送とそういうものをあわせながらね、見せられましたね。

あんまり長いことやってっと、その番組四十五分間ですから、そっくりやると四十五分になっちゃいますから（笑）、それを三、四分でまとめなくちゃいけませんが。

あのー、大きなとこで、例えばベトナム戦争。ベトナム戦争はなんでおしまいになっちゃったのかなと思ったら、負けてこりゃ勝ち目がないやと思って戦争はやめたわけではなかったんですね。あれは結局、報道で本当のことをどんどん放送されちゃうんで、アメリカの国民が……軍部は戦いたいんです。政府や軍部は戦いたいんだけど、国民が、冗談じゃねえや、わけもなく隣のせがれや親戚のおじさんや、とうとうおれのところの身内にも召集令状が来やがってとか、そういうことになってきて、だんだん国民が戦う意思がなくなってしまったというので、だって、放送でどんどん本当のことを見せられちゃうので。

いやあ、アメリカは凄いんだ、アメリカ勝ってるアメリカ勝ってる――つまりニッポン勝ったと言いながら、ある日爆弾落とされちゃったのとおんなじように、軍からの報道は、いま優勢にあるっていう発表なのに、なんだか、昨日までなかったような、アメリカ兵が死体になってゴロゴロ引きずられて片づけられていくとか、土壌のなか歩くってえと死骸がゴロゴロしてるっていうような、そういうような放送がどんどん増えてくるんで、おい冗談じゃねえや、おい、何のための戦いなんだ、っていう。

で、アメリカっていう国も大体、戦いが好きなんですね。戦うっていうと、やれやれー！ってって、それで負けそうだっていうと、すぐイヤんなっちゃうって、そういう国らしいんですけどね（笑）。

えー、でもまあ、正直でいいなっていえばいいんですけど。

とに角、このまま戦争続けてると「大統領！　もうじき選挙だからとてもよくないですよ」ってなってあの時の大統領誰だったか忘れちゃったけど、ベトナム戦争すぐやめちゃったてえんだよ。

つまり、報道がどうやって携《たずさ》わってきたか。あ、そう、この前の湾岸戦争。あれも、実はなぜやめたかっていうと、報道なんですってね。ベトナムとおんなじように。

今度はあの、ベトナムにこりてかなり軍で報道陣を規制したそうです。そういえば、毎日夕方記者を集めて戦況報告してましたね。軍が。シュワルツコップったっけ。往年の名ソプラノと同じ名前を名乗りやがって、たってたまたま同じじゃ仕方ねぇけど。あの将軍、うさんくさそうだったねぇ。戦場は科学兵器戦争で、危ないからみんな入っちゃいけねぇ。その代わりこうやって毎日戦況は教えてやるからってんだよ。

オレもあの時はそうなのかってソプラノ歌手を信じてたよ。そのうちいいじゃねえか、こっちは命かけて報道してんだから、死んでもいいんだから報道させろ、ってえのが出て来た。いや危ないからゼッタイダメ、こっから先ダメ！　しまいには、こっから先はアメリカ兵はいないから、ほかの国のやつが戦ってんだから、おまえらそっちへ引っ込んでろってわけのわからねぇこと言われたやつが、そうCNNかなんかの記者がズルして潜っていったら、アメリカ兵がいっぱい戦って、で、ずいぶん死んだりケガしたりしてるっていうんですよ。イラクにも随分ひどいことをしてた。で、そういうのを暴露されちゃったんで、大統領の副官に、「ああいうものを出されたんじゃもういけあせん。すぐやめないと、次の大統領選挙にまずいですよ」って言われて、そうか、じゃやめるかって、次の日、やめた、って発表したってんです。どう思いますこういうの。

だから、映像と戦争のあり方ってものがどんどん世の中と共に進んできていて、こうなって、この先どうなるんだろうということを考えるって番組なんだけれども、アメリカばかりじゃない。ソ連でもって、あ、ソ連じゃない、ロシアでもって、このあいだチェチェンとなんか、ね、チェチェンっていう一種の州が、つまり、えー、日本国の、鎌倉が独立したいって言ったんですよ。

そしたら、ふざけんなコノヤローつって鎌倉へ攻め入ったら、鎌倉はあっという間につぶれた、っていう放送を国営テレビがしたと思ったら、国営……反国営みたいなところもあるそうです。独立テレビっていうのがあって、そこでは同じ日に違う報道をしちゃったんです。

チェチェンの庁舎をとうとう占領して、どうです今はこのように平静になっていますっていう国の放送の映像は、実はそれ以前の何でもない日の映像だったんですって。

独立テレビがその日の映像ですと映し出したのは、ロシア軍から奪った、軍旗とか、鉄砲とか、そういうものを両手でかざしたチェチェンの人が、チェチェンの同じ庁舎の窓という窓でバンザーイ！　ってやってるのが映った。国営テレビには無かったロシア兵の死体がいくつも転がっていたりしてる。それについてのモスクワの町の反応をこの番組製作のＮＨＫが取材する。

どう思いますかね、どっちが本当だと思いますかって、モスクワの人に聞くってえと、たいがいの人が、

「いや、そりゃ独立テレビのがほんとでしょう」

「どうしてです？」

「国の放送はね、しょっちゅうあんなことばっかり言ってね、もう何回もバレてますからね、あれ。ええ。あれウソつきですよ」

なんて、そうふうになって、で、結局とうとうチェチェン侵攻をやめることになったというんですがね。ウーン。

この日のこの番組のテーマは、つまり「報道は戦争をやめさせることが出来るか」ということだったんだけど。

見ていたあたしは、必ずしもそういくとは限らないだろうけど、真実は隠し通せないなってことと、何事も真実を知ることから始まるんだなとね、思いましたね。

最後にNHKは何を言いたかったかというと、テレビを見ていると、放送されたものを見てついわれわれはこれが本当だと信じてしまう。だけど裏には何かあるのではないかといつも考えながら見てなくちゃならないということを、その司会者が最後に言いましたよ。立派でした。

ですが、最後の最後の打ち止めにきっと言うだろうという一言を言わなかったんで、あたしは大いに不満でした。

それは何かっていうと、

「もちろん、この番組もです」

って、ちゃんと言うかと思ったんです(笑)。

だってそう言わなきゃ片手落ちでしょ。それ。いかにもそんなうまいこと言って。

だからあたしは今、その番組を見て以降ですね、特に毒ガス事件がウワッと、こうなってきましたから、今でもですね、栄養失調が言ってることがほんとかもしれない、って気持ちをね（笑）、どっかでちゃんと持ってはいますよ。

どっかでちゃんとは持っているけど、大半は、あんなに報道されちゃうと、ウウ、やったのかやんねえのかっ！（ドンッ！）っていうのが本心ではあるんですけれども（笑）。しかしどっちにしてもです、いつ被害者になるかもしれないと思わされることは、まことに穏やかならざることで、ひょっとすると、日本はこれから先こういう世の中になってしまうのかなって思うと、えー、とても安閑とはしていられない。

平気な顔して表なんか歩いてらんない。もう行くとこありません。

もう寄席へ行くだけです、あとは（笑）。

（かまくら落語会　1995・4・8）

『ぞろぞろ』枕

外人天国

　毎度お運びをいただきまして、まことにありがとうございます。おなじみのお客さまもだいぶお見えでございます。今日初めて小三治を聴いてみようという気になったという方もおいでのようです。
　あるいはまた、落語を今まで一ぺんも聴いたことがないけど、一体落語とはどういうものなのかというのを探りに来たという、スパイのような方も（笑）、おいでになるようでございますね。いろいろです。これがよろしいですね。
　おなじみのお客さまってえのも大変心強くってよろしいんですが、あんまりおなじみのお客さまばかりですってえと、もう、どうせお互いに慣れっこになっちまって、何度も聴いてるからいいじゃねえかっていう気になっちまいますからね。

やはりおなじみのお客さまがおいでになって、また新しい水がどんどん入り込んで、また流れ出ていく方は流れ出ていっていただいて、また新しい水がってえと、まあ、客席はまるで生きた沼のように死なずにすむわけでございますね。

ちょっとあたくしね、私事で残念なんですがね、ま、こんなことはなにもここで言うことはないんですけどね。言うことがなきゃ言わなきゃいいんですけど（笑）。

この会では特にずっと……ま、ほかの方の会はあたくし客席に回って観るというわけにいきません。

あのー、噺家の世界以外、たとえば演劇だとかお芝居、あるいは歌などの世界ですってえと、同じ演者、プレーヤーが客席に回って見ている。それがまた大いに励みになるなんていう習慣があるようでございますが、われわれ噺家はそういうことはありません。

仲間に前へ回って聴かれるというのはとてもイヤなものだという、そういう慣習の中で育ってきてますから、あたくしもだんだんイヤになりましてね。

エー、やっぱりイヤですね。ンー、どうも仲間内に見ていられるってのは、ひとつのテレがあるってんでしょうかね。別に芸を盗まれるとか、それほどのものは何もないので、そういう心配はないんですが。

たとえば弟子に入ったときに自分の師匠の噺だからってんで、前へ回って、つまり客席の一番後ろから、勉強になるからってんで見てるってえと、失礼なことをするなってなこと言われましてね。ハハアー、こういう世界なのかと、そこから第一歩が始まったわけですから、そこに何十年かいるわけで、いつのまにか、やはり仲間に前に回られるってえのは、どうもいい心持ちがしないんでございます。

ンー、おなじみのお客さまで、毎回前へ回って聴いていらっしゃる……まあ、お客さまは前へ回って聴くんですよ。あんまり舞台の上から前見てるってのは……（笑）。ですが、その中で前回はお見えだったんですが、今回はちょっとお見えのない方がいらっしゃる。もちろん、そういう方もあたくしの知らないところでおいでになるかもしれませんが、毎回お見えになってるんで、あたくしも顔なじみになって。

その方は、ご存じの方もあるかもしれませんが、板画の棟方志功《むなかたしこう》先生のお嬢さんなんですがね。別に名乗って出てこられたからよく憶えてるっていうわけじゃないので、よく来てる人だなあと。どうも隣りにいつもおんなじ人がいるから、あれはきっとご主人じゃないかしらと思っていたら……実はご主人でしたね、ええ（笑）。

ご主人でよかったんですが。

つまり、ご夫婦でもって二人でずうっとおいでになる。

片や、別のある機会がありまして、やっぱりお客さまの中で知り合いになった若いご婦人がいましてね。あとでだんだん聞いてみるってえと、その方はその御夫婦のお嬢さんだったんですね。つまり全然違うところで、親子で、別々に知り合いになった。まとまって知り合いになったんじゃなくて、別々に知り合いになったっていうから、不思議な縁があるもんだなって。そこで、つまり、棟方志功さんのお孫さんに当たる方が、「実はあたしのおじいちゃんは棟方志功という、板画をしてた人です」って聞かせて下さったん。

あたくしはね、もともと美術とかそういうほうにはあまり明るくないんでございまして、でも棟方志功ぐらいは、そらあ何しろ、もう一世を風靡《ふうび》した、もちろん芸術的にも高い人ですが、大変に一般にも流行《はや》ったときがありましたからね。いろんなものの包み紙から何からとにかく棟方志功一色という時代がありましたから、知らないわけがないんで。

しかも、私事ですが、あたしのなぜかずっとそばにいる、エー、女がですね……どうしてそばにいるんでしょうねえ（笑）。本を書くくらいイヤならば早く出ていきゃよさそうなもんですけど（笑）、なぜかそばにいるんですが。あれが学校は美術関係でしたが、そこでもって棟方志功先生に、自分が声をかけて講演に来ていただいたというのが大変な自慢で、一緒になった当座から聞かされて、しかも先生からもらった、なんだそうですね、板画の年賀状を、ですから、カミさん宛ての名前のやつを自慢にとっといて、ちょいちょい見せるんでね、エー、結局あたくしの心ん中にもずいぶん深くしみ込んでましたよ。あれ、内緒ですけどね、ホンモノの、印刷じゃない板画ですからね、相当値打ちがあるらしいんですよ（笑）。まだ売ってませんけどね（笑）。

この前カネに困ったとき売ろうかしらと思って探したんですけどね、あんまり大事にしているものってのはそこらにないんですね。あんまり大事にしすぎて、どっか大事なとこへしまったために、今どこへいったかわからなくなっているという。そのうち何かの加減で出てくるんじゃねぇかと思うんですが。

ま、まあ、ずいぶん話が広がって何ですが、その棟方先生のお嬢さんに当たる方が、今すこうし病いを得て長いこと床についてるってんで、それが、この会ばかりじゃなくて、いろいろな会にお見えになって下さってましたので、おや、このところどうしたんだろう？　と思っていたらば、そんな情報をね、伺いまして。

ですからあたくしも、演者としてもずっと、とにかく丈夫でいないってえといけないわけで、そのかわりお客さまのほうでも、同じ人間でございますから、せっかくおなじみになった方は丈夫でいてくださらないってえと、エー、まことにこちらも気がかりなもんでございます。

特にこのハマ音の落語会は毎回おいでになるのを楽しみにしておいでになったので、今日は上がるときに、ああ、今日もお見えになってないんだなあ、なんてね。今さっきからずっと見てますけども、もしかしておいでになったらホッとしようと思ったら、やっぱりホッとできませんでしたので、心配でございますね。ええ。

別にそれがどうしたってわけじゃないんですけど、エー、そういうようなこともわれわれの胸の内にはあるんでございまして。

客席が明るいでしょ、落語の会ってのは。落語の会おなじみの方はお慣れになっているでしょうが、お芝居も行く、音楽会も行く、いろいろ会に、顔を出している中に落語会も行くって方は、落語会っていうといつも客席が明るいんで、かえって恥ずかしい、なんて人がおいでになるんですよ。

恥ずかしいっつったってね、ご本人は何もやるわけじゃないんですから、恥ずかしいことはねえだろうと思うんですが（笑）。

恥ずかしいっていやぁ、あたしのほうがよっぽど恥ずかしいわけでございますからね（笑）。恥ずかしくないことないんですよ、これでも。

やっぱり大勢の方に見られるというのは、「恥ずかしい」という言葉はもう当たらないかもしれないけども、でも一種のそういうものはなくはないんですよ。ええ。

できれば顔を出さずにね。陰マイクか何かで、後ろの屛風だけ見ていただいてやったほうが、ずっとあたくしもやりいいんでございますよ。そうすりゃ寝っ転がってやったっていいわけですから（笑）。

あたくしはこうやって止座してなくちゃならないでしょう。皆さんはちょっとくたびれりゃあ、足を組み替える。あるいはこーう背を伸ばすね、こんなことして背中をねじってみるとかね。

あたくしはわけもなくするわけにいきませんから、登場人物に借りてときどきこんなことをしたりこんなことしたり（笑）、なかなかね、これでストレスがたまる商売でございますよ。気楽そうに見えるでしょう？　この気楽そうに見えるというところがまた、なかなか難しいんでございますよ（笑）。

エー、何の話をしているかだんだんわからなくなった。
ア、それでね、その方は、棟方志功のお嬢さんに当たる方はね、まだ結婚する前からあたくしをご贔屓《ひいき》にしていてくだすってたんですって。何とまぁうれしいことじゃありませんか。このことはそのお嬢さん、つまりお孫さんからちらっと聞いたんではっきり……。
エー、あたくしを、つまり言うなれば持ち上げてくだすってるわけで、そういうことをいちいちはっきり憶えとくってえのは、とても、それこそ心恥ずかしいことですから、ハア、そうですか、ああ、ハア、ハアってぼんやり聞き流してしまったのではっきりは憶えていませんが、たしか十九の歳に何かの加減で池袋演芸場という、客の入らない、いかにも寄席の中の寄席といったような（笑）、そこへプラッと入ってみたら、何気なしにあたくしが出てきて、「おや、この人は」と思って気に入ってくだすったと。

恐らくあたくしと同年配ぐらいですから、ひょっとするとまだあたくしが前座のときかもわかりませんね。

そうやって若いときから目をつけていてくださるってのは、そりゃありがたいし、またお客さまとしても、若いときに「おやっ、これは」と目をつけたものが、年が経るにしたがってだんだんだんだん大きくなっていく、面白くなっていくというのは、また別の楽しみがあるわけでございます。

さっき出た福治《ふくじ》なんかは、これはもうボーッとして、何だかとっつかまえるところがないような風情《ふぜい》でございますが、あれでなかなかね、ある種の婦人にね。ある種ってぇと、なんかとってもいけないような（笑）。中には、っていう意味でございますがね。

あの人は聴いてて、なにか春風のようにのんびりしてていい、なんてそんな考え方もあるんですね。人の評価ってものは、それぞれ好みがたくさんありますから、いろいろあるわけで、もちろん噺家、ここではいろいろな噺家が月替りで独演会をやっておりますが、毎回、だれの会でもお見えになる方もあるでしょうし、中には、あいつぁあんまり行きたくねえけど、こっちには行こうじゃねえか、というようなそういう方もおいでになりましょう。別にどれが正しいとか正しくないとかってんじゃない。ええ。

要するに、好みですから。

でもいいですね、お客さまはわれわれを選べますからね（笑）。

われわれにはそういう自由が許されておりません（笑）。いまだに共産主義の国にいるような気がいたします（笑）。

しかし驚きましたね。共産主義があっという間に、ああいうふうにワーッとなくなってしまうとは、思いませんでしたがね。別にどっちでもいいんですよ、あたくしは。何主義でもいいんです。つまり、落語を聴いてくれるような、そういうこころを持ちながら、人のいとなみをなすってる方がたくさんいらっしゃれば一番いいと……。

別にこれは自分の商売になるからっていうわけじゃないんですが……。

手前味噌になりますがね、いろいろね、まあやったといいますか、見たり聞いたりやったりいろいろしましたよ。ンー、歌もね、歌ったりして、歌手のまねごとをしたことがありました。ええ。お芝居をテレビでやったこともありますし、舞台でやったこともありました。

だけどね、あんまり大きな声じゃ言えませんがね、（ささやき声で）落語が一番いいですね、ええ。

ほかの世界の方が憧れるっていうのが以前よくわからなかったんですが。「落語家にはなりたかった」とかね。なりたかったというんならなりゃいいじゃねえかと思うんですがね。なぜかならないですね。やっぱり利口なんでしょうね。でも、「なりたい」という頭がどこかにずっと、役者になる方でも、歌い手の方でも、中にはそういう方がいらっしゃる。またそれぞれいい仕事をしてるんです。

でもね、このごろね、確信を深めてきましてね、映画もいろいろ面白いですけどね、ま、落語が一番面白いですね。だって、みなさんだって普段の暮らしの中で、ちょっとした行き違いやちょっとした間抜けなことや失敗や、そういうことにぶつかるってえと、これじゃまるで落語だよ。はは、まったくだなぁ。そうか、してみるってぇと落語ってのはよく出来てるなあ。などと思い当たることがちょいちょいあるでしょう。ありますよねぇ。

そんな面白いものを、オレはわざとつまらなくして演ってるんじゃねぇかなあと、思ったりすることがよくあるんです。だから演るよりは、そちら側（客席）に回った方が面白いんじゃねぇか、なんてさ。

どうしましょうかねえ。六十になったら評論家になりますかね、あたくしは。

いいですよね、野球でも相撲でも評論家ってのは。自分が現役時代やれなかったことを平気で、あいつはしようがねぇ、なんてなことを言うんですから（笑）。あんな気楽な商売ありませんよ。ほいで、お客さんはてえとその評論家の言うことを聞いて、ああ、そうか、んじゃあいつはああいうやつだ、なんてね、信じるんですね。

われわれの世界では、ンー、評論家と言われるような人たちに現役だった人は一人もいませんからね。相撲の現役だった人が落語の評論家になってる人はいますよ。よくわかりませんね、これはね。理由が。相撲の現役だったんなら相撲の評論家やりゃよさそうなものに、落語の評論家やるんですね。

野球や相撲で今いないでしょ、そういう人は。野球にはむかしいましたよ、大和球士《やまときゅうし》とか小西得郎とかね。ぜんぜん野球やったことないのに評論家。それはまあ、野球の創成期のころだったからなんでしょうけど。まだまだOBと言われる人たちが出ないころですから。今はね、勝手なこと言ってますね。ええ。「どうも根性がねえ」とかね。

こないだも相撲見てたら言ってましたよ。「どうも根性がねえ」なんてね。やめたばっかりの大乃国でしたよ（笑）。

フッ、フッ、フッ。昨日まで言われてたことをもう明日っから平気で言えるんです

（笑）。なーんていい世界じゃありませんか。ねえ。評論家。

ま、このところ、すこうし、一月の末から二月はあたくしも旅が多くって。一月いっぱいはね、たとえば「初笑い」ってなことを言って方々でもって落語の会があるんでございます。それで九州のほうへ行ってきましたね。

二月になってから突然、北海道のほうへ行きましてね。二月中はなぜか雪の降ってるところばっかり行ってました。雪が降ってるというよりは積もってるといいますかね。積もって坂になってるといいますかね。そういうとこばっかり行っておりましたよ。

理由は申し上げませんがね、二月は大体毎年そういうことにしてるんです。むこうから仕事の申し込みがあるとね、「おたくの近所に雪の降ってる坂がありますか」って（笑）。「うちは沖縄ですから雪は降りません」ってえと、「それじゃまた、あのね、あったかくなってから行きましょう」ってなことを言ってね。ええ。

なぜか雪のある坂道のあるところばっかり行くという、ここ数年来、不思議なあたくしの習性でございますがね。

飛行機に乗ったり新幹線に乗ったりしましょ？　この前もね、新潟へ行こうと思って上野の駅に新幹線に乗りに行ったら、停まらないんですね。上野の駅ですよ。つい先だってまではぜんぶ上野から出たんですよ（笑）。

今、東京駅から出て、早い新幹線は上野へ停まらないってんです。それはそうかもしれないけど、今までの恩ってぇものを考えたらねえ（笑）。

そりゃ今さら恩だなんだってそれは古いじゃないかと言われるけども、そうじゃないですよ。いや何でも恩だ義理だってのはあたしだって好きじゃありませんよ。ええ。でもそうじゃありませんか、そのつもりで上野の駅だって一生懸命支度をして、発展をして、売店だっていっぱいこしらえて（笑）、お客さんもね、付いたんですよ。

お客さんだって上野の駅で乗るときは、こっち側でもってなんかお土産を買って、こっちのほうで何を買ってって、こういろいろ頭ん中で、長いあいだ習慣ができてるんです。それいきなり東京駅へ行ったって、東京駅で何を買っていいのか、どこでどうしていいのか、よくわからない。つまり、人の習性を無視してまで、昨日までご贔屓《ひいき》になった方を無視してまで、こっちの都合だっていうのは、どんなもんでしょうね。

それはね、とてもさびしい思いしました、あたくし。待ってたんですよ。そしたら目の前をね、スーッと通り過ぎていく（笑）。停まんのかなー、っつってるうちに行っちゃったんです。一行の仲間の顔がね、窓越しに見えたんですよ（笑）。

これはなんとなくさびしくありません？

あたくしとてもさびしい思いがしましたね。ええ。

せいぜい、そうですねえ、東京から出てそりゃ急ぐかもしれない。何も赤羽へ停まってくれって言ってんじゃないんですよ（笑）。いいじゃありませんか、停まったって。

今、上野はね、閑古鳥ですよ。上野の駅で以前はほーんと大変でした、新幹線に乗り換えんのは。山手線、あるいは京浜東北線から乗り換えんのはね。またあのエスカレーターが少しっかなくて、これが長蛇の列で、急いで早く飛び乗りたいのに、もうね、前へぎっしりでしょう。どうすることもできないんですよ。

アメリカとかほかの国へ行くってえと、みんなマナーを心得てまして、急ぐ人のために右っかわは一列あけとくって、これどこでもやってんです。日本はしないんです。

とにかく先に来た者が先だってんで、用もないのに先へ行って詰まってたりなんかするんですよ。

世間にはいろんな都合の人があるんですから、あとへ来たって先へ行きたい。自分だってそういうときがあるんだから、そのときのために右側一列ぐらいあけときゃいいのに、あいてないんです。何べん乗り遅れたかわかりませんよ、あたくし。

で、あそこはエスカレーターとエスカレーターの間に、いい具合にね、長ぁーい滑り台があるんですよ。あれを滑っていこうかなと思うと、途中に直角の歯止めがあるんです

（笑）。あんなとこでね、とんでもねえとこ打ったりすりゃ目ぇ回しますからね（笑）。それが今は、エスカレーターが滑り台ですよ。だーれもいないっていう、そんな感じですね。ええ。かわいそうじゃありませんか、上野の駅は。

もう救われませんよ、あそこは（笑）。

別に救う必要もないかもしれないけれども。

上野の西郷さんだってかわいそうですよ、ねえ。

上野って言や以前は西郷さんだった。それが新幹線になった。西郷さんに人が戻ってくるかなと思うってえと戻らないんです。大体、西郷さんの界隈《かいわい》はいま評判がよくない。どうふうによくないかってえとね、西郷さんの銅像の下のところに石段がありやしょう？　京成電車のわきへ降りてくる。あそこは以前はね、家族連れ、あるいは修学旅行といった、あれ石段になっていますから、修学旅行の生徒がみんなでもって記念撮影をしたりね。サクラの時期にはあそこにサクラが散りかけたりなんかしてね、家族連れのお母さんが小さい子の手を引いて一段一段登ったり降りたり、それをお父さんが写真撮ったり、のどかで大変いいとこだったんですよ。

今あそこはね、修学旅行、子供連れ、恋人同士、あんまり行く気しませんよ。

テレビニュースなんかでご存じだと思いますが、あそこの石段のところにはね、まあほんとにね、雨が降ってもですがね、晴れてるってえと、まずあそこを通り抜けることできませんね。ぎっしり人が埋めつくしてね、抜けらんないんです。なぜかあの石段のところにね、ウロウロウロウロ、っていうんでもないですね、立ち止まったまま動かない。いるんです、外国人。ぎっしり、かたまったまんま。

向こうが見通せない。

どうしてあんなになっちゃったんですかねぇ。

ある国の人なんですがね。あたくしは別に人種差別とか、国をどうしようとか、外国を排斥しろとか、今さら攘夷論《じょういろん》なんかぶちゃしませんがね（笑）、あたしは鞍馬《くらま》天狗《てんぐ》の味方ですからね（笑）。エー、いるんですよ。

今とにかく、こちらの横浜のほうもそうかもしれませんが、東京は外国人が多いですね。あたくしが住んでいるところは高田馬場。高田馬場から池袋、高田馬場から今度は新宿方面の間、特に多い。その辺にはうさんくさい安い宿がたくさんあるってんでしょうか。あるいは外国語の学校ってのか、なんかそういう、つまりね、一種のそういう世界ができてましてね。電車の中なんか、乗るってぇともうすごいですよ。

ざっと乗ってますから、空いてるときの山手線なんかこう見渡せますがね。そうするとね、二割は外国人ですよ。いわゆる外国人とはっきりわかる人が二割。あらー外国人なんだ、なんて見てるでしょう。そうするとそばへ立って吊り革つかまっている二、三人連れがね、日本人だとばっかり思ってるってえとね、ヒョンヒョンヒョンヒョン、ヒコンヒョンヒョンヒョン……って、え？　え？　(笑)何言ってるかわからない。で、あれ？　こっちもか？　あれ？　あっちも、つまりね、外国人ばっかり、もう何割いるかわからない。

上野のあそこの石段はですね。その、ある国に限定されてるんです。別にね、その国がどうしたっていうんじゃないんですよ。どうしたっていうんじゃないんですがね、アー、一つの国の人が、それとわかる、しかも働き盛りなんです。出稼ぎに来るんですよ、出稼ぎに。働き盛りの壮年期の男がね、みんな丈夫そうでね、宿無しという感じにも見えるんですよ。洗濯したことのないようなジャンパーを着てね、ズボンをはいて、で、みんなボストンバッグを一つずつ持ってね。で、スニーカーはいてる。いつでも全速力で逃げ出せるという形なんです(笑)。これは危ないなあ(笑)。

そういう人たちがぎっしりいるってぇと、しかも動かないでいるってぇことは、なんとも異様でございます。気味が悪いです。何とかならないもんですかね。

アノー、宗教の関係でしょうかね、イスラム教ってのは男が働く。だから男ばっかり。男だけ。しかも働き盛りのムンムンしたのばかり。

くやしいから勇気を持って向こうへ抜けてやろうかと思うんですが、向こうへ抜け出たときには骨だけになっちゃうんじゃないかと思って（笑）。

いや、そんな気がするんですよ。

だって、いやあたしは相当ね、そういう差別とかそういうものない人間ですよ。ないどころじゃない、大きらいですよ。差別ぐらいいやなものはない。

だけど、こわいものはこわいし、気味が悪いものは悪い。人間として一色に固まってるってのはこわいですよ。

以前、生命保険会社にね、友達訪ねて行ったんですよ。東京駅の前にある生命保険会社。エレベーターに乗って、ひょっと周り見たらぜんぶ女の人なんです。しかも年頃の女の人なんです。

そういうところへ飛び込めたらいいなァ、って夢の中で思ったことはありますがね、いざ気がついたらそういう境遇にいたというのは、とても恐ろしいもんですよ（笑）。

あれはね、老若男女いい具合に混ざってる中に自分がいるからいいんです。ここだって、全員、年頃の若い女の人だったら、やっぱり身に危険を感じます、それは（笑）。

しかも男ですよ。エー、どこの国ってことははっきりは申し上げませんがね。三文字ですね、三文字。カナで三文字ね。日本語で必要ない！　っていう意味の……（笑）。

政府があちらの国との都合で、ビザ無しでもこの国の人だけは入ってきてもいいってなことにしたらしいんですな。それでどっと来ちゃった。何の都合か知らねぇけど、政府も上野の山の事を考えてからやれてえんだよ。

上野の山のことだけを言ってるんじゃねぇぞ。わかってるんだろうなあ。いちいち言わねぇとわかんねぇから言うんだ。

こういうご時勢なんだから外国人はどんどん来て結構。だけど、その国の平和な暮らしやのどかな景色を踏み散らかしてもいいってことはないんじゃないの？
日本も諸外国へ伸《の》していってるわけだけど、土足でひとの家に上がっていくようなことはしてねぇだろうなァ。

よーく、考えてくれぇ。

だから日本を維新に導いた西郷さんだって幅ききませんよ。
きかないわけなんです。また西郷さん自身だっていま評判がね。西郷さんよりもっと評判のいいやつがいるんですよ、西郷さんによく似てるやつで、いやに力の強い外国人がいるんです（笑）。こないだは少し負けが込んだからいいあんばいだと思ったらね、そうでないんですよ、やっぱり強いです、あれは。どうにもなりません。何とかならないんですか、あれは（笑）。

いやあたくしね、別にね、外国から人が来ちゃいけないってんじゃないんですよ。日本はもうこんだけ発達してしまった。経済大国と言われる、いうなれば、経済で言えばいま世界でトップと言われてますよ。そういう国になって、外国からモノが入ってきちゃいけねえ、ヒトが入ってきちゃいけねえ、それはいけません。そうなったらね、お付き合いしてもらえなくなります。日本は外国から付き合ってもらえなくなったらなんにもなくなっちゃうんですから。

つまり、方々の国へ行って方々の国の滴《しずく》しぼり出して、その経済でトップになってる。だから、自分の国へだれも入ってきちゃいけない、何も入ってきちゃいけないというわけにはいかないでしょう。自分だけ得しようってぇのはきたないよ。あたくし経済的な難しいことはわかりません。経済学部も何学部も出ておりませんからね。わかりませんけれども、単純に考えてそう思うんです。

だから、入ってきてもらって結構。でもね、あんまり強すぎます(笑)。それをいいことにね、幕下か、その下のほうにもわれもわれもってのがどんどん入って来てるんですよ。これはイヤな予感がしますね。

今、幕内に三人いるでしょう。今の西郷さんに似た。これがね、どうも一番ホンモノのような気がするんですよ。名前は言いませんよ。個人攻撃になりますからね。佐々木小次郎の相手役という（笑）。下に「丸」ってつくんですけどね。

いいんですけどね。どうしましょうか、ほんとに。

で、もう一人の、あの、いやにほら、背の高い、足の長いのがいるでしょう。やたらに人をにらんで。いくら鬢《びん》付け油で頭こうやって伸ばしてもウエーブが隠しきれないでしょう（笑）。もう基礎体力が違うんですから。もちろん、ハングリーだなんだってことももちろんあるでしょうけど、基礎体力が違いますよ。身体の大きさ。ねえ。もう地力ぜんぜん違うんですから、たまったもんじゃありません。強いですからねえ。足が長いですよ。

夜明けに関係ある名前ですね（笑）。

もう一人、この人の名前だけはどうしても言いたくないっていうね（笑）。なぜかってえと、汚いんだもん、だって（笑）。汚いのはねえ。腹のこのへんなんかすごいですよ。あのまわしの上下縦横、わきからはみ出してる、この……。あれ、ぶら下がっちゃってるの縫うとか何とかできないんですか、あれ。めずらしいですよ。お相撲さんの中でも、いくら肥《こ》えってたって、あの人だけですよ、股広げても向こうが見えないってのは（笑）。

でも、強いんだからねえ。横綱になるのならせないのなんて、そんなこと言ってるらしいけどね、今さらそんなこと言うなんて。そういうこと言うんだったら、ハナっから入れなきゃいいんですから。ハナ入れるだけ入れてあと横綱だけはダメなんて、そんなきたねえ樗蒲一《ちょぼいち》はありませんよ（笑）。国技だなんだってぇけど、これこそがいまの日本ということなんでしょ。うん、こうなったらみんなでもってね、やるっきゃないよ。またそういうところが今日の大相撲の面白いところってことになるんでしょう。

ただあんまりああいう人ばっかりになっちゃったら、どう技磨いたってかなわないっていう気しますよね。とにかく真っすぐ歩いてこられたらもうかなわない、っていう感じですから（笑）。

あたくしね、断言しましょうかね。十年でいいでしょうね。十年たったときに幕内に日本人はいなくなります（笑）。いやもう、そういう計算は簡単にたちますよ。ときどき幕内に日本人が一人か二人入る。評判いいですよ、「偉いね、あいつは日本人のくせに幕内に入ってきたよ」ってんでね（笑）、大変評判になりますよ。

それにしても外国人が多いんですよ。だからね、いいんですけど、残念だなと思うことが幾つか……。

こないだね、アー、鰻屋に入ったんです。江戸前っていう鰻屋にね。初めてのとこでした。ガラガラッと開けてね、鰻を焼いてるおじさんがいました。このおじさんは確かに江戸前風でしたよ。

ところがね、店員がみんな白衣を着てね、いきなり声をかけたんです。

「〰イーラッシャイマッセーェ〰」（笑）

三人ともね、一目見てわかるんです。日本人じゃありません。ユー、これもね、はっきり名前は言えませんが、日本から真南に当たるね、赤道に近いところです。小さい島がたくさん集まってできている、そういう国ですね。下に「ピン」って付くんです（笑）。

そりゃあ今ね、人件費も高い。店の経営も大変なことはわかります。わかりますけどね、江戸前って書いてあるところへね（笑）、「〰イーラッシャイマッセーェ〰」っていうのはね、これは驚きますよ。

今さら引っ返すわけにいきませんから、おそるおそる着席いたしました、あたくし（笑）。

着席したところへ、つまり来ましてね、メニューを持ってきましたから、日本語も満足にわからねえんだろうと思って、じゃ今日は鰻重にしようかなと思って、鰻重の松、竹……竹だな、じゃ竹にしようと思って、「竹」って指でこうやって指したらね、ひとつうなずいて、

「キモスイ〰ツケマスカーア〰？」

なんて（笑）。

肝吸いなんてものはね、そう言っちゃなんですけど、純日本的な実に粋なもんですよ。ねえ、三つ葉の香りがしたりなんかして、すまし汁で、なんとも日本的なもんですよ。それ、なんか汚《よご》してもらいたくないいんですよ（笑）。いや別に、あの人が汚すわけじゃないけれども、でもひとつの、いうなれば「江戸前」って言葉だって、雰囲気を売るわけでしょ、雰囲気を。ね？　そこへね、「キモスイ〽ツケマスカーア〽」なんて言われたら、（平ベソ声で）「要らねえやい、そんなものはァ」っていうことになる（笑）。

そういう方はおいでになって結構です。どんどん日本に来て下さい。どんどん働いてください。そのためにお互いがうまく回っていくんだったら、どんどん働いていただこうじゃありませんか。結構なこっちゃありませんか。ねぇ。

だからそういう方は、たとえばフィリピン料理なん……ア、ア、アア！（笑）いや、たとえば。たとえばですよ、これは（笑）。とか、中華料理とか、各国料理とか、そういうね、とこいらっしゃるとか、あるいは違う業種に、いらしてうまく……。すくなくとも「江戸前」ってえところには遠慮して頂くとうのは、いけないいんですか、こういうこと考えちゃあ。あたくしは正直な気持ちでございますよ。

でもまあ、横浜ってえところはね、そういう点では、そういう時代がもっと前にあって、それをうまくこなしてきた。今日おいでの方は皆その子孫の方ばかりでございますから大して驚かないかと思いますが、あたくしなんざね、驚いたんでございますよ。江戸前っていうね、せめてあそこだけでも変えていただくとね。ピン前、とかね（笑）。そうすると、なにかお互いに納得して、うん、でもまあしようがねえ、あそこはうめえんだから、って行けばそれはそれでいいわけでね。

つまり江戸前っていう肩書きでもって客を引き寄せようというんだったら、なんかそのぐらいのことはしてもらいたいな、なんてね。

別にどうってこたぁないんですけど、ただ、正直な気持ちですよ。ええ。

（ハマ音県民ホール寄席　1992・3・25）

『一眼国』枕

宇宙は膨脹している

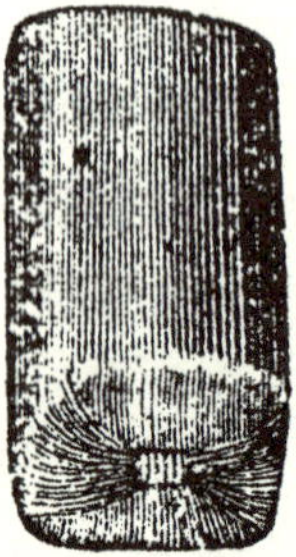

エー、こんなにおいでいただけるとは思わないで（笑）、ほんとによくおいでくださいました。

ンー、先ほど松島栄一先生からもお話があったように来年は二〇〇〇年です。お話がなくても二〇〇〇年です（笑）。ンー、でも、まだ世紀が変わるわけではない。今世紀の最後の年ということでございます。

あたくしはね、別に、へそ曲がりな点はありますが、だからなんだってんだよっていうほうですね（笑）。それに便乗して、エー、二十一世紀にならんとするなにか新しい芸風を考えるわけでもない（笑）。ンー、新しいネタを覚えてそれを売って歩くというようなこともございません。またそういう能力もございません（笑）。能力があればやるのかもしれませんが、ない言い訳かもしれませんな。でもですね、それぞれの皆さんの胸の中に思いがあるでしょうが、あたくしは、今は別に何とも思いませんが、二十歳代のころに、果たして二十一世紀まで自分はいるだろうか。あるいは二十一世紀の空気を、自分が吸えるだろうかということは考えたことがございました。

エー、ずっとそういうことは忘れてましたが、昨今になって、やれ二〇〇〇年だの、二十一世紀だのということをくりかえしくりかえし言われているうちに、そういえばむかしそんなことを考えたことがあったなあ、という、その年になったんだなあ、ということでございますね。

で、別に何も催促しているわけじゃあございませんが、おととい還暦になりましてあたくし……（拍手）。

別に何も催促してるわけでは……（笑）。

還暦に拍手してもらったからって（笑）、それよりはなんか小噺をやってひとつ笑ってもらったほうがずっとありがたいわけで、どうもどうも自分自身のことについて言えば、このごろは小噺もやらないのに、何もやらないのにみんなが笑ってくれたりするということとは、果たして自分にとって良いことであろうか（笑）、お客さんの幸せを呼んでいるのであろうかとか、いろいろ考える昨今でございますな。

あたくしのこのごろのあれはですね、いつかお客さまの前で気張らずにできるようになったらいいなというのがあります。

仲間内にはですね、だれということは言いませんが、おまえぐらい気張らずにやってるやつはいねえよと言う方がありますが、そんなことはない、大いに緊張してやるタチなので、そう見えないように、気張るなよ気張るなよと言ってる。

気張らないでやれるようになりたいなりたいという心持ちがあって、そういうふうにやっていくという自分もどっかにおります。

だけどもっともっと自分に正直に、もっともっとダメな自分がそのまま出てくるようなな、そういう話をしたいとは思うんですけど、でもダメな自分がほんとに出てくると、ほんとに何を言ってるかわかんなくなっちゃう（笑）。

エー、そこもこわいところでございます。

ンー、とにかくあれですね、地球ができて五十億年ですか。地球上に生物が生まれてから四十億年、だそうです。そのうち人間の歴史は、たぶんこれが人間じゃねえかっていうものが生まれてから四百万年と言われています。

この前だれかが中国へ行って話を聞いたんだそうですなあ。このごろほら、いわゆる毛沢東体制があれして共産主義はどうとかいろいろありますわね。で、こういう体制をどう思うねってだれかに聞いたんだそうですよ、中国人の普通の若い者に。そしたらね、

「なんだかんだっつったってね、中国の共産党は五十年ですよ。中国の歴史は四千年です」

と言ったんだそうです。

つまりですね、五十年の間に毛さんが出ようと何が出ようとですね、そんなものはたった五十年の間の出来事じゃないかと。中国の歴史は四千年あるんですよ。四千年の中の五十年なんてフッて吹きゃあ、ただそれだけじゃないかと。

さすが、そういう考え方はいかにも中国らしい大きな考え方でもございますが、よく考えてみると何も中国に限ったことじゃない。人間も、いま申し上げたように四百万年歴史があって。

今年はね、そういう点では興味深いことがたくさんありました。テレビ、アノー、もう全部終わりましたね、『人体III』っていうのは。NHKでやっていたんですな。今年は脳

の話でした。何話ありましたかね。六話か七話ぐらいあったかもわかりませんがね。その中の一つに、「日本人はどこから来たか」っていうのが特にあたくしは印象深かったんですが。

エー、日本人はどこから来たかっていう。ま、どこから来たっていいんですよ（笑）。どっから来たって人間の歴史は四百万年で、どっから来たって、ほんの一万年前ってことはないんですから。もっと最近なんでしょ。んじゃないかと思いますよ、よくわかりませんけど。

だからほんとにね、何があったったって、ほんの、もうちょびちょびちょびっと変わるところが変わって、でも全体はなーんにも変わってないんですよ。ウーン。

でもそのー、これもNHKの番組で……別にNHKの番組見てるからって……（笑）。でも今になってみるとどうもあたしね、やっぱりNHKの番組はなんか……よく見てるってえことかな。もちろんNHKだけじゃ困るんですよ。つまり、競争の原理や襟《えり》を正す原理や何か生まれてきませんから。

でもNHKがその、ンーと、以前のシリーズに『生物』っていうのがあったんですね、何年か前に。十年か十五年前に。地球に生物が生まれてどうなってきたかっていう。

その中で、「花に追いやられた恐竜」という回がありました。花が咲くようになって恐竜は棲むところがなくなって絶えてしまったというんですね。

もうそれももちろん仮説でしょうけど、かなり有力な仮説でございました。

つまりね、花が咲くようになって、恐竜は食べるもんがなくなって死んじゃったっていうんですよ。それをぜんぶ説明することは、今日の時間ではございません（笑）。今日はあたくしは生物科学研究所から来たわけじゃございません（笑）。

でもやってみろと言われても、ほんと言ってわからない。もう忘れました。

でも、花に追いやられた恐竜というのは、見てて、なるほどなあ、花が咲くようになったんで、恐竜は生きていけなくなったなということがわかりました。

じゃ、なぜ花が咲くようになったのかというと、つまりこれは、生物、植物が子孫繁栄のために花を咲かせなきゃなんなくなってきたんですよ、だんだんだんだん代を重ねるに従って。そのほうがどうも子孫を守っていくには間違いがないということになってきたらしいんですね。

それで花が咲くようになったんで、恐竜が食べるような植物がなくなってきたと。あっちへ追いやられていったということだったと思います。

ンー、それ以上言うと、かなり創作が入ってしまうので（笑）、それ以上はわかりませんが、でもそういうことだったんですよ。

そうだとすればですね。もう一つ、ここではお話したことがあるかどうかわかりませんが、私の凝っているものに、塩とミツバチ、ハチミツってのがあります。今日は塩の話はおいといて、ハチミツ……ミツバチですね。人間らしいというものが生まれて四百万年と言いましたが、ハチという昆虫が生まれてからずっとたって、その中で、あ、これがミツバチだろうというものが生まれてから何年たったかというと、四千万年なんですよ。つまり人間よりも十倍多く生きてる。

ンー、簡単に言うと、ミツバチというものはどうしてミツを集めるか。

ほかのハチはミツを集めるということはないんですね。あたくしはハチっていうものはぜんぶミツを集めて、ハチの巣ってのをひっくり返しゃどっからか蜜が出てくるもんだと思っておりました。ここにおいでになる方の大部分の方もそう思っていらっしゃるでしょう。

でも、アシナガバチとかスズメバチとか、そんなものいくらひっくり返したってミツなんか絶対出てきませんから。

それは理由があるんです。またこの話になると(笑)、エー、ついついうんちくを傾けてしまって、何のために来たのかわからなくなる(笑)。といっても、何をやろうという目的があって来たわけでもないので、今日は民族芸能の会だなっていうだけのことで。

たとえばこの間やった、朝日新聞のホールだったかな……。そこは前々から『二番煎じ』と演題は決まってましたから、そうすと、今日は『二番煎じ』か、と家を出掛けるときに思うんですよ。

で、よーし、「『二番煎じ』やってやろう」って思って行くときもあれば、「あーあ、決められちゃってんのヤだな」と思って行くときもあるんです。

でも、本日の場合は、なーんもないいんですね（笑）。ただ行きさえすりゃあいいんだとりゃいいんですけど、さっきここへ来た途端に、世話人の茨木さんと顔を合わしたら、どう（笑）。去年だってまともな話なんか……（笑）。それであきれ返ってお客さんが来なくな～してあんなに来るんでしょうというぐらいお見えになっているというので（笑）。

エー、ほんとにあたくしとしては複雑な気持ちでございます。

そいで、ミツバチですね。ミツバチは冬を越すんですよ。あのハチだけが、越冬をするんですね。冬眠ではなくて越冬をするんです。おわかりですか、この差は。

南極に越冬隊というのが行きました。彼らは南極で冬のあいだ冬眠をしているわけではないんです（笑）。起きてるんですよ。それを越冬というんです。クマとかタヌキとかそういうものは穴蔵の中でもって、タヌキは知りませんが、クマは……クマもね、あたくしいろいろ話があるんです（笑）。

クマの話、したことありましたか。まあ中にはあたくしの、ほんとにおっかけて聴いてくださる方もいらっしゃるので、あえてそういう方を迷惑とは言いませんが（笑）、どこへ行っても聴かれてるなと思って、その人がいるとですね、おんなじ話ができねえんです（笑）。だんだん、なんか路地に追い込まれていく感じでね（笑）。

で、このごろは開き直って、ようしまた来てんならもう来ねえように、またおんなじ話をしてやろうと思ったりもするわけですが（笑）。

クマの話もあるんですよ、熊の胆《い》の話がね。で、これはまたそのうちにやることにしまして、今日はとりあえずはミツバチのほうに……。それだって、主なる話じゃないんですよ。今は人間の歴史と、それから生物の歴史における現在の日本人の考察、という……（笑）。そこまでいかないにしてもですね。

ミツバチは、つまり越冬をするんでございます。越冬をするんです。

で、巣の中、あるいは養蜂されているミツバチは、四角い木箱の巣、その中で、上にムシロ一枚かぶされたぐらいで雪をかぶったりして冬を越すわけですが、中に別にヒーターが入っているわけでもなんでもない。

ところが、あの巣箱の中は、常に三十六度から三十八度ぐらいの温度が保たれていると。外気と板一枚隔てただけで。

驚異です、これは。

じゃなぜかというと、そのハチたちがみんなでもって力を合わせて押しくらまんじゅうをしているんですね。ブンブンブンブンブンして押しくらまんじゅうをしている。で、一番真ん中にいる女王バチを守っているわけです。で、中には冷えてくるやつがいる。一番表っ側で。そうすると、冷えたものは中へ入る。そうすると中であったまってるやつが表へ出ると。

われわれ人間だったら、おれ冷えたくないからおまえ出ろとか（笑）、ついでに表っ側のやつは凍え死んじゃえとか（笑）、そういう神経がどっかにあるでしょう？

だからボランティアなんて言葉が出るわけでしょう。

ボランティアだとか人助けなんていう言葉はほんとはなくていいんですよ。そう思います、あたくし。

そんなものは放っといたって、困っている人がいれば助けたくなるっていうのが、ミツバチにしてみると普通の神経なんですよ。われわれはミツバチに劣ってるわけです。

なぜならば、四百万年の歴史しかない。ミツバチは四千万年も生きてる。つまり、われわれが今まで生きてきた途方もない長さのあと九倍足すとミツバチに追いつくわけです。

なぜそんなに長く生きてこられたのか。恐竜は途絶えてしまった。だけどミツバチは途絶えないで、なぜそうやってきたのかといえば、そういう、平気で、今度は自分が冷えるよっていうのを何とも思わずにできるようになったからですね。

でも彼らは別にボランティアの精神があるわけじゃない。実を言うとそうじゃなくて、女王バチを守るというたった一つの使命があるからです。

それは子孫を守るということです。

われわれは生意気に「知恵」というものがついてきたので、

「子孫を？　守る？　子孫を？　増やす？　そんなことよりはよ、ね、お互いに愛し合ったということを大事にしたい」

なーんてことを（笑）、そんなことを言い出した歴史はほんの二千年なんです。ほんの三千年なんです。でも人類の歴史は四百万年あるんですよ。

それを考えると、まあ一口に言っちまえば、それはですね、いいですよ、愛し合ってください。ね。ウン、いいんですよ。そういうものに値打ちを求めてください。

でもそれはね、そういうものに値打ちを感じるようにわれわれを持っていっている創造の神というものがあるならば、そういうものの差し金なんですよ。みんな計略にのってんだよ。ザマアミヤガレ（笑）。

何の話でしたかね（笑）。エー、ですから、ミツバチは越冬をするために、そのエネルギーとしてミツをためるのです。そのミツを、人間が上前をはねているというわけですよ。ひどいじゃあ、ありませんか。

じゃミツはなくて、ミツバチ困ってっだろうと思うと、困らないんです。ミツバチもですね、ひと冬越すぐらいのハチミツが集まると、あと働かなくなっちゃうんですって。で、巣の中にそれだけのミツがたまってないと、ただ黙々と働くんです。

人間が持っていっちまいやがってあのヤローとか、そういう考えはないんです。とりあえずまだ足りないからためようという（笑）、ただそれだけなんですよ。

だから、むこうが弱らない程度にいただくんですね、養蜂やってる人は。それで冬なんかはときどき見て、足んないと砂糖水を……。

彼らは砂糖水でもいいらしいんですよ。砂糖水。

砂糖とハチミツとどっちが値打ちがあるかっていうのは、もちろんおわかりのように、砂糖はいまほんとにタダのようにできるわけで、ハチミツはこりゃ大変ですから。そうかっつって、ンじゃあ、ってんで全部ミツいただいて砂糖をやっちゃったら、それはやっぱりまずいんじゃないすかね。

もともとハチミツが必要で彼らはやってるわけで、ンー、四千万年の間にハチミツ要らなくて、ただの砂糖がありさえすればいいんだと思えば、ハチミツはとっくにやめて、やたら砂糖をつくってるはずなんですよ、あの人たちは。

ンー、だから、ま、そういう兼ね合いもあるらしいですけどね。ええ。

で、「宇宙は膨脹してる」っていう（笑）。これはね、どうもね、ウディ・アレンだったかなあ。何かの映画で観たんですよ。

記憶はあんまり定かじゃないですがね、そういう宇宙情報とか、ま、コンピュータやなんかもそうですけど、あたしコンピュータやらないんでね、ダメですね。たぶん生きてる間やらないしょう。いや、やればきっと夢中になりますよ。だけど夢中になったらもうね、落語なんかやっちゃいられませんよ（笑）。

落語どこじゃないですから。やりだしたらもうただじゃおかないんですから、あたしは。だからあれはね、まあやる人に任せといて、あとは情報だけいただいて、ということでしょうかね。

（この会の関係者のカメラマンとおぼしき女性、前の方で立ち上がってカメラ構える）

エー、あ、どうもまいど（笑）。写真機ちゃんと持ってますか、ちゃんと。

エー、で、何の話でしたっけね？　そうそう、ですから、あれですよ。アノー、何かの映画でね、まだ小学校二年か四年かの子どもが宇宙のことやなんか学校で教わったり、いろいろ情報で聞いてるからいろいろ知ってるんですね。で、宇宙は膨脹してんです。

皆さんご承知の方はご承知でしょうけども、宇宙は膨脹してんですよ。宇宙ってのは膨脹して、どんどん膨脹してんですよ。

これはなにか宇宙の番組で見たんですけどね。百年だか二百年だか前に天体望遠鏡で写真を撮ったものと……っつったって、百年も二百年も前じゃ相当、技術はないんですけど、やっと撮ったのかな、あるいは描いたのかもしれませんけど、それと今のを比べてみると、星と星の間がわずかずつ広がってんですって。

そう言われてみりゃあたしね、久しぶりにね、おととい北斗七星を見ましたよ、東京の空で。そしたら、前よりなんかでかくなったような（笑）。あんなにでかかったかなと思うほど、でかいんですよ。

あたしなんかね、長いこと星なんぞ見てないもんですから忘れちゃってね。あたしが知ってる星座は北斗七星とオリオン座だ、この二つしか知らないんですよ。これは小学校で教わったから覚えてるんですよね。

オリオン座ってのは、ベルトがあって、短剣があって、手と足があって、ってんでそれは覚えてんですけど、あとは白鳥座もカシオペアも何も知らないんですよ。ただ、北斗七星はヒシャク型だっていうようなことで知ってんですけど。

なんかたしかヒシャクのこっちのほうだったかこっちのほうだったかの最後のやつを幾つか伸ばしていくと、北極星にぶつかるっていうのありましたね。すいません、あれどっちだったですかね、教えてくれませんか（笑）。

アノ、手の持つほうですか。ひしゃくのほうですか。ひしゃくのこういう、これを五つだか……。


（「七つ」）


七つですか、なんか伸ばすと、北極星にいくってんですよね。七つじゃないでしょ。五つですよね。そうそう、七つ？

そうそうそう。そんなのも忘れちゃってんの。アーレ、北極星どこにあんだ？それにしてもずいぶん北斗七星って大きくなったなあと。子どものころ見たときには北斗七星そんなに大きくなかったですよ。膨脹してんですよ（笑）。

（救急車のサイレン音が聞こえてくる）

ピーポーじゃないっ！（爆笑）とうとうおれを運びに来たよ（笑）。

ダーメだこりゃ。あたし病人ですからね、言うことあんまりちゃんと聞かないようにしてくださいよ。

でもね、今ふっと思いついたんです。どうして大きく見えたかってえとね、たぶんね、むかし見たときはあんな高い建物はなかった。空が広かったんでしょう。いま見た……あたしのうちは高田馬場ですから、ビルとビルの間からうまーくこう北斗七星が見えたんでしょうね。そうすると、そばに比べるものがあると大きく見えんですよね。月でもそうですよね。なぜ満月が上がってきたときあんなでかいかというと、建物がそばだからっていう話を聞いたことがあります（笑）。天空へあがっちゃうとそんなにでっかく見えないというような理屈だとかっていう話を聞いたことがある。

ま、この程度ですよ。あたしは宇宙のことは。

だけどね、宇宙は膨脹してんですよ（笑）。それはね、映画の中へ出てきた子どもがそう言ったんだ（笑）。

朝ね、忙しいの、みんな。お父さんが出かけるんで、忘れもんしないようにとか何とかって言ってるし、お母さんもね、共稼ぎですからね、気忙しくていらいらしてね、子どもは学校があるのにグズグズグズグズしてんです。

「早くごはん食べて、ほらっ、出かけなきゃダメでしょ！」

子どもがね、

「ママー、宇宙は膨脹してるんだよー」

「今そんなこと言ってる場合じゃないのっ！」(笑)

このね、「今そんなこと言ってる場合じゃない」っていうのが実にあたしはおかしかったです(笑)。ほんとを言や、そんなことを言ってる場合なんですよ。そのほうがずっと根本にかかわる問題なんですよ。

朝忙しいの何のっつったって、つまりですね、中国の歴史は四千年なんですよ(笑)。共産党がどうとかこうとかっつったって五十年なんだ。ウン。

おとといだったかな、ビデオの留守録かけといたんだ、エーと、衛星第一でね、『21世紀への証言』ていう番組だったですかね、それの再放送だったと思いますがね。とにかく、「ゴルバチョフに聞く」っていうのがあったん。

で、NHKのモスクワ特派員といった人がいろいろ聞くんですけど、「あなたのペレストロイカはなぜ失敗したんだ」なんてことを結構ズケズケ聞くんですよ。あれはこっちの計画に誤算があったとか、いろんな答が出てくるんですけど。

その中にね、あたしとおんなじようなことを言ってましたよ。なかなか見どころあります、あの人（笑）。

エー、つまりね。で、彼は、失脚したというか、失脚させられてから、グリーンクロスといいましたかな、緑十字とかっていう財団をつくって、世界の緑を守るっていう。まあそんなことをやり始める。おまえも時流に乗って、どこでも言ってるようなことおんなじようなことをやってんのかといえばそうかもしれないが、でも彼が言うにはですね、恐竜は花が咲くようになって駆逐されたというように、つまり人間も、むかし人間という生き物があったそうなと。緑を大切にしないで、自分のぜいたくをしたいためにいろんなものを捨て、で、とうとう自分の首を絞めて滅びてしまったそうな、ということになるかもしれませんね、アハハ、って笑ってるんですよ。

それを見て、この人はね、いい人だと思いました、あたくしは（笑）。ええ。

あたくしもね、恐竜のことをどうして憶えてるかっていうとね、花に駆逐されたってことは、人間だっていつまで生きてるかわからないでしょう。あるときそういう生き物があったとさ、というだけの生き物になるのか、あるいはミツバチのように、何千万年も生きてるのか、まだ四百万年じゃわかりませんよ。

でも、ウー、今まではわりに、ずっと生き延びていくんじゃないかなって思われていたような人間が、どうしてこの先わかんないぞって言われたのかというと、たとえば人口の増え方が、ここ数十年でもって、ほんとに天文学的に伸び率が増えているということですね。

その計算でいくと、二千十何年には、地球上からはもうそれ以上生きたやつは、増えたやつは全部死んでいくという計算になるんだそうですわ。

そんとき聞いたのがね、数はあんまりちょっとあれなんですが、たしか地球上の人間が六十二億ですかね、六十億というとこですかね。まあまあ一口に六十億。で、そのうちの中国の人口が十二億です。五分の一は中国なんですよ。だから別に中国がどうしたっていうわけじゃないんですけど。

で、いま何を言いたかったのかというとですね……忘れましたね(笑)。ヘッヘッヘッ。なに言ってたんですかね。とにかくあたしの頭はもう走馬灯のように、いろいろな情報が一ぺんに入り込んでくるんで。

そう、それで、地球の上に自然体系として住める、無理なく地球の上で緑を愛し、自然を相手にして、プラスチックとかそういうものを使わずに、無理なく生きていけるのが一億八千万人だそうです。

つまり、六十億のうちの一億八千万人だけが正常に生きられて、あとの五十……一億八千万だから、五十八億二千万人は……。ほら、すぐこういうことを計算できるでしょ（笑）、こういうとこがあたしが予備校出てるってのがすぐわかる（笑）。ま、本来は生きていてはいけない人なんですよ。

それなのに、調子にのってやってるらしいんですな、どうもわれわれは。ウーン。それ以上は言えません、あたくしもね。つまりね、人間はこんなにいちゃいけないってことですよ。無理に長生きなんかすることないってことですよ。年寄りは死ねって言ってるわけじゃないんですよ（笑）。そうじゃないんですよ。あたしだってもう還暦ですからね。ンー、でもね、どんなもんでしょうか。

クローン人間がどうとかってことは、つまりあれは、少しでも長生きしたいっていう、昔からの不老長寿の薬の夢の延長でしょ、あれは。実際にああいうクローン人間ができるようになったとか……。

このごろはあれだってね。あたしのたとえば腎臓のカケラを持ってって、そこから全部あたしの腎臓つくっちゃうから、ね、腎臓なんかつぶれたって、そのあとすぐそれでつくれば、いつまででも生きてられるっていうことになる。そういう夢らしいんですよ。

そんなことね、ヤメてよ（笑）。ほんとに。この中にそういうお医者さんがいたら、やめてください（笑）。

そんなことね、実験としちゃ面白いかもしんないけどね、生きてる人が全部できるの？　みーんながてきるの？　そういうこと。

こないだの、ほら、ね、なんか、どっか、死んだ人を細かく切り裂いて持ってってたっていうんだって、一人につき億っていうカネがかかるんだってね。だれが出すんですか、それ。今のうちはめずらしいから国が出すんだか、病院が出すんだか、報道陣が出すんだか知らねえけど、個人じゃ出せませんよ。それがいくら大量生産になるからといってですね、ほんとに五千円や六千円でできるわけないんですよ。

そしたら結局は金持ちだけがそういうってことになるじゃないですか。

よーしなさいよ、そんなこと。金持ちばっかり増えちゃったってしようがねえんだ、こは。地球の上は。

貧乏人が大勢いるから金持ちだぞって威張ってられるってことをね、忘れちゃいけねえぜ、ほんとにっ（笑・拍手）。

何を言ってんのかね（笑）。あーあ、疲れちゃった（笑）。

落語は疲れないいんですよ。決まったことをただなぞっていくだけですから。いまやってるこういう話はね、自分の英知をしぼり出すんですよ（笑）。ヘトヘトになりますよ。脳細胞って脳細胞がグルグル回ってんですからね。グルグル回ってときどきわかんなくなっちゃう（笑）。

でも、これだけのことしか言えないんだからね。情けないねぇ、ほんとに。でもそうです。と思うんですよ、あたしは。

でもこれも、六十億分の一人が言っているだけのことで信用しちゃいけない。ほんとのことなんかだれもわかんねぇ。ほんとのことは皆さんの胸の中にあるだけで。ほんとので、滅びるものだとわかったところで、どうしようもないじゃないですか。そうじゃありません？

ま、滅びると大変だから分別ゴミを幾つにも分けましょうって、それも一つの方法かもしんない。だけども、もうすでに分別ゴミは、分別するだけさせといて、実は燃やすときは分別してないってことまでばれちゃってるわけでしょ。だから、人間の能力の限界を超えてんのよ。そんな六種類も七種類も分別するなんて（笑）。

人間分別しちゃえっていうぐらい（笑）。

何を言ってんのかな、おれはね（笑）。

でも、ほんとにそういうこと言いたくなりますよ。ウン。どうなんですかね。

まあ、でもね、無責任な言い方をすれば、皆さんが生きてる間にそういうことはありませんよ。ウン。少なくともね、あと十八年ぐらいはね（笑）。そうすと人間がパンクするってんですから、計算上では。

そのために、産児制限をするとか、あるいは緑を増やすとか、分別ゴミをつくるとかっていうことは、そのうちの本当にご焼香程度の努力なのかもしれません。

それが実るか実らないか、それもわからんさ。でも気休めになるならやったら？　でもやらない、そういうことはわかっているけど、どうせダメになるんだからって、捨てたいように捨ててやらあという勇気があるんだったら、それもいいじゃないですか。

捨てたいように捨ててくださいよ。それも人間のなせるわざですから。それも含めて人間で、結局、人間は、あるとき生きていたと。落語を聴かなくなったので、とうとう滅びてしまったということになるかもしれませんな（笑）、フゥー。

もうだいぶ時間たったでしょう？　いま何時ですか。

（「九時です」）

九時？　九時は今日の終演時間です（笑）。

今年はね、ま、そんなわけでいろいろありましたがね。でも宇宙は膨脹してますよ。宇宙はね、膨脹していたってほんとにわずかなもんなんですよ。

北斗七星が大きくなるってことはないんです。でもなってんですよ、実は。知らない間に。全体が大きくなってんですから。間隔が、間隔が。でもどのぐらいあるかっつったら、それはもう、考えるだけ無駄なぐらい広いわけですから。考えるだけ無駄ですよ、それは。

こんな話したってしょうがねえやな（笑）。でもいいや、民俗芸能の会だからさ。責任とろうと思ってねえから。

あたくしこのごろね。結構あたしはね、面白いときは面白いんですよ、あたしの高座は。以前はね、大体面白かったですよ。平均点としては面白かったんですけど、このごろはね、面白くないときは全然面白くないです。

だいぶあたしのね、予定通りになってきましたね。ただ、面白くないときがあんまり続くと、自分で、大丈夫かなと思うときもある（笑）。

ンー、でもですね、ときどき面白いことがありますね。まあ、今日はどうなるか、それはわかりませんけど。

アノー……弱ったな、こりゃな。じゃ、「宇宙は膨脹してる」ってえのを簡単に片づけちゃわないと次へいかないんですね、あたしの頭ん中で。

エー、膨脹してんだそうです。仮説らしいんですけど、仮説よりほかに説が出てこないからたぶんそうなんだろうということらしいんですが、宇宙ってのはどんどんどんどん膨脹して、膨脹の極限まで達すると、今度は一ぺんに収縮をするんだそうです。

そうすると、この太陽系、銀河系の中の太陽系ですね。ご承知でございますね、われわれは銀河系の中の太陽系の中の地球の中の日本の中の、で、こんなとこにいるわけですよ。

で、銀河系の中の太陽系ですね。水・金・地・火・木・土・天・海・冥、この……。これね、あたしが覚えたときはね、水・金・地・火・木・土・天・海・冥だったらね、あるときね、土・天・冥・海になったんですよ。ほんとにそうだったんですよ。

あ、それ違ったんです、実は逆だったんですということになったのが、このごろまた逆になったんです。

そしたらね、どっちかが遠くなったり近くなったりすんだってよ。まあいいけど、そんなことは(笑)。そんなことをここで報告したって何の勝ち目もないんだ。

つまり冥と海が入れ替わったりするんだってさ、軌道のあれで。ンなこと知らねーよ(笑)。まあ、そんなことはどうでもいいんだけど。ね。

エー、何しろ地球ができて五十億（年）ですから、そんなことはどうでもいいんですけど。で、太陽系全体が一ぺんに地球の膨脹に耐えられなくなって宇宙全体が収縮するんだそうです。どのくらいの率で収縮するかっていうと、太陽系全体が角砂糖の大きさになるんだそうです。

そんなバカなあ！（笑）だけどそうなんですよ。ここに太陽も何も全部角砂糖一つの大きさに入ってしまうくらいに収縮するんだそうです。

そうすると収縮の力に耐えかねて、またボーン！って爆発するんだそうです。で、いま爆発したその過程にあるんだそうですわ。

で、そのときにうまくまた、地球のように温度が最適で生物が生まれるような可能性のある星ができれば、生物も生まれる可能性があるらしいということだけでも、たぶんもうないだろうという話ですわ。

だから宇宙は膨脹してんですよ（笑）。

そんなこと言ってる場合じゃないのよっ、会社に遅れちゃうのっ（笑）。

ほんとに面白いですなあ。エー、で、それどこの話じゃないんですがね。

六月の父の日に万歩計というのをあたくしは娘からもらいました。末の娘からもらいましてね。それまで万歩計は何度か持ったことがありますが、まず三日坊主、十日坊主、二月《ふたつき》もたない。別に何の変哲もない、ただ今日は何歩あるいたっていうだけで、あ、そうかってだけで、そのうちに感動も何もなくなっちゃう。

娘にもらった万歩計これはいまだに持ってます。今日も持ってます。

これは液晶になっていて、弥次さん喜多さんが東海道を旅するという、お持ちの方もいらっしゃるかもしれないが、いいんですよ、これは。

使い出す前に、今日の月日と、もしかしたら生年月日も入れるんだったかもしれませんね。時刻、そういうものまで全部入れて出発するんです、日本橋から。ほいで、日本橋から品川まで七キロだっていうことは、それを見て、え、そうだったのって。

日本橋を出発するでしょ。すと、品川まであと七キロって出るんですよ。少しずつ歩いていくと、品川まで六・五キロとか、品川まで四・三キロとか徐々に減るんですよ。これ楽しいでしょう？　減らしてやろうじゃねえかって気になるでしょ。ね？（笑）

ね。それだけならいいんですけど、ときどき弥次さん喜多さんが歩いている姿が、液晶にね、二人でもってこうやって歩いてる姿が、ほいで弥次と喜多が二人で会話するんです。声は出てきません。文字で。「今日は暑いねえ」とか「暑いけど頑張ろう」とか、そういう言葉が出てくるんですよ。そうふうに言われっと、そうだな、頑張んなきゃな、って思うんですよ（笑）。

このごろなんか年を取ったせいか暗示に弱くなっちゃって、そう言われっと、そうだな、頑張んなきゃな、とかって思うんですよ、あたしも。とても素直になってきて。

それで、品川を越えるでしょ。そうすと今度ね、川崎まで八キロとかってそうふうに出るんです。それで六郷川《ろくごうがわ》なんか渡るでしょ。渡るときにはね、川を舟が渡る絵が出てきてね、弥次さん喜多さんが乗ってるの。いいでしょ。

で、舟の形はいつもおんなじかと思って、こないだね、実はもう浜名湖を越したんですけど、浜名湖を越したときには、今度ね、浜名湖はこういう舟だったろうなっていうような舟が出てくんですよ。やるんですよ、なかなか。

生意気なのはね、十一月ごろになったときですかね、どこへ行ったころだったか場所は忘れましたけど、コメントが変わってきたんですよ。「兄貴、いい陽気になったねえ」なんて。「暑いねえ」というのが「いい陽気になったねえ」とかって、ちゃんと季節を。今ごろのはなんて出るかっていうと、「寒いけど頑張ろう」とか「歩けばあったまる」とかそういうの。なんか励まされるじゃないですか、ね。

コンピュータなんか遊んでるよりよっぽど面白いよ、これ。

で、どこの会社の製品だって言われても困るんですよ。何度か高座でゆったら、それはどこの会社ですかとか、あとで楽屋に訪ねてきて言った人がありますけど、わかんないです、それは。どこか、○×カメラとか、そういう大量販売店のとこへ行くときっとどっかに売ってってでしょ。

なんというタイトルだかわかりません。とにかく弥次さん喜多さんが出て（笑）。ほいで今は、浜名湖を越えて、あれはなんと読むんでしょうかね、ミアブラっていうんでしょうかね。

（「ゴユ（御油）」）

ゴユか、あ、ゴユ。そうですか（笑）。いいね、この会は（笑）。アノー、ほら、むかし林家正蔵師匠がこういうところで、お客さまの質問にお答えします、っていうのをやってましたね。今度あたしはね、ここでもってね、お客さまに質問します、ってのを……（笑）。

あと御油まで五キロ。五キロですよ。感動的だったのはね、箱根山を越えたときでしたねぇ。箱根山を越える前は小田原の宿です。とにかくこっち側から行った人は必ず小田原に泊まるでしょうね。だって、次の日、箱根があんですから。今まで来た勢いで箱根山、あれ登り始めちゃったら上まで行かないことにはしようがねぇんでね、今みたいに途中にだらしがなくいっぱい旅館があるなんてことはなかったんでしょうから。アー、とりあえずは宿場を目指して行くならば、ま、小田原で一泊をしてってていうことになるでしょう。だって、小田原の宿はきっと栄えたに違いないですよ。

小田原を次の朝出発するってことになりやすね。そうすると、小田原城が出てくんですよ。液晶に小田原城の形が出てくんですよ。それから尊徳神社（報徳二宮神社）とかそういうのが出てくるんですよ。

楽しいでしょ？　楽しいでしょ？　ンー、買ってくださいよ（笑）。

今度たくさん買い集めてきて、小三治グッズってんで（笑）。

そいで、箱根山を越えて向こう側へ出た途端でしたよ、その画面いっぱいに富士山が出てきた。これはね、感動的で、泣きそうになっちゃってねっ（笑）。

だって自分の足で歩いてそれだけの距離稼いできてるわけですよ、あたしは。だけどその間、新幹線に乗って何度も富士山の横通って（笑）、ほいで富士山を見てんだけど、あー、富士山か、きれいだねー、なんて言ってるけど、自分の足で稼いできて見たその液晶のただギザギザギザギザギザってなってるその富士山のなんと美しく雄々しいことだったか！（笑）

つまりね、旅ってそういうもんだと思うんですよ、あたしは。だから行きたいとこへツーッと行ってツーッと帰ってくるのは、それは旅じゃねえ、そんなの、ウン。自分の足で稼いでいってこそ初めてそれが楽しくもあり悲しくもあり、くやしくもあるんじゃないんでしょうかね。

今そんなわけでね、ともすれば、もういいかなと思いがちですよ。もうずいぶんたちましたし。で、京都まで行くとね、こんど、説明書によるとですね、京都まで行ってとりあえず東海道を全うすると、今度は何かが待っているってんですよ（笑）。

それもまあ、思わせぶりだよね。だけどそういうこと考えたやつぁ偉いよ。

じゃあ、一ぺんぐらい何かが待ってんなら待ってるやつに会おうじゃねえかと、思うじゃないですか（笑）。

何が待ってんのかわかんないすけどね。たぶんはね、今度はこの道行けとか、そんなもんだと思うんですよ。それは九州へ行くのか山陰へ行くのか、あるいはお伊勢参りのほうに回っていくのか、あるいはまたうちへ帰れっていうのか、それはわかりませんけど、何かあるらしいんですよ。

ンー、で、それね、楽しみにしてとりあえずはいるんですけど。エー、不思議ですね、あれを付けてると歩くんです。歩きますね。あ、いけない、今日はつけてくるの忘れちゃったというときはね、ついバスに乗っちゃったりしますね。二停留所ぐらいなら歩いちゃえって思っているのがね、忘れるとですね、そのくらいのカネないわけじゃねえしな、って（笑）。

まあそんなもんですよ。でもね。中国の歴史は四千年だ。万歩計の歴史はまだ半年ですよ。へへ。だからそうかなとも思えるけども、でその半年の値打ちってのはいいもんだなと思ったりもできるというところが素敵だなあと思うんですよ。ウン。

ここの会場は何時まで借りてます？（笑）もう今さら落語やったってしようがねえって感じになってきたね（笑）。ンー。

（リリリリ、リリリリリと携帯電話が鳴る）

季節おくれのスズムシみたいだね（笑）。

〈民族芸能を守る会　1999・12・19〉

『大山詣り』枕

パソコンはバカだ!!

えー、事の始まりはですね、デジカメでございました。

三年ばかり前、もう四年ぐらいになりますかねぇ。えー、NHKで毎週やっている番組に出ておりました。『笑いが一番』という番組で、中にはまだね、まだやってると思って、「毎週見てますよ」なんて（笑）。ええ、世間なんてその程度ですよ（笑）。

毎週出てねぇものが見られるわけねぇ（笑）。でも毎週そうやって見てくだすっていたということでしょう。しばらく見てないけど、まだやってるだろうと思うから、まあそうやってあいさつ代わりに「毎週見てますよ」なんてね、言ってくださるんでしょうけど。いちいちそれについて咎《とが》め立てはいたしません（笑）。

その番組のスタッフの人で、女の方でしたが、デジカメというのを初めてあたくしに見せてくれました。

「これね、すごいんですよ。いくらでも撮れるんですよ。これいま撮った写真……ほら、いま師匠を撮った。もっと撮りましょうか、ほらほら、撮った、ほらほら、これ」

っつって、撮ったカメラの後ろにマッチ箱の小さいような、マッチ箱の半分まではいかないけど半分に近いような液晶の窓があって、そこに写るんですな。百枚でも二百枚でも撮れるてんですよ。撮ってすぐその場で見られるんです。

デジカメってんですよ……デジタルカメラ……こっちのほうじゃあ、まだありませんか？（爆笑）。

いや、あんまりキョトンとしてるんで（笑）。

えー、先に進めますが（笑）。

で、見たらですね、まあ写ってることは写ってますよ。写ってることは写ってるんですが、また見せてくれたものが、その人は子供が生まれたばっかりでね、二人子供がいるんですよ。ほいで、「これが上の子供でね」とか「これが下の生まれたばかりの子供」。

これを撮った、あれを撮った、これはおととい撮った、これは一週間前にパパと一緒にお寿司屋に行ったときに撮ったって、チャカチャカチャカチャカ画面を切り換えて見せるんですよ。

見せられたものがよくなかったんですかね。

大体、子供の写真なんてひとに見せるもんじゃありませんよ、あれは（笑）。いるでしょう？　この中にも。撮っちゃあ、ひとに見せてる人が（笑）。見せてる人はいいんですよ、見せてる人はとても気持ちがいいんですがね。親きょうだいならともかく、親きょうだい以外の人にはね、あんな迷惑なものはありませんよ、ほんとに。一枚や二枚ならいいんですよ。それを何十枚もね、これがあのとき、これはあのときって。

勝手に見てろっつーの！（笑）

それでまた写りもよくないんだ、もやもやーっとしてね。だから、そんときはね、はっきり言って、あ、そうお？　っていうだけのもんでしたね。

それがね、半年ばかり前にまた見せられたんですよ。これはカメラマンの人でね、本職のカメラマン。シャツのポケットからね、やおらタバコの箱を出すような感じ。小さくなったね、ずいぶん薄くなって。うれしそうにデジカメだってんですよ。ああ、またデジカメか。このヤロ、孫の写真でも見せたらひっぱたいてやろうかなと思ってね（笑）。

そしたらそうじゃなかった。「これかわいいでしょ。小さいけどよく写るんですよ」って見せてくれたんです。

それはバリ島か何かでもって撮ったってんですが、バリの海の向こうから朝日が昇ってこようという景色。空の色。海の色。椰子《やし》の木。きれいなんですよ、三年前に見たのとは、えーらい違い。
たった三年の間にこんなに進歩したんですかって聞いたら、この三年の間は進歩なんてもんじゃないってんですよ。ウワーッ、ってんでね。今や半年たったら、もう違うってんです。なんていうんですか、そういうの。つまりですね、どんどん進むんですよ。日進月歩っていうのかな……アレ！　日進月歩ってどっちですか？（笑）
速いっていうのかな遅いっていうのかな。えー、日が進んで月が歩くんですから（笑）、速いのと遅いのが合わさって普通っていうことかな？（笑）
とにかくね、デジカメの進歩の速さってものを言ってるんですよ。
ウーン、ほんとにきれい。
三年前に見たときは、なーんだ影がうごめいてるだけじゃねえかっていう、それがいま見るとぜーんぜん違う。三年前は子供の写真っていうナニもあったけども。とにかくきれいなんです。へーえ、こんなにきれいなんですか？　って。でも、のぞくところは三年前とあまり変わらない。マッチ箱の小さな、そうですね、大きな切手の二枚分あるかないかぐらいのもんですよ。でもきれいなんです。へーえ、と思った。

あたくしもね、写真はやります。フイルムを使う一眼レフてえのを使って、大きく伸ばしたりして、上野鈴本演芸場のギャラリーに、ときどきパネル板にして並べたりなんかして。

ギャラリーというとすごく聞こえがいいんですが（笑）、上野鈴本へおいでになった方はわかるかと思いますが、早い話が売店の前の（笑）、通路といいますか。もう少し詳しく言うと、売店とトイレの間の（笑）、壁といいますかね。ウフッ、そこにちょっと並べて、というぐらいですけど。

でもね、写真好きなんです。きれいなものには心を奪われます。きれいだなー、って。と思ったら、どっかに、欲しいなっていう気持ちがもう芽生えていたんでしょうかねえ。ふっと気がついたら、持ってましたよ（笑）。

これはね、いま言ったようにね、撮ったものがすぐ見られる。いやだと思ったら消してしまうこともできる。だから無駄にバチャバチャバチャバチャ撮れるんです。そのかわり消すのもどんどん消すことができる。

ところがいずれ消せると思うと、どうしても撮る枚数は増えていきますよね。フイルムで撮ってるときも、あたしは無駄にバシャバシャ押すほうですが、でも、どうせ捨てるんだと思うような対象はまず撮らないですわ。ここっていうところになるとシャッター、バシャバシャバシャやるわけです。

で、デジカメです。買うときもですね、あたしはわりに買うときには金銭に糸目はあまりつけないほうですから（笑）、どうしようかなと思って。

実は、あたくしはね、モノを買うときはしつこく下調べをするほうなんですが。本屋へ行ってみたら、『デジカメのすべて』とか『デジカメの買い方』とか『今このデジカメが』とかって、いーっぱい並んでるんですねえ。

で、そのうちの三冊四冊を読破しましてね。その中から自分の予算、性能、使い勝手といろいろ考え合わせて、これっと決めて（エヘンッと咳払いをして）カメラ屋へ行って、デジカメを買いました。

今になって考えてみるってぇと、デジカメってのは高いですな。高いっ！（笑）

このごろ三万円以下なんていう安いものも出てきましたけどね、あたしが買った半年前はまだ三万円台はありませんでしたよ。五万、六万台から上ですかね。

それがですよ、あたしの買ったのは九万八千円。熱に浮かされていたというのか、なんというのか。若気の至りだったといえばそうかもしれない。

定価九万八千円。九万八千円ってのはね、高いです。高いと思いましたよ、最初は。それが、だんだん本を読んでるうちにね、なに六万とか七万ってのはもうね、屁みたいなカメラなの、デジカメのほうでは。そういう気にだんだんなってくるんです。その本を読んでると。

ま、ちょいとましなのが八、九万。で、いいのは十二、三万。ニコンのプロ用だと六十五万とかそういうのがあんですよ。キヤノンのプロ用だと百何万とか、そういうのもあんです。それに比べるとですね、九万幾ら……高いなと思ったのが、だんだん、まあそのぐらいしようがないかなと思ってくるんですよ（笑）。

だって今まであたしが使ってた一眼レフだって八万七千円ですよ。あたしはずっとミノルタできましたけどね。

あたくしの選んだデジカメはニコンでした。一度は使ってみたいなと思っていた憧れのニコン。ちょっと不満もあったけど、ま、いいや、ニコンだから、ってんでね。

しかも、なんと！　売値が七万八千円なんですよ。九万八千円が七万八千円。ニコンで七万八千円、ニコンが二万円も安い。「おっ、決めたっ」ってんで買っちゃった。

ところがね。

なかなかその先が大変だったのヨ。そうじゃなきゃ、こんな話をわざわざしないんです（笑）。

さあ、お金を払おうとしたら、「えーと、ほかの付属品はどうしますか？」っていうんですよ。

「フゾクヒン？　なんですか、付属品」

「いや、これだけじゃ撮れない」

って言う。

「ああ、ああ、そうなの？　へーえ。で、ナニ、ナニ、何が要るの？」

「つまり、普通のカメラで言えばフイルムに当たる」

あ、そりゃフイルムはね、そりゃもう今までだって撮るたんびに買ってきましたから。

こっちはそういう頭ですから、フイルム。

「そんなのは別に最初買わなくたって」

「いえ、でもこれね、最初からないと何も撮れないですよ」

と。

「どういうこと？」って聞いたらね、付属品に一枚だけは付いてるって。カード式だてんですよ。コンパクトフラッシュっていうカードだったんですけど、その付属品についているコンパクトフラッシュにはその上に「8」って書いてあるんですね。それは8メガ何とかっていうらしいんですけど、そういうことはあたしは全然知らないんですよ。

それでその付属品の、つまりオマケに付いてる8というのは、何枚撮れるかというと、これがまた厄介なんですよ。

普通のカメラは三十六枚撮りのフイルムを入れれば、ちゃんと三十六枚撮れるでしょ。

このデジカメってやつはそうじゃないんですって。あたしの買ったそのカメラは四段階に分かれてるの、画質が。

いい画質。その上のもっと、ごくいい画質。それから普通の画質。それから、くだらねえ画質（笑）。と、この四種類が撮れるてんですよ。

ごくいい画質というので撮ると、この8メガというのは一枚しか撮れない。

そんな一枚しか撮れないカメラなんてねえ……（笑）。むかしの小学校の卒業写真じゃねぇてんだよ。マグネシウムたいて一枚撮っておしまいってそんなんじゃいやだよぉ。ちょっと古いから今日の若いお客さまにはマグネシウムたいてはピンとこないでしょうけどね。そんなんじゃしようがないでしょう。

でもね、一番いい画質じゃなくて、その次のいい画質にすれば十枚ぐらい撮れる。普通の画質にして撮ると三十枚とか四十枚とか撮れるって。で、くだらねえ画質にすると百枚ぐらい撮れるっていうから、よっぽどくだらねえ画質なんだ、これは（笑）。

で、あたしはカメラやってるぐらいですから、くだらねえ画質はいやですからね。そうかと言って一枚しか撮れねえんじゃもっといやだから、じゃあ、コンパクトディスクとやらいうカードを買ってやろうじゃねえか。おれも江戸ッ子だってんでね。

そしたら何種類かあるてんですよ。8の上は16、32、64、128っていうふうに倍々の数字のカードがゾロリと並んでます。数字はちがうけど形はおんなじなんですよ。大きさも厚さもおんなじ。これでカードと言えるのかどうか知らないけど四センチ四方で厚さが三ミリ位かな。

おんなじもんならさ、値段もみんなおんなじだろうと思ってなるべくいっぱい撮れたほうがいいでしょ。だから、こっちも江戸ッ子らしく巻舌で「じゃ、その128ってのをもらおうじゃねえか。いくら?」っつったら、六万五千円(爆笑)。

おい冗談じゃねえよう、おいっ(笑)。つまり、128って書いてあることは、それを八で割るとですね、ごくいい画質で撮ると(口の中でブツブツと数える)……十六枚しか撮れないんですよ(笑)。ばかやろ、十六枚撮ってさ……(笑)。正気かよ六万五千円(笑)。

だって九万幾らが七万幾らになったからって買う気になったヤツがですよ、フイルムだけで六万五千円をスッと買えますか、あなた(笑)。

こっちは金銭に糸目は、あまりつけない方ですからね。

「その半分の64てぇのはいくら?」

すよ。

「これは三万××円です」

「クーッ、じゃその三万××円のでいいや。おれだって江戸ッ子だあ」(笑) だらしのねえ江戸ッ子！ (笑) それでおしまいかなと思ったらね、そうじゃないんですよ。

これは電池を食うっていうんですよ。カメラ屋もよく知ってるんですよ。だから買う前にはそういうことは言わない。買うと決まってから白状しやがんだよ (笑)。よく電池を食いますからね、電池は専用の電池でいま使う電池とそれから予備の電池、純正の充電器と、ね、それから自分んちで撮ったりなんかするときには電池使わないほうがいい、家庭用のコンセントからとらないとすぐ電池がなくなっちゃう。これがそのコードって、それもですね、家庭用コンセントからってただの電線なのに、これがそのカメラの専用となると、なんかこんなちょっと機械付けただけでね、高いのなんのってね (笑)。

それでさっきのフイルムっていうかカードを除いて、九万八千円を七万八千円にまけてもらったのに、払ったおカネは十万幾らでしたよ。つまりそのいろんな付属品、電池、消費税。その上に、三万××だかのコンパクトフラッシュ代が乗っかるんです。

もうね、頭ん中、こんがらがって、いくらになるんだかわからない。もうどうでもいいやっ、ていう (笑)。ヤケクソだよ (笑)。

で、今日は何の話かというとね、デジカメはやめろという話をしてるんです（笑・拍手）。あんなもん買っちゃダメだよっ（笑）。

持ってる人は捨てっちまえ、そんなものっ！（笑）

どうにもならないんだから（笑）。

で、いっぱい撮れて、わあいいな、っていま話聞いてて思ったりなんかしたでしょ、撮ったもんがすぐ見られるなんていいなと思ったでしょ。だけど、どう見られるったって、これっぱかりのものしか見らんない（笑）。マッチ箱半分の画面だよ。

それでも折角買ったんだからってんで撮りますよねぇ。だんだん残り枚数が少なくなってくるでしょう。だから、だんだんだんだん画質を悪くしてってね、とうとうしまいには、くだらない画質で撮る（笑）。そいで、くだらない画質もとうとう目いっぱい腹いっぱいになって捨てるもんもなくなっちゃったからってんで、またカメラ屋へ行って、三万××円で、その、その、カードを買ったんですよ。

あれはどうしてもピョッピョコピョッピョコ、ピョッピョコピョッピョコ撮れるという気楽さがあるんです。消しゃいいんだと思うとなおさら撮っちゃう。でも撮ってみると、なんか捨てんの惜しいような気もしてね（笑）。そしたらまたすぐいっぱいになっちゃって、また買いに行ったんです。

で、三枚目買うときになってね、もうなにかね、途方に暮れてしまった(笑)。
この先こんな生活を何年続けるんだろう？ (笑) ——と、こんなちっぽけなマッチ箱みてえなものの画像を見るために、おれは生涯三万円ずつ損していかなきゃならねぇのか(笑)。

で、その話を寄席の楽屋でしたんです。そしたらですね、楽屋にパソコンの好きなやつがいてね。「だからパソコンを買え」と、こう言うんですよ(笑)。パソコンにそこから移しちまえばカードはカラになるんだから、カードは一枚あればいい。だからパソコンをお買いなさいと。

これは五街道雲助《ごかいどうくもすけ》っていう、噺家の中で一番パソコンに詳しいやつですよ。なんだ？ っつったらね、つまりパソコンを買えば、そんなコンパクトフラッシュカードなんてえものは一枚か二枚あったらそれで足りると。一枚でも十分だと。それをパソコンの中にみんな……パソコンの中にはそんなカードはもう何十枚でも入るような機能が入ってんだと。「だから早い話が、この先あんたがそのカードを十枚買ったとすれば、そのカネでパソコンはらくに買えるんだ」というわけですよ(笑)。そうすれば何十枚、何百枚分も入るってんです、それ。

それでおわかりでございますか？ (笑)

だけどあたしはね、パソコンなんてぇものはね。生涯おれは使わねえぞ！　って決めていたんです。冗談じゃねえ、右向いても左向いても、どいつもこいつもパソコン、パソコンって言いやがって、何がパソコンだ、バカヤロウと思っていたほうです。パソコン持ってなきゃ一人前じゃねえ？　小学校二、三年のときからパソコンを教えて、それがなんだっつぅんだよ、おれに言わせりゃ（笑）。

パソコンがなきゃメール、つまり手紙を書けねえようなやつらばかり増えやがって冗談じゃない。こっちはね、文字を書くという文化を持ってるんだよ、手で書くという文化を。

え？　それをパソコンでもって、タイプライターみたいに、こんなことやって、こんなことやって、なーにがバカヤロ、なんて思ってたんですよっ（笑）。

それで結論はおわかりでございますね？　（爆笑・拍手）

今、うちにパソコンがあります（笑）。

だけどそれはですね、皆さん、あたしはね、そのパソコンをですね、パソコン使ってね、何かゲームをやろうとか、日本の国では見てはいけない海外のなにかあの（笑）、そういうものを見ようとか、そういう気はないんですよ。インターネットで何とかして、なんかそういうものを見つけだしてですね、そういうのもいいなとは思うけど（笑）、ま、そういうことをするために買ったんじゃないし、してない。

あたくしがしたいのは、ただそのフイルム代が高いから（笑）、それを取り込みたいだけのために買ったんですよ。

ところが皆さんっ、世の中はそんな簡単なものではなかった！（笑）

あたしはね、デジカメからパソコン、そりゃ経済、そろばん弾きゃそのほうが安いに決まってんだから。十枚買ったらパソコンが買える。その中に何十枚、何百枚だか知らんけど入るってんだから。じゃそれを買ったほうが得じゃないですか。ね？　単純にそう思うでしょう？

そーれがね（笑）。さあデジカメからそこへ入れようとすると、デジカメからじかに入れることもできるんだけど、それをやると時間がかかってしようがねえってんですよ。じゃどうしたらいいかてえとそれにはカードを読み込む、何とかカードリーダーとか何とかって、なんか別の機械を買わなくちゃいけないの。それにまた万がかかるのヨ（笑）。

で、それを保存しておくっていうものがあるんだって。パソコンの中にも保存はできるらしいんだけど、もしパソコンがボンッ、てなっちゃったらば、それは全部消えてしまうんだって。で、そのために別に控えをとっとくもんがあるんだって。控えをとっとくものがないと、心配で寝られないいんだそーですよ（笑）。

どうしてそんな心配なものをみんな買うかねえ？ (笑) その保存する機械を買うためにまた四万だの五万だのってかかるんですよ。それに、それをまたつないでそれを動かすにはですね、これが大変なんですよ (笑)。

だいいちパソコンを、皆さん買った人はご存じでしょうけどね、パソコンはね、使い方の本なんて付いてないのよ。簡単な、これはこういうものですっていうパンフみたいなものが付いてるだけなんですよ。普通はビ、ビ、ビ、ビデオデッキとかそういうの買うと、困ったときにはこうしましょうとか、こういうときにはああしましょうとか、いろいろ、さあ留守録をしてみましょうとか、電話を買ったってそうでしょ、ファックスを送ってみましょう、受けてみましょう、留守電をセットするにはこうしますとか、そういうのが付いてるでしょ。そうそう取扱説明書、そういうのはなーんにもないの。そういうのが見たい人は、その会社の何とかかんとかホームページっていう、何とかがドットがどうしたの(笑)、何とかスラッシュだか、そういうところを打ち込んでそれを読めってんですよ。だけど、そんなことができるぐらいならば (笑)、それができねえから説明書が欲しいわけでしょう (笑)。

できねえ人はどうするかっていうと、本屋へ行って、『パソコンの使い方』ってのを買うんですよ。これがまた一冊何千円もするんですっ (笑)。早い話が、今日来たのはね、デジカメばかりじゃねえ、パソコンはやめたほうがいいって話ですよ（笑・拍手）。

あんなもの買ったらね、道楽息子持ったほうがいいくらいだよ。カネなんかいくらあったって足んないよっ。ずるずるずるずる、たれ流しだあ。ど〜んどんっ、取られるからねぇ！（笑）知らないよォ！（笑）

それで、さっき言ったデジカメからそこのそっちへ移すにも、ただ、えー、さっき言った、カードを読み込む機械を買えばそれでいいのかと思うと、それをもっとうまくやる方法とか早くする方法とか、今度はそういうソフトってのがあるんです。

ソフトっていうからね、つっつくとやわらかいのかと思うとそうじゃないんですよ（笑）。そんなのがあるんです。それがまた、万がするんですよ。

で、早い話がどうするかっていうとですね、そういうのを買ってくるでしょ。そうするとね、いきなりつないで、ポーンとスイッチ入れたからって、なんかできるわけじゃないんですよ。それを動かすために、まずCD−ROMとかっていう、早い話がCDをビーッと入れるんですよ。そうすると、画面なんか出てきやがってね（笑）、で、そこにね、初期設定とかなんとか出てきて、そこに住所と名前と生年月日……おれは警察行って取り調べ受けてんのかっていうんだよ（笑・拍手）。

人をバカにするのもいい加減にしろよっ、ほんとに！（笑）

おれはそんなこと言ってんじゃないの、カメラにあるものをそこへ取り込みたいだけなんだよっ（笑）。

それなのに、今度ね、UCBだかUSBとかなんかそんなものがまたいくつも要るような、そうすと今度USBのなんとかなんとかっていっぱいくっつくようなものをまた買ってこなくちゃいけない。で、またカネがかかる。そうすと、今度はパソコンのところから出したり取ったりひっぱったりいろんなとこに差し込んだり、間違えて差し込んでまた何とか……モ、大変なの、それ（笑）。

で、暑いでしょう？（笑）ただでさえイライライライラしてんのにね、あんなものやめなさいよっ、ほんとにあんなものっ（笑）。国を滅ぼすぜ、あれはっ（笑）。

ンも、それで最初はCD—ROMを入れたとすっと、そこに画面に突然なんかポッとマークかなんか出てきやがってね、そこをダブルクリックしろ、クリックしろって、パチパチッて二回やるんですよっ（笑）。ほいで今度はなんかほかに出てくるから、またそこをダブルクリックすると、そこはダブルクリックじゃなくて一回じゃなきゃダメですよとかね（笑）。

それで、そうすっと左上からいきなりウワッと何か出てきやがってね、そこにいろんなものがいっぱい並んでるんですよ。そのうちのどっかを選んで、そこをこう……クルクルクル、クリックってやるんです。そうすと今度は別のとこからバッと出てきて、このうち、あなたはどれがいいとかね（笑）。

そういうことはみんなおまえがやれってんだよっ！（爆笑）

なんなんだよ、パソコンってえのは（笑）。人を使うだけ使っときやがって（笑）。

それで、なんかちょっと手順が間違えるってえとね、「あなたは間違えました」って出るんですよ（笑・拍手）。

パチパチじゃねえよう！（笑）で、間違えましたって出るでしょう。間違えたらどうしていいかわからないでしょう？　わかってる人なら、ああどっか間違ったのか、じゃさっきのとこへ戻ってとかってなるけど、こっちは今まで何やってきたかわかんねぇんだから、さっきに戻すも何もありゃしねえよ。戻し方もよくわかんねえんだから。

しようがねえから電源切ってまた最初からやり直しだ（爆笑・拍手）。

そうすとね、パソコンっていうのは突然動かなくなっちゃったりするんですよ（笑）。ウンともスンとも言わなくなってね（笑）。

ほいで、こんなついてるネズミのシッポの長いのような、こんなものいっくらクルクルクルクルやったって、なーんにも出てこないの（笑）。

で、今日はあたし何をほんとは言いたいかっていうとね（笑）、いろいろやってみてわかりましたけど、パソコンはバカだっていうことです（笑）。

どうバカかっていうと、パソコンはね、言われたことしかわからない。

おわかりですか？　言われたことしかわからない。

われわれ人間はね、一を知って十を知るっていうことがあります。一を知れば、ああ、今までこうやったんだから今度のときはこれをやりゃいいんだなって、一を知って十を知るってことがある。パソコンは何もわからねえ。あれはバカの塊です（笑）。

一を知ったら一しか知らない。いわれたことしかわからねぇ。そのかわり、あたしよりすぐれているとこはたった一つ。一度覚えたら忘れないってこと（笑）。

子供はね、とても覚えやすいんですってね、あれは。子供はわれわれのように、そうやって一を知って十を知るってことを知らないから。まだ知恵がついてないから取っ付きやすいんだね。……つまりね、パソコンは知恵はないの。知恵はダメなの（笑）。世の中ではね、いくら物覚えがよくても知恵のない人はバカってんですよ。

おわかりですか？（笑）学校の成績がいくらよくても、それだけではパソコンと同じなの。知恵のない人はバカってんです。だからパソコンで、小学校二、三年からこうやって、フェーフェフェフェーってやって、試験なんかもパソコンゲーム感覚でパッパパッパッと受かっちゃって、どんどんどんいい学校へ行って、それで親は満足してっかもしんないけど、子供の頭はただパソコンになっちまって、ゲームやってるのとおんなじ、それで東大かなんか出ちゃって、東大出て、出たけども、さあ知恵を使って生きなきゃなんないというときになったら、何をして遊んでいったらいいのか、どう生きていったら人が豊かになるのかなんにも知らないの。だから、しようがねえから、キャンパスん中ボーッとして歩いてるってぇと、そこにいやに脂ぎったむくんだ人相のよくねえ、髪のぼさぼさのやつが来やがって、「きみきみ、あぐらをかくと体が宙に浮くよ」(笑)。

それで本気になっちゃったやつがいっぱいいるんですよ。

考えてみりゃわかりそうじゃない。あぐらかいて人間が宙に飛ぶわけがないんだよ。あぐらかいただけで宙に飛ぶぐらいなら飛行機に乗るやつなんかだれもいないよ(笑)。

空見上げてみな、あぐらかいたやつがどんどん飛んでんだよ(笑)。

だれもいやしないよ、そんなの。困ったもんだよ、ほんとに。

最初、申し上げたでしょ。事の始まりは、デジカメでした(笑)。

うっかり、ちょっと入ったために、ドドドド、ドドドドッ(笑)。ひどい目にあいますよ、ほんとにね。あんなバカは相手にしねえほうがいいよ、ほんとに。

(松戸音協独演会　2000・9・3)

『かぼちゃ屋』枕

餅つき大会

えー、お足元のよくないところをわざわざお出かけくださいまして、本当にありがとうございます。

えー、もう当会館は早いうちから切符は満員で売り切れておりますが、せっかく切符を買ったのにここまでたどり着けずに、救急車で運ばれた方やなんかが（笑）、ずいぶんといらっしゃるようでございますが、えー、ほんとに、あとお帰りをお気をつけになって、えー、もしお倒れの節は、救急車というタクシーがおりますから（笑）。

別に大したことはなくったってね、「もうダメだよ」と言えばしようがないんですから（笑）。

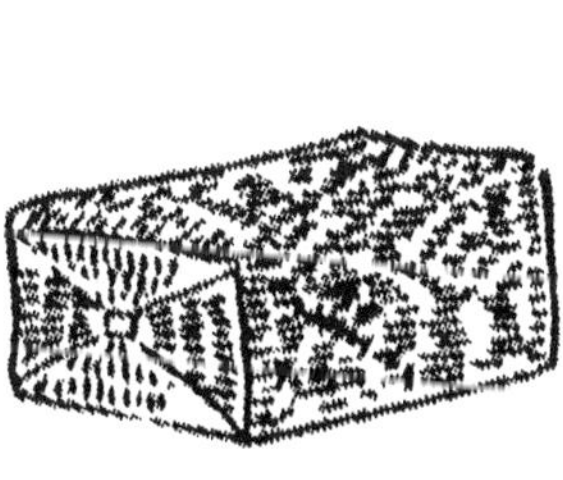

えー、あたしが言ったって言わないようにしてください（笑）。

まあ、本年もこうやってお邪魔をいたしました。

お正月ようこそおいでくださいました。

（お茶をズズッとすすって）何しろめずらしい年に行き合わせたもので、えー、世紀の変わり目というのはありますが、千年に一度の変わり目というのはそうそうあるものではありません。なにかくじ引きに当たったようないい心持ちがいたしますな、それだけでも。

ンー、だからといって、えー、何も変わったことはないんでございますが（笑）。

ですから、こちらもこれといってお話もないんですが（笑）。

暮れ押し詰まってですがね、あたくしの師匠は東京の目白ってぇところにおりますわね。そこの町内の喫茶店でたまたま居合わせて隣のテーブルで話をしている、どうも町内会の人らしい。年頃はあたくしとどっこいといったようなとこか、もう少しお若い方もいたかもしれませんが、その話を聞いてて、おやっ？　と思ったんですがね。

つまりね、どういうことかってえとね、年末に向けて、子供に餅《もち》つき大会をやらせようと、こういう話なんですよ。

おお、いいじゃねえか、と思ってなんとなく聞いてたんです。

ンー、そしたらね、結局、臼《うす》をあれして子供に餅をつかせるわけですな。このごろのお子さんは、なんてんですか、たとえば魚なら海から釣ってくるとかそういうことを知らないんじゃねぇかと思うぐらいの、特に都会に住んでる子供はね、トマトなんていうものはスーパーのパックの中で自然に大きくなっていくんじゃないか、というようなふうになりがちでございます、どうしたって。大きくなれば、それは気がつくんですが。

だけど、大人になってやっと気がつくようじゃ、ほんとは手遅れってえもんだ。子供のときから、生き物ってのはこうふうに育ってきて、こう大きくなって、こうなって、食べ物だってそうやっていろんなところを伝わってやっと自分の口に入るんだよ、っていうことを知らないってのけ、ほんとはまずいんじゃないかなってことをこのごろ、ときどき考えていたんですがね。

ンー。そのときもそう思いました。餅ってのは、ああいうのし餅になって、すぐ、パカッパカッ、って割れるようになってラップして売ってあるというのが普通ですけれども、そうじゃない。自分たちでついて、しかもつく前はフワ〜ッと湯気の立ったおコメ、つまりおまんまですな、もち米という普通のコメとは違う、へえ違う？　もち米なの？　っていうところから始まって、それをパカッと臼の中にあけてプリンのような形になったのを、最初はごりごりごりごり杵《きね》でかき回して、そのうちペッタンペッタン……。

そういうようなところを、べつに全部おぼえろっていうんじゃないんだけど、目の前でそういうのを見ているってぇと、なにかずうっと将来、なにか違ったことになってくるんじゃないかなと思うんですがね。いきなりスーパーで、ポイッ、って餅が出てくるよりは。

だから、おお、いいじゃねえか、いい話だなと思って聞いてたんですよ。

そしたらですねぇ、その餅つき大会に教育委員会からクレームがついたと。それから保健所からもクレームだってんです。だいたい見当つきますね、これでね。

つまりね、なんか間違いがあったときに……学校の校庭を借りてやるんだそうですよ。で、PTAと町内会が一緒になって、で、子供に餅つき大会。

教育委員会が出張ってくるってことは、もし何かあるときっと校長の責任になるんでしょう。校長ってのはべつにね、その学校のオーナーでもなけりゃ創立者でもないんですから、あの人は。教育委員会というか教育長のほうから派遣されてくる、雇われマダムみたいなもんですな(笑)。

それがなんか事故があるってえと出てきて、そんなはずはないんですけど、と。何かあっとすぐ出てくるでしょ、あれも不思議な話ですねぇ。

どうして何か事故があるとすぐ校長が出てきて、「あの子はそんな……。普段もっとまじめでいい子なんですけど」なんて、よくそんなことまで校長が知ってますね(笑)。

あれが不思議ですよ。そんなに一人一人知るわけがねえ。そら担当の教師から聞いたのかもしんないけど、又聞きはダメです、又聞きは（笑）。

それだったら担当の教師を連れてきて、そこで何か話を聞くっていうんならまだわかるけど、すぐ校長が出てきて。

そういう制度になってんですな。つまり、校長が何か具合が悪いってことは、今度は教育委員会のせいにされるんでしょ？　で、教育委員会のせいってぇと、今度はその上の、その上のって、そうふうになってくんですな。日本がそういう成り立ちになってんでしょう。それを今さらとやかく言ったって、言いたいけど言ったってしようがないから言わないけど（笑）。

ンー。でー、結局ね、どういうことになったかっていうと、その人たちの話聞いてると、餅つき大会はやめんのかなと思ったら、やるんです。

餅つきはさせます。でも、でき上がった餅は町内会やＰＴＡが食うんですって（爆笑）。ほいで子供はどうすんのかってぇと、前の日のうちに餅屋から買っておいた餅を食わせるって（笑）。

そーんなバカな話がありますかねえ？　ほんとにこんなバカな話がありますか。

これはあたしがつくった話じゃない。本当にあった話なんですから。

あたし、そこの役員でも何でもないから、変だなァと、思いながら聞いてるだけでしたけど。

子供にしてみたらどうですか。大人が、何かあったら困るという、ただそれだけの都合でもって、つくことはつくんですよ。こうやってつくんだよ、ああやってつくんだよ……あるいは大人がつくのをそばで見てんですよ。ときどきこんなこと、水やったり、返したりなんかするのか、へーえ、でき上がると、こんなことして、こんなことして、それでこんなことして、こんなことしたりなんかして、それずーっと見てんですよ。

それみんな、大人が食っちゃうんですよ（笑）。

それで子供は餅屋から買ってきたお餅を、はーいって、フンガフンフンって（食べる）。うまくはないでしょ、これは。

餅なんてえものは、つきたての餅ぐらいうまいものはないんですから。ほんとにお餅かよ、っていうぐらい。

というよりは、あれがほんとのお餅なんですよ（笑）。

普段はしようがなくて、間に合わせの保存用のおやつを食ってるので、つきたての、あの、まだやわらかくって、あったかくって、こーんなに伸びて、それをふぅふぅ言いながら、ハフゥ～、なんて言いながら、そのね、うまいんです。それからね、あんこだろうと、からみ餅だろうと、納豆餅だろうとね、うまいんですよう。

だからきっと、なんでしょ、そういうときに教育委員会は、衛生管理が悪くてなにか中毒を起こすとか、あるいはそれで餅、のどへつっかけてどうにかなっちゃうやつがいたらば、結局、校長の責任だってんですよ。

責任かもしれないけど、いいじゃねえか、責任だって（笑）。そしたらそこの校長辞めて、ほかの学校に行っちゃえばいいじゃないの（笑）。

それがどうもおかしいですね。つまり、上がバッテンをつけられないために、子供は、大人たちが自分たちのついた餅を食ってんのを、ただ見て、ああ、そうなのか、それでおれはこうか、っていう（笑）。

そういう子が大きくなったらどうなると思います？　結局、大人がうまいとこだけ持ってっちゃうという。いつも不満がふつふつと……。で、いっつも上からしかモノを見てないっていうのがね、どんなもんでしょうかね。あたしは許せないなあ。

子供の立場になって考えてみる。せっかくやらせてくれるんだったら、何とか食えるようにしてやったらいいじゃないですか。のどつっかえちゃうのがいけなかったら、もっと小さくちぎって、小さくしてあげればいいじゃないですか。ね？

そいでものどつっかかることがあるなら、つっかかったっていいんですよ、つっかかったら、そら大変だってんで、みんなで飛んできて何とかするとか、指つっこむとか、割り箸つっこむとか。ねえ？　それでのどが血だらけになったって、何だっていいんですよ（笑）。

子供のときにそんなことがあったよ、っていうことを一度経験している子は、その後、どういう生き方をしていくか。何事もなく、そこを無事に抜けていった子と、そこで血だらけになった子と、どっちが人間らしい生き方をしていくのかっていうことになるとですね、あたしはどうも……どうだとは言いませんけど、なにか納得がいかない。

納得がいかないなあ。もちろん、やるときは万全をはかって衛生的に、中毒を起こさないように、きれいにやるんですよ。そういうことも子供にちゃーんと言うんですよ。ね？　手元がくるって臼の縁なんかつくってえと、餅のカスが餅ん中へ混ざったりなんかするでしょう？

餅のカスじゃねぇ、あの、ウ、ウ……（笑）。餅のカスはもちへ混ざったっていいんだ。う、す、の、カ、ス、が（笑）。

あれ、下手なやつほど縁叩くんですから。そいで、縁が欠けて中へ入ったりなんかしたらちょいっと取ってやればいいんですよ。取りきれないで混ざってることもあったって、そーんなこと気にすることないんですよ。そんなもの一緒に食っちゃったっていいんですから。

ですからね、普段からあんまりきれいなものばっかり食わされてるってえと、なんかちょっと混じってると、もう「食べらんなーい」なんて、そういう子になっちゃうんですよ。

いいんですか？　それで（笑）。いいの？（笑）

ハー、そんならそれでもいいけどさ。（投げやりな言い方で）じゃ、そうふうに暮らして（笑）。

あのね、過保護っていえば過保護なんですけど、過保護ってのは、やっぱりいつも上から見ている、上の都合で見ている言葉ですよ。そうじゃなくてどうして下からものを見られないの。子供の心になって、子供のためにやってやろうというんだったら、子供の心になって、どうしたらいいかっていう、そこから始めたらいいんじゃない？　もし事故が起きて中毒を起こす者があったら、そのときは、たとえば保健所が飛んできて調べるとか何とか、そういうときのための保健所で。ええ。

保健所でも警察署でも、無事故何日間続いているっていうことを自慢にするための機関ではなくて、事故は毎日あっても結構。あったらすぐに飛んでって何かするっていう、そういうのを子供に見せておくっていうほうが、あたしはねえ……。

わかっていただけます？　あたくしの言ってる意味は（盛大な拍手）。

いや別に、選挙に立つわけじゃないんですよ（笑）。

選挙に立つわけではないんですけれども、どうもそういうところがね。で、そうやって育てられて、つまり過保護だ過保護だって、過保護っていうのは護《まも》ってやりすぎってことですよね。そうやって育つと、どうなりますか、無事かもしれないけど、ケガもしないで親も安心かもしれないけど、いつかあるとき何かになってくるんじゃないですか。

子供がしたいという気持ちを掘り起こしてやる。こうやりたいと思う気持ちを持ったら、前へまわってああしろこうしろ、そうはしちゃいけねぇって、引っぱってやるんじゃなくて、子供の後《うし》ろにまわって押し出してやる。余程の大ケガをしそうとか、命にかかわりそうな瀬戸際までは子供の心にまかせてやりたいようにやらせてやるっていう。

そういう心構えで後ろから応援してやったら、子供はのびのび愉快に生きる楽しさを知っていくんじゃねえかなあ。

だから、十七の子供がどうとかこうとかっていうのは、あれはね、あるべくしてある姿ですよ。あの子たちべつに悪くないですよ。そういう過程で育てられた……カテイっていうのは、おたくの家庭っていう意味じゃなくて、ま、それも含めてもいいや（笑）、つまり教育委員会だ、餅つき大会だ、そういうこと。それから、学校でもって鉛筆削りがあるってぇからまあそれはしようがないかもわかんないけど、ナイフで鉛筆削ったりしちゃいけないとか、なんかそういうのがあったでしょ。

いいじゃないですか。学校にナイフ持ってきちゃいけないなんて、いつからそうなっちゃったんですか。ナイフ持ってきて、みんなで、普段は鉛筆削り使っているけれども、今日はこうやってナイフで鉛筆を削ってみましょうとか、あるいはヒモを切ってみようとか、なんかそういうことをかえって、もう小学校低学年のうちから止めるより教える……だから、どんどんナイフなんか学校へ持ってったらどうですか。

一人五本、六本、何でもいいから、抜き身のまんまどんどん持ってくる（笑）。

それで、なんかちょっとケガしたりなんかすると、すぐお母さんお父さんが飛んでって、「うちの子をこんなに」なんて、すぐガタガタいうのよね。つまりね、今の親たちもそうやって育っちゃったからそういうガキが出てきてんですよ。

それはね、今の小学校へ通ってる（子供の）お父さんお母さんたちも含めて、そういう人たちをつくってしまったわれわれ世代の……ほんとにね、申し訳ないと思ってますよ。

でもまあ、それも仕方ないっていや仕方ないよ。仕方ないっていや仕方ないんだ。戦後の社会でもって、ほんとに食うものも食えない、何とか少しでも楽になりたい、早く発展して世界に、ねえ？　並ぶようなあれをしたいって、そっちまで手が回んなかったってこともあるかもしれないけど、でも、いま考えてみると、あんまりそういうことを少しやり過ぎて、一番肝心なこと抜けてたなっていうことを、いろんなことでいま気がつき出してるわけですがね。

えー、これァ、あんまり寄席でやる話じゃないね(笑)。フフフフ……。

だからといって、オレにはほかでやるところがねえからさッ(笑・拍手)。

わたしも子供が三人いますしね、やっぱりそういうことはどうしてもいろいろ思いますよ。言いたいことが言えなくなってしまったこのごろの親は情けねぇ、なんて話題が世間でとりざたされると、ああ自分もそのうちの一人だなって思い当たりますよ。

まずいよ。どうしてこうなっちゃったのだろうっていう。ンンー、どうしようもないのかもしれない。でも何とかしなくちゃいけないと思っていることは皆さんも同じです。

だから、やっぱり子供ですよ。子供のうちに。だよね。

子供はね、そりゃ大切です。かわいいですよ。だからっつって、ケガひとつしないようにっていうの、気持ちはわかるけど、ケガしたら、こうふうに治せばいいんだよ、こうふうにしていけばケガしないようになるんだよ、っていうことをだんだん覚えさせていかないで、大事に大事に水槽の中で育てた金魚を、いきなり東京湾へ放すようなもんでしょう? (笑)

で、そいつらにちゃんと生きろっつったって、生きられるわけがないでしょう？　大体、過保護になっちゃう、過保護、過保護。

やっぱり、水槽に飼ってても、ときどきは泥水につっこんでやるとか。ね？　大体、過保護になっちゃう、過保護、過保護。

うちは過保護じゃねえったってね、世間そのものが過保護なんだから、やっぱり過保護ですよ。その中の一人ですよ。

たとえば、畑の真ん中に用水池ってぇのかプールみたいにたまっててんのがあって、よくそこへ囲いがしてあんのが破れて、あるいは子供が破けば破けるようになっていて……子供ってのは何でも興味持ちますから、囲いがしてあると、なおさら入りたいわけです。そこからこうやって無理やり中へ入って、それで滑って落ちて、それで帰らぬ人となっちゃった、なんてことになるとですね、親は怒りますよ。

冗談じゃねぇ、何だと思ってんだよ、なんでそんな破けるような囲いをしとくんだ、とか、この責任はどこにある、とかっていうと、そしたらほら、警察だ、やれ教育長だ、保健所だ、なんだ、建設省だ、なんだかんだ、ねえ？　いやそれは畑の真ん中にあったからうちじゃあねぇ農林省だとか何とか（笑）。

それはいいです。大人の間じゃ農林省でも何でもいいけど、死んだ子供の身になってみろってんですよ。そんな何省も関係ないんだよ。死んじゃったんだから。

だから死なないようにすりゃいいんですよ。じゃ、どうすりゃいいかってえと、あたくしに言わせれば、囲いをつけておくのが悪いんです。もともとは。

囲いなんかなくていいのっ。

そばにちゃんと立て札一本つけときゃいいの。「落ちたきゃ落ちろ」って（笑）。

そうすると、あそこは危ないからね、行っちゃ危ないよ、あそこへ行っちゃ危ないよ、なんだったら一緒に行ってみようかって、親が手を引いてって、ほら、ここに落ちたら大変なことになんだよ、ほら、坂になってんだろ、え？　コケが生えてるだろ、ヌルヌルして上がれないだろ、もう助かんないよ、試しに落ちてみる？　とかいって一ぺん落としてみてもいいしね（笑）。

そういうことが親子でしょ？　そういうところに親子ってものがあるわけでしょ。

それがなんだい、親はパチンコやりに行きたいから、遊びたいから、楽しみたいから、子供をほうっておいても無事なようにだれかしておいてくれって、そういうことでしょ。なーんでも安全なようにして、なーんでも大丈夫なようにしといて、大人は、親は、気楽かもしれないけど、子供はどうなる。自我にめざめて、それがふくれてきたらどうなる。あともうしようがない、十七になってナイフ振り回すしかないじゃないですか（笑）。

——かと思うんですよ、あたくしは。

やっぱり虚しいね、こういう話は(笑)。腹ん中じゃ思っててもね、虚しいよ。

ここで言っても何の効き目もないもんね(笑)。

じゃ、なんで言うんだろう? やっぱり、そうね、おいでの方が少しでもそんな気持ちを、ちょっと持ってくれれば、いささかの、いささかのですよ、少しっつ少しっつの気持ちで。ウン。

用水池の囲いをもっと頑丈にしろとは、あたくし言っておりません。あれを取り去れと言うのは、ひょっとしたら皆さんドキッとするかもしれない。でも本当は、もうあそこに囲いをつくるっていうことに慣れてしまった皆さんが、もうすでに危ないのかもしれない。

なくて、なくて、しかも……でもときどき間違いは起きます。間違いが起きたって、そうやったって間違いは起きるんだから。

つまり、そうやったって、囲いをつけてもつけなくても間違いは起きるんですから、そうだとしたらもっともっと一人一人が自分の暮らしをどうするか、だれかが守ってくれる、だれかが何かしてくれるから大丈夫って、いいの? それで。いいのかなあ。

早い話が、信号だとか交通標識だとか、なーんであんなにたくさんあるんですか?

もう極端なこと言いましょ。もう信号なんか要りませんよ。どうして信号なんかあるんですか。横断歩道なんか要らないです、あんなもの。どこで横断したっていいの、横断したい人は。どうして人間より自動車が優先されなきゃならないんだよ。人間の命が一番大事なんだから。どこで渡ったってね、そんなに横断歩道が好きなら道ぜんぶ横断歩道にしちゃえよっ（笑）。

と思うんですよ。そう思ったらば、どうでしょうか？

と思うんですけどね。ふーっ。虚しいなあ、虚しい（笑）。虚しいけど、そういう考え方をしている人もまだいるっていうことも、ンー、どうでしょうか。

まあ、そんなに真剣に問い詰めようとも思わないけどね（笑）。

さっきあたくしがスキーをやるっていう話をあたくしの前に出ただれかがしてましたけど、初めてニュージーランドへ行ったときにね、ンー、ニュージーランドのスキー場ってのはね、あのー、あれ……エー、日本語で言うと昇降機っていうんですけど。エー、あれ、なんてったっけな、つまり……ちょっとダメだ、こりゃな。エー……ね？　うん（笑）。

あ、リフトリフト、リフト、スキーリフト。あれがね、速いんですよ。もうどんどん、ぐるぐるぐるぐるぐる回ってんですよ。もう乗るの大変。もう瞬間逃したら、ブゥゥ～ンって構えて、オワッ、つって乗らないと、えらいことになっちゃうんですよ。

日本のリフトはね、それに比べると三分の一から五分の一の速さです。いつまで待ってたって来ないっていうね。だから、リフトの乗り場のところに、三十分待ち、四十分待ちなんて列ができる。

むこうは、ウワーッとたかっていてもね、十分もたたないうちに、ワワワワワワッ、どんどんどんどん上がってって、どんどんどんどん下りてきて。だからいっぱい遊べんですよ。

どうしてああなったか知ってますか？

あれはね、日本のリフトは建設省の管轄なんです。ね？　あ、運輸省だ、ごめんなさい。運輸省。あれも人を運ぶからってんで、運輸省の管轄だ。

ヘンですねえ。スキー場のリフトが運輸省の管轄だってよ。で、運輸省に、つまりお役所仕事でバッテンをつけられる。つまり、リフトに乗ろうとして転んでケガした子供がいるっていうと、それは今度は運輸省の責任になるてんですよ。だから、まだ乗れない初心者のために遅いんです。

スキーをやってみるとわかりますけど、あのリフトに乗れるようになるまでは、ま、早くて二回か三回恐《こわ》い思いをすれば乗れるようになる。ヘタな人でも四回か五回やれば、あとは、その後のスキー人生何万回というリフトを、普通に乗って降りられるんですよ。

そうすと、最初の多くて四回か五回の人のために、あとの何百万人という人がみーんな我慢していなきゃならない。でも、その人たちのことは考えないで、初心者のケガする人をむこうは考えてるわけです。ケガ人が出ることが恐いんじゃない。ケガ人が出て自分にバッテンがつくことが恐いんでしょ。

それでケガした人が出ると、ほら見ろっ、だから言ったじゃないかー、っていうんですよ。それが日本の考え方ですね。

ニュージーランド行ったらね、乗り場に貼り紙というか書き出しが、英語ですから横に書いてありまして、英語ですから何ていったか忘れちゃったけど、日本語に訳すと、

「乗れないやつは乗るな」

って書いてある（笑）。つまり、自分は乗れるんだという責任の上で乗んなさいと。その責任の上で乗ってケガしたら、それはあんたの責任じゃないかって。

初心者はあっちのやさしい所でもっと練習してから来い。リフトに乗るのはそれからだ。人に迷惑かけるようなことするんじゃねぇ、ってなもんよ。

日本はどうですか。すぐ、だれだこんなものを、っていう。つまり、すぐだれかに訴えて、自分じゃないもののせいにするっていう考え方になっている。その中でわれわれは安全に守られてるって思って、それでいいんでしょうかね。安全に守られてると思ったら、銀行があんなんなっちゃったりするんですよ。

まーさか銀行がつぶれるとは思わなかったでしょう？　つぶれるんですよ。日本銀行だっていつつぶれるかわかりませんよ（笑）。

ンー……落語でもやりますか（笑）。とにかくもう外は雪ですからね、早く終わって早く帰っていただくっていう手もありますが（笑）、もうあきらめていただくという手もございます（笑・拍手）。

えー、なるべく過保護にしないようにしてね（笑）。

フフッ、自分が帰れなくなっちゃったり（笑）。

ハハハハ、そんならそれでもいーじゃないの。ね？　いろんな日がありますからねぇ。

ま、世の中はね、ほんとに、こうやって顔を合わせて、この時間を一緒に過ごしていられるというのも、そして二〇〇一年という、世紀どころか、十世紀分の始まりのこの年にこうやってお会いできてお話ができているというのもご縁でございます。

縁ですね、何でも。

ぜひ、三〇〇一年にもう一度お会いしたいもんでございます（笑）。

（藤沢新春寄席　2001・1・20）

『厩火事』　枕

あとがき

よくわかんねぇなぁ。

ほんとに、おもしろいのかねぇ。

たしかに自分で高座でしゃべったものには違いないのだけど。聞いて下さっているお客さんは興味を持って眼を輝かせたり、笑ったりしてくれてはいましたよ。その反応に乗せられてついつい長い枕話になったり、だけどそれは、その時その時空間に消えてしまう私とお客さんとの瞬間瞬間の共有時間であり、お互いのその場限りの楽しい時間、としてのおしゃべりだったのです。

それが活字になっておもしろいとはとうてい思えない。どころか、活字になるなんて、考えも及びもつかないことでしたよ。

それを、講談社の川俣真知子というひとがなにをどう突然ひらめいたのかは知りませんが、とうとう本にしてしまった。丁度三年前のことでした。

あの『ま・く・ら』は、もうあれっきりしか出さないつもりでしたので、載せられるだけ載せちまえと、出発当時は薄い本で出すつもりだったものが、だんだんに、そしてとうとう異例の厚い本になってしまいました。どうせ、あとは無いのだから、せめてこの話も、じゃこの話も、と増えていって四〇〇ページを上回る本になっちまったのでした。

今どき、厚い本は売れない。ましてや文庫本は気軽に買って気軽に読み終っちまうものが売れるのだから、文庫本の厚いのは売れない。などと、その当時から言われていたものです。

現在でも、薄くて活字のバカでかい、行間をたっぷり取ったスカスカの本が売れているそうだし、私もそういう本を何冊も買って読んでいる。が、そんな時代も少し飽きてきたというか、いくらなんでもこうスカスカじゃなあ、何だか損な買い物しちまったなァと感じはじめた今日この頃であります。今度こそ、もうこのあとに「もふたつ　ま・く・ら」は出ませんから、本当のところを言っちまいましょうかねぇ。このあとがきを書き出してから、何度か本が売れるとか売れる本とか、売れる売れないという言葉遣いをしているんですが、白けないで聞いて下さいよ。売れるとか売れないとかは本を作る本屋さんや本を売る本屋さんが言ってることで、言わしてもらえれば私にとっては売れたって売れなくったっていいことなんです。それぁ、売れた方が売れないより気分はいいかもしれないけど売れる売れないは、私にとってはどうでもいい事なんです。ほんとです。

そんな事より、いい本（正しい日本語で言えば「良い本」ていうぐらいのことは知ってるよ。だけどオレには「いい本」）を作ろうよ、と言う私に、川俣さんもだんだん押されて、結局あんな厚い本になっちまったのでした。でも、あれがいい本と言えたかどうか、そこのところは何とも自信はありませんけれども。ま、売らんかなの薄い本にならなかったことは、それだけでもいい気分でした。であるからして、この本は売れないだろうと見当をつけた講談社は、『ま・く・ら』初版の部数を通常の半分しか刷らなかった。つまりビクビクしながら出版したわけです。

てナ具合でしたから、一年も経たないうちに廃盤（本だから廃版てぇのかな）になるだろうと思っていたんですが、どういう風の吹きまわしか知りませんけど、まだ生きていて本屋さんに並んでいる。

とても評判がよくて、そしてよく売れているんだそうです。

どうも本の世界はわかりませんねぇ、私には。

この『もひとつ　ま・く・ら』でも自分で読みながらゲラゲラ笑っちまうところが、いくつもあるんですけど、それは自分が体験したことですから、活字になってないことまで思い出して笑っちまったりするのかもしれませんし、オイオイこの時こんな言い方をしたのかよと、自分の馬鹿さ加減というか思いっ切りの良さにあきれて笑ってしまうのですよ。

どうも私には戯作力《げさくりょく》というものがないようです。だから、ここに載ってるのは全部自分が実際に出会ったり感じたことばっかり、そのまんま。第一、枕としてしゃべってるということは、「このあとは落語をおしゃべりさせていただきますよ」という前提があっての枕ですから、一冊の本にまとめられたりしたら、弱っちゃうのです。ホントハ。ハイ。

特に今回は自分の本音がお生まに出ているような気がして、読み終わってみると、とても気恥ずかしい。ま、いいか。

川俣女史は『ま・く・ら』が出た直後から「この続きを作りましょうよ。まだお預りしているテープで面白いのがいっぱいあるんです」と私にモーションを掛け続けて来たのでした。私は言葉を左右にのらりくらりと避けていたんですが、とうとうあの執念と熱意に食いつかれちまいました。で、一旦やるとなれば、こっちも欲が出て来て、実はこんなテープやあんなテープ、それから最近のも幾つかあるよ、などとやってしまったものでした。馬鹿だねぇオレも。

「餅つき大会」は今年演《や》ったものですし、「パソコン」は去年。「クラリネット」は十七年前、もっと以前の記録もあります。前作同様、この本に載っているのは、この本のために私が書き下ろしたのではなく、これまで二十年程の間に公演した、落語の枕としてやった話の中から、たまたまテープが残っていたものをそのまま活字にしたという、それだけのものです。掲載の順番は年月日順ではなく、読むかたの心の流れを重んじて川俣さんが並べ替えてくれました。言い間違いや、つっかえたりしたのも、極力そのままにしてありますので、意味の通じないところや、テニヲハの合わないところなどいっぱいあります。分からないところがあったら、その部分をゆっくり二、三度読んでみて下さい。それでも分からなかったら先へ進んじまって下さい。しばらくするとさっき分からなかったところも含めて、何を言いたかったのかが、きっと見えてくるだろうと思います。

とにかく、前作を大幅に上まわる厚さというとんでもないものになりました。講談社ももう売れることにこだわらなくてもいいとあきらめてくれたのでしょう。よかった。よかった。

そのかわり、昼寝の時にこの本を頭の下に敷くといい枕になります。丁度いい高さです。きっとよく眠れるでしょう。一冊で足りなければ、三年前の『ま・く・ら』と『もひとつ　ま・く・ら』の二冊重ねれば、もっといい塩梅《あんばい》かもしれません。なんてねハハハ。

それから申し添えておきたいのは、私は落語をやる度に毎回こんなお話をしてる訳ではありません。たまたま思いついた時にやってるだけ？です。ですからこの本を読んで、それなら小三治の噺を聞いてやろうと思い立って寄席まで聴きにきて下さったあなた、折角「ま・く・ら」を期待して来たのに今日はやらねぇじゃねぇかなどと、どうぞお叱言《こごと》を仰言いませんように。お許し願います。

尚、この中の「わたしの音楽教育」は枕ではなく、招かれて同じタイトルで講演した記録です。つまりオマケです。昔からオマケとか福袋なんてものはロクなものはないと相場が決まっていますので、ごめんなさい。

「熊の胆の話」のあとの角館の桜は、満開で迎えてくれました。あんな背の高い巨木の桜とその数は他では見たことがありません。それはそれは見事なものでした。ライトアップされたしだれ桜の素晴らしいこと。そして、「鎌倉で小三治さんのはなしを聞いて是非行きたくなって来ました」という中年の御夫婦に声を掛けられました。おどろきましたねぇ。花の中で私はしあわせを感じました。

前作『ま・く・ら』に引き続き、わけのわからない中味をもっともらしく格上げして下さった装丁の南伸坊さんありがとう。

それから、中に実名を上げられてしまった多数の方ごめんなさい。悪気はないんですが、つい……。

それから解説を書いて下さった小沢昭一さん。お世辞ひとつ言えなかった小三治を、ヨイショの小三治とまで言われるようにして下さったのは小沢さん、あなたです。でも、まだまだ小沢さんには及びもつきません。いつの日かこの解説のような品格のあるヨイショが出来るようになりたいと切に思っています。これからも御指導下さい。

それから、テープを起こして下さった小崎令子さんと執行典子さん、浜川悦子さん、鈴木和江さん、皆さんの力なくしては、これまでの二冊の存在は考えられません。よく私の語りを文字や記号で表わして下さいました。すごいです。尊敬します。

それからそれから、何のキッカケか知りませんがまたまた、この本を買って下さったあなたには心の底からお礼を申し上げます。どうもありがとうございます。

二〇〇一年四月

柳家小三治

最後にもひとつお願い。厚い本だからと先を急がないで下さい。例え黙読でも、私がおしゃべりしてるのと同じ速度で読んでくれませんか。

師匠！　いい本をありがとう。

小沢昭一

小三治師匠

前の『ま・く・ら』に続いて、この『もひとつ ま・く・ら』も、いやぁオカシイ、笑いどおしです。

あたしら、長いこと生きて、世の中のオカシイことに慣れっこになってしまっているせいか、あるいはボケかかって、万事に反応がニブクなっているせいか、もう並のことじゃ笑いませんよ。それに、言わせてもらえば、こっちも多少、笑いを商売にしているので、笑いについては点がカライのよ。そのカライおじいさんが、この本で笑うのです。おそれ入りました。

この『ま・く・ら』二冊のなかの噺は、あなたの身辺のことがら、出来事をつかまえての実話ですよね。だから作り話じゃありません。

だいたい、実なる出来事は、毎日のようにわれわれの身の周りで進んでいるわけで、ありきたりの実にも、トッピな実にも、しょっちゅう囲まれて、あたしら暮らしているわけだけれども、そういう日常の雑多な実のなかから、あなたは「噺」をつかまえてくる。そのつかまえ方、そしてつくりあげ方が、まぁ、ニクイほどうまい。

ここに載っているどの「噺」もそうだけれども、例えば、私ども「やなぎ句会」での蛍の句の一件。あたしは同じ句会仲間として、ずっとその経過に立ち会ってきましたから、事情はよく知ってます。いわば実話の実を共有しておりますよ。

でも、あなたの蛍の句が、俳句の先達の扇橋師匠に直されたって、更に大先生に添削されたって、それだけのことで、あたしなんかだったら、その実を、そのまま過去へ流してしまうでしょう。ところがあなたは、それをオモシロイ「噺」にまとめ上げてしまう。

だからといって、オモシロクするために、あなたは妙に脚色したりはしませんよね。ウソ話、つくり話にしていません。実のとおりです。それでいてオカシイ。何故なのかなあと、あたくし、考えますよ。

ま、あなたもショーバイニンですから、「噺」はどう運べばオモシロクなるかは、もう先刻身についていらっしゃる。もっとも、同じショーバイニンでも、セコイかたもおいででもセコイかたもおいで、同じように身辺の実を語っても、ツマラナイ報告で終って、「噺」になってないのもありますが、あなたは群を抜いてショーバイニン。なにしろ当今の落語界を背負って立ってるひとりですから。……でも、背負って立つなんてキライでしょうね。背負えばツカレルだけですからね。

でも、いまは、そのことを申しあげようとしてるんではありません。この『ま・く・ら』のオモシロさについてです。

結局、この『ま・く・ら』の「噺」は、あなたの物事を見つめる目、おのれのことも含めて百般の事象をとらえる視点がユニークだからオモシロイのです。そのユニークさは、あなたが、常識にとらわれない独自のマナコで物事をニランでいるからでしょう。しかもその独自のマナコは、なにも物事をハスッカイに見てやろうなんて魂胆ではなく、あなたにとっては、実は、ナイーブな目なんですなぁ。素直な自我がニランでるんです。そのユニークな自我を持っている人の語る言葉だからオモシロイのですよ。

私どもの句会は、いつもバカ話に花が咲いて、大笑いしているばかりの集いなんですが、句会が終ってからも、近くの喫茶店で雑談大会となります。そんななかであなたのするおしゃべりは、老獪《ろうかい》な年寄りどもを抱腹させます。例の蛍の句の「噺」も、たしか最初はこの喫茶店で、ボヤキまじりに語ったのが〝初演〟でありました。それがやがて、手のこんだ、知的な、それでいてどこかバカバカしい笑いに包まれた「噺」として、高座にかけられたのですね。

しかしながら、そんな小三治ばなしを、いつもタダで、たっぷり聞かれるのですから、私どもは幸せです。しかも、高座でお客様相手に演る時よりも、仲間うちでは、話に〝毒〟が盛られてありますから、バカオモシロクて、ま、これは〝役得〟です。でも高座での時も、あなたの「噺」には、マイルドに〝毒〟がちりばめられてありますな。

ところで小三治さん、あなたの本名は郡山剛蔵《こおりやまたけぞう》。多分お父上がつけたんでしょうが、いまどき剛蔵とは、コワイというかすごい名前ですね。たしか郡山家は教職一家で、お父上は校長先生でありましたかな。ご兄弟五人で、女ばかりのなかの下から二番目の男の子があなた。そのご兄弟も、教職につかれたかたが多いと聞きました。カタイお家です。

お父君は、また書道教授もしておられ、あなたもその血を引いて達筆ですが、実は、あたくしの家内が、幼少の頃、しばらく書道を習いに、お父上のところに通ったという、そんなご縁もあるのですね。私にしてみれば、あなたは、義理の先生のご子息ということになるわけですが、女房に聞きましたらね、子供の頃の記憶ですから、イイカゲンなものですが、ばくぜんとあなたの父君は、「笑ったりはしない威厳のあった人」「陸軍大将のようなコワイ先生」だったと、幼少時の印象を残しております。

　そういうお父さんが、かくあれかしと付けた名前が剛蔵でしょ。お父さん像が何やら浮かび上ってきますな。

　これはワキから聞いた話ですが、あなたがお嫁さんをもらう時、それは今はやりの〝出来ちゃった婚〟だったらしいのですが、お父上に女性を連れていって会わせたら、お父上曰く、

「どうも伜が、とんだ粗相をいたしまして……」

　いいお父さんですな、厳格ななかに、トボケたおかしみが漂って。

あなたはきっとお父さん似でしょう、見かけもなかみも。あなたも、一見「笑ったりはしない」ような、コワイ人ですよ。

でも、柳家小三治という噺家は、そういう風貌で表われても、そこはそれ、芸人伝統のへり下るというポジションは守っていますよね。こびたりはしないけれども、イバッテル芸じゃありません。時にはばかにドジな滑稽人にもなります。この風貌からくる印象との落差も、あなたの高座におかしみを漂わせているひとつの魅力でもあるんです。……でもまた、あたくしがここで申し述べたいことから、話がちょっとズレました。

　私事にわたって恐縮ですが、あたくしも雑誌などでの「対談」なるものを、いろいろや

らせて頂いておりますが、そんななかで、一番オモシロク出来上ったと、私が思い他人さまもそうおっしゃって下さったのが、あなたとの対談でした。

佐渡へ句会の吟行で伺った時の、俳句の話ではなくて、あの島での見聞を二人で話し合ったのですが、これは自分で読んでも笑っちゃいますね。……ええ、宣伝になりかねませんが、あたくしメの『日日談笑』（晶文社）という対談集のなかに入っております。『もひとつ　ま・く・ら』を読んだ方は、この本も読んで下さい……とまで、ここで言っちゃいけませんね、もう言っちゃいましたけど。

この対談がオモシロクあがったのは、ヨイショでも何でもなく、小三治さん、あなたとやったからです。「親しき仲にもヨイショあり」は私のモットーですが、いまは全くお世辞ぬきです。あの対談は、あなたのおかげで、実に程のおよろしいマンザイになりました。

あれで、あたくしは、あなたから、「噺」をおもしろくするコツの一つを教わったのです。

企業ヒミツでもありますから、あまり詳しくここで言いたくはないのですが、ある一つの材料を語るのに、もう根ほり葉ほり、いろんな角度から、しつこくイジル。腰をすえて、ああもこうも、オモシロイことを見つけてこだわっていく。そういうネバッコイ話の運び。これがあなたの真骨頂ですなぁ。

あたくしも、まあ喋りをショーバイにしている身ですが、あんな風に話をころがせません。モノを見る目がせまいのか、セッカチなのか、すぐ先へと進みたがるのです。

そういうあなたの、ひとつ標的にじっくりいどむ姿勢は、この『もひとつ ま・く・ら』を読んで再確認もし、いやぁ、勉強いたしました。

けれども、当り前のことを付け加えれば、そういう、ひとつことを多面体でとらえて、様々なオモシロサを見つけるというのは、ふだんから、そういうクセを養っていないとダメなんでしょうなぁ。

あなたは、いろんなこと、いろんなものに凝りますなぁ。オーディオ、オートバイ……まだまだいっぱい……塩なんてものに凝ると、世界中の塩を集める、しかもわざわざ遠く外ツ国まで出掛けていってです。また、ハチミツをしょっちゅう舐《な》めてると思ったら、すぐハチミツ博士になってしまった。熊の胆《い》なんて大事にして、どうする気か。

ああいう、あなたの好奇心というか、もう生活態度としてこびりついている、モノゴトを追う徹底さ。そんな追求心が裏にあって、あの、ひとつことを、ああもこうもオモシロク話せる「噺」が出来上がるのだなと、真底、感じ入っているのです。

この『もひとつ ま・く・ら』を読んで、そんなことを痛感し、あたくし、勉強になりました。

師匠！　いい本をありがとう。

こりゃ、話芸、話術の、教則本でもあるなぁ。

❖本書は文庫オリジナルです。

❖音源は基本的に各編末尾に明示した独演会の録音によった。鈴本独演会の三編はCBSソニーの録音によった。文庫にするにあたり全編にわたり新たに加筆訂正した。

❖本作品中にめくら等、今日では差別的表現として好ましくない、身体障害に関する用語が含まれていますが、落語の時代背景、特性、及び著者が差別助長の意図で使用していないことなどを考慮し、そのままにいたしました。

（出版部）

JASRAC 出0104280-121

|著者| 柳家小三治　1939年東京都生まれ。本名・郡山剛蔵《たけぞう》。落語家。'55年都立青山高校入学、落語研究会に入部。「しろうと寄席」で頭角をあらわす。大学浪人中、両親の反対を押し切り、'59年柳家小さんに入門。'69年真打ち昇進、十代目小三治襲名。以来古典落語の本格派として活躍。'81年芸術選奨文部大臣新人賞を、2004年芸術選奨文部科学大臣賞を受賞。'14年人間国宝に認定される。オーディオ、クラシック音楽、バイク、俳句など多趣味。著書に『ま・く・ら』『バ・イ・ク』(以上、講談社文庫)『落語家論』(ちくま文庫)『柳家小三治の落語』1〜3(小学館文庫)など。

もひとつ　ま・く・ら
柳家小三治《やなぎやこさんじ》

2001年5月15日第1刷発行
2021年11月19日第21刷発行

発行者──鈴木章一
発行所──株式会社　講談社
東京都文京区音羽2-12-21　〒112-8001
電話　出版 (03) 5395-3510
　　　販売 (03) 5395-5817
　　　業務 (03) 5395-3615

Printed in Japan

講談社文庫
定価はカバーに表示してあります

KODANSHA

デザイン─菊地信義
製版───豊国印刷株式会社
印刷───豊国印刷株式会社
製本───株式会社国宝社

ISBN4-06-264791-5

講談社文庫刊行の辞

二十一世紀の到来を目睫に望みながら、われわれはいま、人類史上かつて例を見ない巨大な転換期をむかえようとしている。

世界も、日本も、激動の予兆に対する期待とおののきを内に蔵して、未知の時代に歩み入ろうとしている。このときにあたり、創業の人野間清治の「ナショナル・エデュケイター」への志を現代に甦らせようと意図して、われわれはここに古今の文芸作品はいうまでもなく、ひろく人文・社会・自然の諸科学から東西の名著を網羅する、新しい綜合文庫の発刊を決意した。

激動の転換期はまた断絶の時代である。われわれは戦後二十五年間の出版文化のありかたへの深い反省をこめて、この断絶の時代にあえて人間的な持続を求めようとする。いたずらに浮薄な商業主義のあだ花を追い求めることなく、長期にわたって良書に生命をあたえようとつとめるところにしか、今後の出版文化の真の繁栄はあり得ないと信じるからである。

同時にわれわれはこの綜合文庫の刊行を通じて、人文・社会・自然の諸科学が、結局人間の学にほかならないことを立証しようと願っている。かつて知識とは、「汝自身を知る」ことにつきていた。現代社会の瑣末な情報の氾濫のなかから、力強い知識の源泉を掘り起し、技術文明のただなかに、生きた人間の姿を復活させること。それこそわれわれの切なる希求である。

われわれは権威に盲従せず、俗流に媚びることなく、渾然一体となって日本の「草の根」をかたちづくる若く新しい世代の人々に、心をこめてこの新しい綜合文庫をおくり届けたい。それは知識の泉であるとともに感受性のふるさとであり、もっとも有機的に組織され、社会に開かれた万人のための大学をめざしている。大方の支援と協力を衷心より切望してやまない。

一九七一年七月

野間省一

2021年9月15日現在